教育部人才培养模式改革和开放教育试点教材

比较文学简明教程

乐黛云 著

北京大学出版社
北京

图书在版编目(CIP)数据

比较文学简明教程/乐黛云著.—北京:北京大学出版社,2003.8
(教育部人才培养模式改革和开放教育试点教材)
ISBN 978-7-301-06379-8

Ⅰ.比… Ⅱ.乐… Ⅲ.比较文学–电视大学–教材 Ⅳ.I0-03

中国版本图书馆CIP数据核字(2003)第063536号

书　　　名:比较文学简明教程
著作责任者:乐黛云　著
责 任 编 辑:张　冰
标 准 书 号:ISBN 978-7-301-06379-8/I·0635
出 版 发 行:北京大学出版社
地　　　址:北京市海淀区成府路205号　100871
网　　　址:http://www.pup.cn
电 子 信 箱:zbing@pup.pku.edu.cn
电　　　话:邮购部 62752015　发行部 62754697　编辑部 62759634
　　　　　　出版部 62754962
印 刷 者:北京虎彩文化传播有限公司
经 销 者:新华书店
　　　　　　850mm×1168mm　32开本　9.625印张　240千字
　　　　　　2003年8月第1版　2022年12月第19次印刷
定　　　价:32.00元

未经许可,不得以任何方式复制或抄袭本书之部分或全部内容。
版权所有,侵权必究
举报电话:010-62752024　电子信箱:fd@pup.pku.edu.cn

目　录

第一章　文学研究的新途径——比较文学 ……………………… (1)
　　第一节　文学研究的三种途径：
　　　　　　文学理论—文学批评—文学史 ……………………… (1)
　　第二节　文学研究的另一种途径：比较文学 …………………… (2)
　　第三节　比较文学起源于了解他人的兴趣 ……………………… (5)
　　第四节　比较文学寻求他种文化的应和 ………………………… (7)
　　第五节　比较文学在与不同文化和不同学科的关系中
　　　　　　寻求文学的生长点 ……………………………………… (8)
第二章　为什么要学习比较文学 ………………………………… (11)
　　第一节　我们所处的时代——文化转型 ………………………… (11)
　　第二节　文化转型与文化多元 …………………………………… (14)
　　第三节　比较文学有助于多元文化的发展 ……………………… (16)
　　第四节　比较文学有助于扩展人们的精神世界 ………………… (18)
　　第五节　比较文学有助于从他人观点更好地理解自己 ………… (20)
　　第六节　比较文学是参与和更新世界文学建构的
　　　　　　重要途径 ………………………………………………… (22)
第三章　比较文学的历史 ………………………………………… (26)
　　第一节　比较文学的发端 ………………………………………… (26)
　　第二节　比较文学在法国的发展 ………………………………… (28)
　　第三节　比较文学在美国的发展 ………………………………… (32)
　　第四节　比较文学在俄苏和其他国家 …………………………… (36)
　　第五节　比较文学的进一步发展——定义之争 ………………… (43)
第四章　比较文学在中国的崛起 ………………………………… (52)
　　第一节　中国比较文学的源头 …………………………………… (52)

第二节　比较文学作为一门学科在中国的出现及其发展 … (53)
　　第三节　钱钟书和他的《管锥篇》…………………………… (57)
　　第四节　六七十年代中国比较文学在港台地区的发展 …… (61)
　　第五节　中国比较文学的新起点 …………………………… (66)

第五章　差别·类同·流变 …………………………………… (70)
　　第一节　"和而不同"是研究比较文学的重要原则 ……… (70)
　　第二节　素材—题材—题旨—主题 ………………………… (71)
　　第三节　题材、题旨和主题的比较研究……………………… (74)
　　第四节　主题和题材的流变 ………………………………… (80)
　　第五节　意象、象征、原型的比较研究 ……………………… (88)

第六章　接受·影响·交流 …………………………………… (99)
　　第一节　接受理论的基本内容 ……………………………… (99)
　　第二节　传统的影响研究…………………………………… (104)
　　第三节　接受理论与影响研究……………………………… (109)
　　第四节　接受与影响的多种模式 …………………………… (116)

第七章　诠释·理解·翻译…………………………………… (119)
　　第一节　诠释的多样性……………………………………… (119)
　　第二节　诠释循环与过度诠释……………………………… (122)
　　第三节　互动认知与双向诠释……………………………… (124)
　　第四节　翻译在比较文学中的地位………………………… (128)

第八章　比较文学视野中的诗歌、小说、戏剧和文类……… (134)
　　第一节　中西诗歌比较研究………………………………… (134)
　　第二节　中西小说比较研究………………………………… (144)
　　第三节　中西戏剧比较研究………………………………… (153)
　　第四节　中西文类比较研究………………………………… (165)

第九章　比较文学视野中的文学理论 ……………………… (175)
　　第一节　中西诗学关于文学存在方式的探讨……………… (176)
　　第二节　中西诗学关于文学存在理由的探讨……………… (189)

第二节　中西诗学关于文学存在理由的探讨……………（189）
第三节　中西诗学的哲学基础……………………………（197）

第十章　西方文艺思潮与中国现代文学……………………（202）
第一节　形成性影响与欧洲现代文学主潮………………（202）
第二节　西方浪漫主义的传入与影响……………………（208）
第三节　西方现实主义的传入与影响……………………（214）
第四节　西方现代主义的传入与影响……………………（218）

第十一章　跨学科研究：文学与自然科学…………………（223）
第一节　跨学科文学研究与比较文学……………………（223）
第二节　自然科学与人文科学……………………………（225）
第三节　系统论、信息论与文学…………………………（227）
第四节　熵与文学…………………………………………（234）

第十二章　文学与哲学社会科学……………………………（239）
第一节　文学与社会的联系………………………………（239）
第二节　文学与思想观念…………………………………（240）
第三节　文学与心理学……………………………………（243）
第四节　文学与社会学……………………………………（250）

第十三章　文学与艺术………………………………………（253）
第一节　文学与其他艺术形式之间的相互配合与启发
　　　　………………………………………………（253）
第二节　文学与其他艺术形式之间的功能互换…………（255）
第三节　文学与其他艺术形式之间的思潮汇通…………（258）
第四节　文学与其他艺术形式之间的差别………………（260）
第五节　文学与其他艺术形式之间的超越
　　　　——出位之思……………………………………（263）

附录：全球化语境下的中国比较文学………………………（269）

阅读书目……………………………………………………（301）

后记…………………………………………………………（302）

第一章 文学研究的新途径
——比较文学

第一节 文学研究的三种途径：
文学理论—文学批评—文学史

长期以来，文学研究都是通过文学理论、文学批评和文学史这三种途径来进行的。

文学理论 文学理论研究文学的本体、文学的内在规律、文学作品的构成及特征等等，它基本上是将文学现象作为同一时代的一种思想体系来进行研究的。这是一种系统的、综合的文学研究。它的主要对象是文学的共性、基本原理、类别和标准等等。有些人认为，文学完全是一种个人行为，人们只能够去读它、欣赏它、领会它，而不能进行系统的、综合的理论分析，因为理论分析容易排斥个人的趣味、感觉和美学享受；另一些人则认为既然是理论，就应是科学的、客观的、确定的，他们用自然科学的因果律，定量、图表等方法来研究文学，得出机械的结论。这两种说法都使文学理论不能发挥应有的作用。

其实，每一部文学作品都有它的个别特征，同时又具有作为艺术作品的共同之点，正如每一个人都有他的个性，同时又有同民族、同职业的共同特征以至人类的通性一样。一件文学作品既是特殊的，又是普遍的；既是个别的，又是一般的。任何"特殊"和"个别"，只要是文学的，就包含着文学的共同原则，就可以用这种原则来加以解释，这种原则就是文学理论。文学理论与科学理论不同，它有自身的独特性，如更富于主观色彩，更容易随时间和空间的变易而变易，不大可能像自然科学理论那样作客观的验证等。

文学批评　文学批评指的是对某一具体文学作品的研究，它要求对具体文学现象作出分析与评价。在研究具体作家作品时，不可能没有理论的指导或影响，有些人认为从事具体文学批评可以不要什么理论，就事论事即可。其实，这不过是让头脑中原有的理论占了统治地位，而新的理论遭到拒斥罢了。文学批评只能在一定的文学历史中来进行，它必然是某种文学流派、文艺思潮的反映，因此又必然和文学史相联系。

文学史　文学史主要研究文学的发展和演变。它不仅由对各个作品的分析和评价积累而成，同时受到不同时代的社会经济状况、风习和心态的制约。

总之，文学理论、文学批评、文学史三者密切相关。没有文学批评和文学史的文学理论，没有文学理论和文学史的文学批评，没有文学理论和文学批评的文学史同样都是不可想象的。事实上，文学理论同时就是文学批评的理论和文学史的理论。当然，文学理论并不只是产生于文学批评和文学史，它还不断从当时的哲学理论、社会理论中吸取营养以指导文学的发展。

第二节　文学研究的另一种途径：比较文学

如上所述，研究一国之内的文学理论、文学批评和文学史被称为国别文学研究，[①] 如德国文学研究、中国文学研究等；随着

---

①　这种说法并不十分准确，有些国家包含了多种民族文化的文学，不是"国别"所能包容的。

人类交往的日益频繁,文学研究很难局限在一国之内,于是有了把多种文学理论、多种文学批评、多种文学史联系在一起的研究,即研究存在于不同文化中的不同文学之间的各种现象,以及其间的各种关系,这就是比较文学。

比较文学是一门开放性,多方位的动态型学科。它的历史就是不断发生并克服各种危机到达新阶段的过程,它的现状在多种联系中充满着复杂矛盾,它的未来通向千百种可能的途径。然而,它仍然是一个有着自己独特性质和范围的学科,无论是过去、现在和未来,它都曾经在,而且将会在不断变化的诠释中更新和存在。

对比较文学这个名词可能会有各种各样的理解,甚至会根本否定它的存在。但是人们分明会感觉到它:当人们探讨某种文学理论是否在多种民族文学中可以通用时;当人们读到同一个主题在不同文学传统中反复被咏叹和吟味时;当人们看到一种文学思潮或一部文学作品从一个民族流传到另一个民族,从一个地区蔓延到另一个地区时;当人们发现各种文体,如诗歌、戏剧、小说在各民族文学中都有类似的发展规律而又各具特色时;当文学与其他艺术、文学与宗教、文学与其他社会科学、文学与自然科学之间的关系日趋密切,亟待分解时;人们就会清楚地意识到无论过去、现在和未来,这里确实存在着而且将会继续存在一门十分必需,非常有趣,而且对人类智力极富挑战性的学问,那就是比较文学。

比较文学除研究文学间的种种现象之外,还研究文学与艺术,社会科学,自然科学等诸多方面的联系。这就是文学的跨学科研究。

与国别文学和比较文学相并列的,还有总体文学(General Literature)。总体文学研究超越国家、民族、语言界限的那些文学运动、文学题材、文体和技巧,例如浪漫主义几乎在各民族文学中都有自己的独特反映,总体文学着重研究其在多种文学中的传播、发展和流变。总体文学以文学为一个整体去追溯文学的发生和演进。例如从世界的角度来研究戏剧和小说的发展,以寻找规律性的现象,研究隐喻和象征在各种文学中的表现等等。当然归根结底,这些现象还是要通过具体的语言和文化才能表现出来,因此,正如比较文学必须以国别文学为基础一样,总体文学也必然与国别文学、比较文学密切结合。

国别文学、比较文学和总体文学这种新层次的划分的出现不是偶然的,而是经济、社会发展和文学发展本身的结果。正如马克思、恩格斯在《共产党宣言》中说:

> 资产阶级由于开拓了世界市场,使一切国家的生产和消费都成为世界性的了,……旧的,靠本国产品来满足的需要,被新的,要靠极其遥远的国家和地带的产品来满足的需要所代替了。过去那种地方的和民族的自给自足的闭关自守状态,被各民族的各方面的互相往来和各方面的互相依赖所代替了。物质的生产是如此,精神的生产也是如此。各民族的精神产品成了公共的财产,民族的片面性和局限性日益成为不可能。于是,由许多种民族的和地方的文学形成了一种世界文学。①

属于两个或多个不同文化体系的文学的比较研究就是这样发展起来的。这种比较研究的发展必然导致"世界文学"(World Literature)的概念。早在1872年,歌德就提出了"世界文学"这个名目,他的意思是指总有一天,各民族文学的特点都将充分显示出来,构成一个伟大的综合体;各种文学都将在这样一个全球性的

---

① 马克思、恩格斯:《共产党宣言》,人民出版社,1972年,第27~28页。

大合唱中演奏出自己的声部，合成一个由各具特点的不同声部聚合而成的伟人的交响。但这决不是使各民族文学的个性特点日趋泯灭，而是以发挥各民族文学特点为前提的。因此，"世界文学"也可解释为世界各民族最优秀的，具有世界意义和世界水平的文学宝藏的总和。

总之，文学研究这两种不同层次的划分（文学理论、文学批评、文学史；国别文学、比较文学、总体文学）既是互相区别，又是互相关联、互相渗透的。例如文学理论不仅可以进行某一国的文学理论的研究，也可以进行不同文化体系的文学理论的比较研究，也可以对某一文艺理论问题，从世界的角度进行总体性的研究。反之亦然，无论国别文学、比较文学、总体文学都有文学理论、文学史、文学批评三方面的内容。

由此可见，比较文学和总体文学都是文学研究发展到一定历史阶段的产物，它有自己特定的范围和内容，并不是所有用比较方法来研究文学现象都可称为比较文学。例如李白与杜甫的比较，五言律诗与七言律诗的比较，这只是研究文学的一种基本方法，而不是一个学科的范围。当然，一定要把这种一国文学内用比较方法来进行研究的部分都称之为"比较文学"也无不可，但这并不是国际上一般所说的、得到大家公认的比较文学。

第三节 比较文学起源于了解他人的兴趣

人们的相互接触多了。就会产生相互了解、相互认识的愿望。如果没有相互认识的兴趣就谈不上比较文学。美国著名比较文学家孟而康教授（Earl Miner）指出，"需要了解是比较诗学之母"，这种需要常表现为好奇。孟而康说：

> 我们完全有理由在圈定的牧场上养肥自己的羊群，和几

个牧民朋友一起抽旱烟;但也有另一些人不惜长途跋涉而去更遥远的地方,这也是合乎人性的行为。在那里,人们发现的不再是羊,而是骆驼、鱼和龙。这一发现会被我们带回到当地牧场,会使我们考虑如何使骆驼、鱼和龙与羊相互协调一致,并对如何向牧场上的伙伴们解释作一番思索。①

孟而康说得很对,比较文学就是从想了解他种文学的愿望开始的。这种愿望使我们扩大视野得到更广泛的美学享受。

但是,成长于不同文化中的人们能相互理解吗?东西方都有不少人认为不同源的异质文化之间不大可能沟通和真正互相理解,因为各自都无法摆脱自身的思维方式和文化框架。曾经有这样一个故事:从前在水底下住着一只青蛙和一条鱼,他们常一起玩,是好朋友。有一天,青蛙跳出水面,看到了许多新鲜事物,他看得非常高兴,就回去向好友鱼报告说,外面的世界精彩极了,他看到了人,他们身穿衣服,头戴帽子,手握拐杖,足履靴子;这时,在鱼的头脑中便把人想象成一条鱼,身穿衣服,头戴帽子,鱼鳍夹着手杖,尾翅上吊着两只鞋。青蛙说,有鸟,可展翅在空中飞翔;这时,鱼的头脑中便出现了一条腾空而飞的鱼。青蛙又说有车,带着四个轮子,滚动前进。在鱼的脑中便出现了一条带着四个轮子的鱼。

这个故事说明认识和联想,无论有意无意,都受着一种思维方式和文化框架的支配。所有的认识和判断都会以一种"模式"为起点。鱼,没有见过人,它只能按照它的模式去想象人是什么样子。但这并不是说不同文化模式的人就不可能互相了解。

比较文学的根本价值就在于它为文学研究开辟了一个崭新的

---

① 厄尔·迈纳:《比较诗学》,王宇根等译,中央编译出版社,1998年,第5页。

层面。当文学被封闭在某一个别民族文化体系之中时，它就不可能突破原有的思维模式，来接受新鲜事物。只有认识了他人，才能更好地认识自己。这就是比较文学的重要功能之一，"互识"。

第四节 比较文学寻求他种文化的应和

如果说上面谈的"互识"只是对不同文化间文学的认识、理解和欣赏，那么"互证"则是以不同文学为例证，寻求对某些共同问题的相同或不同的应和，以达到进一步的共识。不同文化体系的文学中的共同话题是十分丰富的，尽管人类千差万别，但从客观来看，总会有构成"人类"这一概念的许多共同之处。如关于"死亡意识"、"生态环境"、"人类末日"、"乌托邦现象"、"遁世思想"等等，不同文化体系的人们都会根据他们不同的生活和思维方式对这些问题作出自己的回答。这些回答回响着悠久的历史传统的回声，又同时受到当代人和当代语境的取舍与诠释，只有通过多种不同文化体系之间的多次往返对话，这些问题才能得到我们这一时代的最圆满的解答，并向这些问题开放更广阔的视野和前景。因此，从人文主义的角度来讲，比较文学又为增进人类的相互理解，为沟通各种文化以促进其发展织成了最直接、最有效的交流之网。

举例来说，人们在文学方面遭遇的共同问题首先碰到的就是"什么是文学"。中国传统文学的主体最早是抒情诗，中国文论对文学的界定首先是强调人类内在的"志"和"情"，"诗者，志之所之也"（《诗大序》），"诗者，吟咏情性也"（《沧浪诗话》）。"志"和"情"不是凭空产生，"志之动"是"感于物"，情之生是"触于景"，所以说"应物斯感"，"景乃诗之媒，情乃诗之胚，合而为诗"（《四溟诗话》）。这种心物感应，情景交融不是简单的反映或模仿，而是按照"天人合一"的途径，人与自然共同显现着某种宇宙原理。所以说，"诗者，天地之心"（《诗纬》），"言之文也，天地之心"（《文心雕龙》）。总之，在中国传统文论看来，从人的内在的心态、感情出发，达到与天地的沟通，这就是文学的本体。西方文学源于史诗和戏剧，比较强调文学对生活的反映。所谓"诗是一种摹仿艺术"（亚里士多德：《诗学》），是"一种再现，一种仿造，或者形象的表现"（锡德尼：《为诗一辩》）。但西方诗学决非停留于此。后来，华兹华斯强调"诗是强烈感情的自然流露"（《抒情歌谣集》），雪莱强调"诗则依据人性中若干不变方式来创造情节，这些方式也存在于创造主的心中，因为创造主之心就是一切心灵的反映"（《为诗辩护》）。20世纪，尼采进一步指出，诗人由于表达宇宙精神的"梦境"与"狂热"也就"达到了和宇宙本源的统一"（《悲剧的诞生》）。整个过程可以说从对外在世界的反映进入到一种内在的沟通。其他印度文化、阿拉伯文化、非洲文化对这一问题都有自己独到的见解。要解决这一问题就不可能在一个封闭的文化体系中来寻求答案，而要在各种文化体系的对话中寻求新的解释；在这种新的解释中，各种文化体系都将作出自己独特的贡献，同时又互相应和。这就是比较文学的另一个功能——"互证"。所谓"互证"就是要在互相参证中找到共同问题，证实其共同性，同时反证其不同性，以达到进一步的沟通和理解。

第五节 比较文学在与不同文化和不同学科的关系中寻求文学的生长点

比较文学工作者一方面深入了解他种文化的文学，一方面又从与他种文学的比照中进一步了解自己的特色，并在这个过程中，按照自己的需要，从他者吸收营养，谋求新的发展。这就是比较文学的"互补"功能。"互补"包括几方面的内容。

首先是在与"他者"(指他种文化中的文学)的对比中,更清楚地了解并突出了自身的特点。两种文化相遇,也就是进入了同一个"文化场"(Cultural Field),两者便都与原来不同而产生了新的性质,两者之间必然会发生一定关系,这种关系有时是明显的对比,有时是一种潜在的参照关系。例如中国古代哲人指出,我们说"龟无毛",正是和"有毛"的动物相比,突出了乌龟没有毛,只有甲壳的特点;我们说"兔无角"则是和"有角"的东西相比,突出了兔子的没有角。如果没有和这种没有毛、没有角的、隐在的参照物相比,龟和兔的特点就不会如此突出。

其次,"互补"是指相互吸收,取长补短,但决不是把对方变成和自己一样,也不是把自己变得和对方一样。例如在日本文化与汉文化的接触中,日本诗歌大量吸取了中国诗歌的词汇、文学意象、对生活的看法,以至某些表达方式,但在这一过程中,日本诗歌不是变得和中国诗歌一样,恰恰相反,日本诗歌的精巧、纤细、不尚对偶、声律而重节奏、追求余韵、尊尚闲寂、幽玄等特色就在与中国诗歌的对比中得到进一步彰显和发展。

再次,"互补"还表现为以原来存在于一种文化中的思维方式去解读(或误读)另一种文化的文本,因而获得对该文本全新的诠释和理解,正如树木的接枝,结果是成长出既非前者,亦非后者的新的品种,但这并不是"融合",正如"苹果梨"主要是梨,而"香蕉苹果"主要还是"苹果"一样。两种文化中不同文学的"相遇"不能不用一种文化框架去解释另一种文化中产生的作品,这不仅不会将一种文化的作品变得和另一种文化的作品一样,而是对原有文化增添了新的诠释、新的风貌,是原有文化的一种新发展。例如朱光潜、宗白华等人以西方文论对中国文论的整理;刘若愚、陈世骧等人试图用中国文论对某些西方文学现象进行解释,这就是近来人们常常谈到的"双向阐释"。

最后,"互补"还包括一种文化的文本在进入另一种文化之后得到了新的生长和发展。例如鲁迅介绍易卜生时,曾经提出娜拉式的出走不仅不能使社会改良进步,连"救出自己"也是行不通的。在《娜拉走后怎样》的讲演中,他指出"自由固不是钱所能买到的,但能够为钱而卖掉"。娜拉表面上似乎是"自由选择","自己负责""救出自己"了,但由于没有钱,她追求自由解放,"飘然出走",其结局只有两种可能:一是回家,二是堕落。因此,首先要夺得经济权,要有吃饭的保障,生活的权利。但是,"有了经济方面的自由也还是傀儡,无非被人所牵的事可以减少,而自己所牵的傀儡可以增多罢了"。他认为这也还说不上是真正的自由。他希望人们不要空喊妇女解放,自由平等之类,而要奋起从事"比要求高尚的参政权以及博大的妇女解放之类更烦难,更剧烈的战斗",这就大大加深了娜拉这个形象的思想内容。研究易卜生而不研究娜拉在中国的被解读,就不是对易卜生的完整研究。

以上几方面的"互补"显然为文学的发展提供了新的生长点。

另外,文学与其他学科的关联(跨学科研究)也对文学的发展产生了同样的作用,如音乐、绘画、宗教、哲学、社会学、心理学,乃至自然科学都常常给文学开辟意想不到的新的局面,这在后面还要详细谈到。

第二章 为什么要学习比较文学

第一节 我们所处的时代——文化转型

所谓文化转型是指在某一特定时期内,文化发展明显产生危机和断裂,同时又进行急遽的重组与更新,如西方的文艺复兴时期,中国的魏晋六朝时期和五四时期。

文化发展总是通过"认同"和"离异"两种作用来进行的。"认同"表现为与主流文化一致的阐释,是在一定范围内向纵深的发展,是对已成模式的进一步开掘,同时表现为对异己力量的排斥和压抑,其作用在于巩固主流文化已经确立的种种界限和规范,使之得以发达和凝聚。我国汉代的"罢黜百家,独尊儒术","定于一尊"就是一例。"离异"则表现为批判和扬弃,即在一定时期内,对主流文化怀疑,甚至否定、打乱既成规范和界限,对被排斥和曾经被驱逐到边缘的加以兼容,把被压抑的能量释放出来,因而形成对主流文化的批判,乃至颠覆。这种"离异"作用占主导地位的阶段就是文化转型时期。在这种时期,人们要求"变古乱常",在一定程度上削弱了纵向的聚合,而以横向开拓为特征。横向开拓也就是一种文化外求,外求的方向大致有三:第一是外求于他种文化,如文艺复兴时期西欧文化对希腊文化的借助,汉唐之际中国对印度、西域文化的吸收;第二是外求于同一文化地区的边缘文化(俗文化、亚文化、反文化),如中国文学发展史中,词、曲、白话小说的成长都包容、吸收了俗文化的因素；第三，外求于他种学科，弗洛伊德学说与达尔文进化论对文学观念的刷新就是一例。

20世纪后半叶，人类正在进入一个新的文化转型时期。促成这种文化转型的原因有三：首先是科学技术的高度发达给人类生活带来了前所未有的巨变；第二是殖民体系的瓦解和冷战的结束根本改变了整个世界的格局；第三是人类思维方式的新发展开辟了前所未有的新视野。

过去，以蒸汽机为代表的第一次工业革命和以电气机为代表的第二次工业革命已经给人类生活带来了不可估量的巨大变化，目前以电脑化和生物工程为代表的第三次工业革命所造成的世界巨变更是以往任何历史时期都无法比拟的。如果说前一个世纪之交，科学把人类引入到一个以原子能为核心的物理学世界，那么，在这一个世纪之交，科学正在把我们引入一个崭新的以信息和基因研究为核心的信息、生物学世界。目前，国际互联网已联结了全世界各方面的人群，并正以空前速度向前发展。高速发展的电脑电讯、多媒体、互联网，特别是转基因工程和遗传学的成就正在极其深刻地改变着人类的思维方式、生活方式，以至生存方式。

20世纪50年代以来，统治世界三百余年的殖民体系已经分崩离析，独立的亚、非、拉各民族国家构成了从未有过的、蓬勃发展的第三世界；发达国家为了追求资源、廉价劳动力和市场，把他们的企业管理、科学技术、名牌商标等等和平转移到发展中国家，以获取更大利润和解救自己国内的经济危机，发展中国家也可以向发达国家投资，开辟自己的特殊市场。这就形成了互相依赖、互相渗透的、新的经济体制。

另一方面，人对世界的认识能力有了极大的提高。20世纪前半叶，爱因斯坦的相对论，马克思主义的社会革命论，弗洛伊德的精神分析学分别使人类对自然、对社会、对人本身都有了全新的认识。20世纪后半叶，人类经历着认识论和方法论的重大转型，即在逻辑学范式之外，现象学范式也得到了蓬勃发展。

逻辑学范式，是一种内容分析，通过"浓缩"，将具体内容抽空，概括为最简约的共同形式，最后归结为形而上的逻各斯或黑格尔的绝对精神。从这种范式出发，每一个概念都可以被简约为一个没有具体内容、没有实质、没有时间的纯粹的理想形式，一切叙述都可以简化为一个封闭的空间，在这个固定的空间里，一切过程都体现着一种根本的结构形式。例如许多英雄神话的叙述都可归纳为"出生—入世—退缩—考验—死—地狱—再生—神化"这样一个结构。许多这样的叙述结构结合成一个有着同样结构的"大叙述"或"大文本"，体现着一定的规律、本质和必然性。

现象学范式与逻辑学范式不同，它研究的对象不是抽象的、概括的形式，而首先是具体的人，一个活生生地存在、行动、感受着痛苦和愉悦的人。现象学强调对自觉经验到的现象作直接的研究和描述，尽量排除未经验证的先入之见，强调"诉诸事物本身"，亦即对具体经验到的东西采取尽可能摆脱过去的概念前提和理性分析的态度，"回到直觉和回到自身的洞察"。所谓现象学范式就是首先从人的意识出发，在这个人的周围，没有什么绝对固定的客体，一切都不是固定的，都是随着这个具体人的心情和视角的变化而变化。因此，现象学研究的空间不是一个固定的空间，而是一个不断因主体的激情、欲望、意志和知识积累的变动而变动的开放的空间。

当然，在现实生活中，这两种范式往往同时存在而运用于不同的领域，正如牛顿力学和量子力学可以运用于不同的领域一样。在文化研究的范围内，第二种范式起了消解中心、解放思想、逃离权威、发挥创造力等巨大作用，但它也导致了某种离散和互不相关。

这一切都说明我们正经历着一个比以往任何时期都更深刻的

文化转型时期。

第二节　文化转型与文化多元

伴随着深刻的文化转型，世界正在进入一个前所未有的全球化时期。全球化不等于一体化。全球化(Globalization)是指所有事物都很快地以全球的规模互相联系、互相依存；一体化(Unification)指的则是完全一样，遵守同样的规则和同样的模式。现在，经济上正在一体化，加入了 WTO，就得遵守同样的游戏规则；科技也得按照同样的规律来做。所以在经济和科技的绝大部分领域已经是一体化了。

但文化显然不可以，也不应该一体化。文化从来就是多元的，各个人类群体的生存环境不同，语言不同，传统和习惯不同，文化也就各不相同。必须有不同文化的互相启发，互相促进，构成丰富多彩的文化生态，人类才有发展前途。中国古话说："和实生物，同则不继"，孔夫子说："君子和而不同，小人同而不和"。就是说，不同，才可以互相补充，互相启发，互相发展，甚至于互相冲突，冲突以后也可以发展。如果大家都一样，不断重复，那就不能继续发展了。所以我们一定要保持文化生态的丰富性，决不可以让文化也变成单一化、一体化。这和自然生态一样，没有树林的覆盖，没有多样化的自然发展，没有各种生物的相生相克，那就会变成一片自然的沙漠。如果没有不同的文化之间的"和而不同"，多元并存，我们的文化也会变成一片文化沙漠。

经济和科技的全球化为多元文化在各地区的广泛传播创造了最好的条件，但同时也蕴涵着以强势文化覆盖弱势文化，削弱多元文化的可能。这主要表现在两方面：第一方面是文化霸权主义，第二方面是文化割据主义。

所谓文化霸权主义就是指某些人总是想把他们的价值标准,他们对于人生和世界的观念强加于人,覆盖全球,形成单边统治。这种单边化相应地构筑了文化的一元化,破坏了文化生态,结果是使多种文化消亡。要抵制文化的一元化,保持文化的多元发展,最重要的就是要维持一个多极化的机制,在相互制衡的同时,大力发展不同民族的不同文化。

文化割据主义,是指有些人深恐受到外来影响,极力鼓吹"纯而又纯"的本土文化,排斥一切外来文化,拒绝交往,拒绝改变,甚至为此镇压内部改革求新的势力。其实文化割据主义也是一种文化霸权主义,他们也是要用他们所坚持的信念来覆盖别人、强制别人,只不过他们力所能及的范围很小。文化割据主义显然只会带来自己文化的覆灭,这是历史多次证明了的。

历史和现状都已证明文化霸权主义和文化割据主义之间所引起的冲突必将给人类带来极大的灾难。那么,在文化霸权主义和文化割据主义之间进行对话,达成妥协,避免战争,是可能的吗?也许希望就在于这两者之间还存在着极其广阔的空间,世界上绝大部分人是既不赞成文化霸权主义,也不赞成文化割据主义的。虽然他们往往或偏向于前者,或偏向于后者。

如上所述,我们希望 21 世纪是一个多极制衡,多元文化并存,互相交流,互相发展的世纪,而不是哪一种文化覆盖全球的世纪,无论用哪一种文化覆盖全球都是错误的,都会带来人类的危机,所以这种倾向是很危险的。如果我们能克服以上的错误思想倾向,首先在文化霸权主义和文化割据主义之间的广阔空间里让人们逐渐接近,取得共识,文化霸权主义和文化割据主义就会被孤立起来,他们所产生的危险也就不是不可制止的。在这个过程中多元文化也就会发展起来。

第三节 比较文学有助于多元文化的发展

如上所述，遏止文化霸权主义和文化割据主义危机的关键之一就在于沟通生活在不同文化中的人民，通过对话使他们能互相理解，互相尊重，以至互相欣赏。正如费孝通老先生在《反思·对话·文化自觉》一文中所提出的："各美其美，美人之美，美美与共，天下大同"。从历史来看，文学从来是文化沟通和文化对话的最重要的途径之一。因为文学是研究人的，研究人和人的关系，研究人的灵魂。不管是哪一国的文学，都是研究人。只要是人，就有七情六欲，就有共同的生命形式，如人和人的关系，人和自然的关系，人和命运的关系等等。这样的生命形式对于全世界的人来说都是一样的，只是处理这些问题的方法不同，方式不同，价值观也不同；我们可以通过谈论文学，谈论人的关系来互相沟通，互相理解，互相宽容。人类的体验形式也是一样的，不管你是什么人，都有欢乐，有痛苦，有幸福，有忧伤，有希望和绝望，有爱恨，有生死，有离合……这样的人类体验无论东方人和西方人都是有的。在这些问题上就很容易沟通。文学是可以沟通人的灵魂的，它是沟通不同文化的一个非常重要的方面。比较文学首先通过文学途径，以沟通不同文化的生命形式和不同的体验形式为己任。

要解决世界问题，首先要了解不同文化对某一问题的不同看法，否则就会引起误解和冲突，甚至诉诸武力。举例来说，中国最讲究孝，要很尊重、很爱你的父母。中国人讲"仁"，"仁"就是"亲亲为大"。要先爱你的父母，然后"推己及人"，也爱别人的父母，然后是爱天下人的父母。这就是"老吾老，以及人之老；幼吾幼，以及人之幼"。不能说爱自己的父母跟爱别人完全一样，因为"爱有差等"，这是中国的一个传统。可是别一种文化就不一定是这样的爱,从前非洲一个部落有这样的习俗,父母老到一定程度,就把他们杀掉。客观上这是由于他们的生产力不发达,老人太多,年轻人就没有东西吃了,所以他必须要把老人杀掉。主观上则是因为他们认为,父母老了,一切都很困难,肉体有很多痛苦,把他们杀了,就是把他们的灵魂解放了。他们的灵魂从旧肉体中解放出来,投生于一个新的肉体,重新成为一个快乐的年轻人,有什么不好呢?他们认为这是对父母做了一件好事。中国人对此很难接受,但你不能按你的标准来要求他。你要是不理解他,不能容忍他,甚至跟他为仇,进行剿灭,那就不对了。要尊重别人的信仰,相信他们会进步。

再举一个例子。自古以来,大量文学作品表现了爱情与政治(或社会、或道德观念)的冲突:《长恨歌传》写杨贵妃和唐明皇的爱情故事。在"六军不发"的要挟下,贵为天子的唐明皇不得不亲自下令赐死杨贵妃,以至铸成了"天长地久有时尽,此恨绵绵无绝期"的绝代悲剧;日本古典名著《源氏物语》中,桐壶帝钟爱其名为更衣的宠妃,然而,政治压力,嫉妒、仇恨却使更衣不得不离开宫廷,孑然一身,悄然长逝;罗马诗人维吉尔(Publius Vergilius Maro)的十二卷史诗《埃涅阿斯纪》第四卷描写了埃涅阿斯为完成"上天交付给他的使命",拒绝了迦太基王后黛朵的爱情致使后者终于自杀;法国作家小仲马(Alexandre Dumas fils)的名剧《茶花女》写纯洁忠贞的玛格丽特终于不能见容于门第高贵的阿芒的家庭,以至忧愤而死;英国作家高尔斯华绥(John Galswarthy)在他的巨著《福尔赛世家》中写了英国上层社会几代人在爱情方面所遭受的苦难和不幸……这样的作品还可以举出很多,它们都提出了爱情与政治、社会、道德观念冲突的共同问题,但其所蕴涵的文化内容却全然不同。

通过文学的途径,使不同文化的人们得以互相沟通是很重要的,在当前尤其如此。以跨文化文学研究与跨学科文学研究为核心的比较文学在发展多元文化,展开不同文化的对话,缓解文化霸权主义与文化割据主义的对立,促进文化多元共存等方面显然具有不同于过去的重要意义。

第四节 比较文学有助于扩展人们的精神世界

我们生活在一个前所未有的,充满着高科技杀人武器和无处不在的恐怖活动的世界。目前,地球上20%的人霸占了80%的资源,造成了很多人的不幸和贫穷,也造成了对自然的过度开发;更令人担忧的是科学的目的在一定程度上已离开了对真理的追求,而往往是为了追求累积利润,满足一些投资者的贪欲;人们的精神世界被毒化了,美好的心灵正在被权力和金钱的欲望所蒙蔽,人类生活被简单地划分为生产和消费两个层面;由于全球化对利润的追逐,权力和利润成了很多人生活的最高目标,人们的精神世界被大大压缩了。

在这种情况下,扩展人们的精神世界,使之复归于丰富和美,实在是当务之急。比较文学注重在多元文化中欣赏不同的文学之美,它可以提供我们多种多样的欣赏的快乐。只知道中国文学,那欣赏范围就是很狭窄的,因为难于知道外国文学也提供了很多很有意义、有趣味的欣赏对象。如果把不同文化中写同样题目的作品放到一起来欣赏,就会得到不只是看一种作品的乐趣。

例如,世界上很多人都喜欢欣赏月亮。中国人对月亮很看重,有很多关于月亮的诗。中国的月亮诗多半是很富于哲理的。特别是李白的诗,他把月亮和很多哲理结合在一起,比如通过月亮把人生的短暂和自然的永恒加以对比。他写道:"今人不见古时月,今月曾经照古人。古人今人若流水,共看明月皆如此。"给人很多感慨,人世经过许多沧桑,而明月依旧!中国人看月亮,常常把月亮当作永恒的象征,咏叹人世的短暂!

日本人写月亮，就不太一样。日本有一个获"月亮诗人"美称的大诗人明惠上人，大概是生活在宋朝这样的年代。他写月亮，从不涉及哲理，而是动情地表达与月亮无猜的亲密。他写过一首诗，是很短的俳句："山头月落我随前，夜夜愿陪尔共眠"。和月亮一起共同睡觉。这在日本人看来非常美，可是在中国人看来，就会觉得对月亮多少有些亵渎，缺少一种虔敬的感觉。中国诗人通过月亮把短暂和永恒结合在一起，日本人却把自己和月亮本身结合在一起。这首诗，后面又说："心境无翳光灿灿，明月疑我是蟾光"，"我"的心境是那么清纯明亮，"我"和月亮是那么亲密，连明月都怀疑我就是月亮本身了！日本著名诗人川端康成在获得诺贝尔奖发表演说时，认为日本这位"月亮诗人"讲得非常好，他非常喜欢这些诗，认为它们集中代表了日本民族的审美趣味。这是另外的一种欣赏方式。

再看希腊神话里对于月亮的欣赏。在希腊神话里，月亮是一个非常漂亮的少女，是一个女神。这个女神每天驾着好几匹白马拉的金车从东边到西边，每天都是一样。月亮每天这样走来走去觉得非常孤独，后来她就爱上了一个人间的少年，她非常爱他，可是凡人是要死的，不像月亮可以永恒。她就把这个美男子放在一个山洞里，每天经过山洞，她都亲吻他，拥抱他，然后再驾车离去。这个少年由于月亮女神之爱，得到永恒，但他只能长年不醒，也不会说话，永远在睡眠中生存。这个神话告诉我们人要得到永恒，就要付出代价，这代价就是离开尘世，永远孤独。中国的嫦娥，吃了长生不老药，就成仙升天到月亮上去。那里只有她一人，还有一只玉兔和一个砍树的吴刚，他砍的树砍下又复生，他永远在树上下不来，另外还有一个三支腿的宝蟾。所以嫦娥也很寂寞。唐代诗人李商隐的诗说："嫦娥应悔偷灵药，碧海苍天夜夜心"，日日夜夜都是一样寂寞，你要想和别人不一样，要想追求永恒，它的代价就是孤独。

欧洲的近代诗歌又不相同。法国诗人波特莱尔的诗集《恶之花》中有一首非常有名的诗，题目是《月之愁》，写得很美，它的特点是月亮和人完全是两分的，诗人完全把月亮拟人化了，在诗人笔下，月亮是一个忧愁的女人。这首诗说："今晚月亮做梦有更多的懒意，像美女躺在许多垫子上"，月亮周围有许多白云，有如羽毛坐垫。诗歌描写月亮在漫不经心地抚摸着自己，在入睡之前，觉得很悲哀，她就面向地球，让她的眼泪一串串地悄悄地流向大地（隐喻月光）。这时，一位虔诚的失眠的诗人，面对着月亮，把这苍白的泪水捧在手掌上，好像乳白色的珍珠碎片，银光闪亮。他把它放在心里，那是太阳永远照不到的地方。这就和日本的月亮诗很不一样，日本的诗是人与月亮合为一体，这首诗是写人和月亮的两分。这首诗和中国的月亮诗、希腊的月亮神话也不一样，这不是对孤独与永恒的描写，而是写一种月亮和人的美好的世俗关系。由此可见，如果我们只欣赏中国的关于月亮的诗当然很好，但你也可以用别的欣赏方式，日本的方式、希腊的方式、欧洲的方式……那么你就会很丰富了。

千百年来，人类创造的精神文明实在是太丰富了。比较文学就是帮助大家找到一条在对比中欣赏各种文学的路径，能够很好地去欣赏人类所创造的各种精神财富。

第五节 比较文学有助于从他人观点更好地理解自己

从一种封闭的环境来认识自我，很难避免其局限性，人们要更充分地认识自己就需要跳出自身，营造一个距离的空间。

例如看山，中国著名诗人苏东坡说："横看成岭侧成峰，远近高低各不同；不识庐山真面目，只缘身在此山中。"事实上，不仅视角不同，年龄、心情不同，看到的山也会不同；要真正认识庐山，就只有跳出庐山，保持一段外在的距离。

英国著名诗人彭斯(Robert Burns)也说:"啊! 我多么希望有什么神明能赐我们 种才能,可使我们能以别人的眼光来审查自我!"[①]

比较文学正是提供了这样一种用别人的眼光来审查文学自我的可能,当我们发现西方人对中国文学的特殊诠释,(如庞德之解释李白)或西方人发现我们对于西方文学的不同理解,往往都会形成一种启发与惊喜。尽管这种理解往往有谬误、有偏见、有附会,但它总是一种全新的诠释,提供了赋予作品新生命的可能。伟大的作品总能提供无穷的被"误读"的契机,使自己在从熟悉到"陌生",又从"陌生"到熟悉的过程中得到更新。如果我们对作品的解读只有一种,并永远如此,作品就会失去它的生命力。

自全球化时代提出文化多元化问题以来,如何推进不同文化间的宽容和理解成为学术界十分关注的热点问题。人们开始注意到如何站在对方的立场来重新认识自己,也就是"将心比心","互为主观"(从对方的立场来审视自己);"互为语境"(从对方的处境出来理解问题),"互相参照"(以对方为鉴比照自己)、"互相照亮"(借他人之光发现自己同时照亮他人)。总之,重视从"他者"反观自身的理论已逐渐为广大理论界所接受,并为多元文化的发展奠定了重要基础。

法国学者于连·弗朗索瓦(Jullien Francois)在他的一篇新作《为什么我们西方人研究哲学不能绕过中国?》中有一段话说得很好。他说:

> 我们选择出发,也就是选择离开,以创造远景思维的空

[①] 转引自李达三:《比较文学研究之新方向》,联经出版事业公司,1978年,第155页。

间。在一切异国情调的最远处，这样的迂回有条不紊。人们这样穿越中国也是为了更好地阅读希腊：尽管有认识上的断层，但由于遗传，我们与希腊思想有某种与生俱来的熟悉，所以为了解它，也为了发现它，我们不得不割断这种熟悉，构成一种外在的观点。①

造成一种"远景思维的空间"，"构成一种外在的观点"也就是从"他者"出发反观自身。要真正认识自己，除了自己作为主体，还要有这种"外在的观点"，包括参照其他主体（他人），从不同角度，不同文化环境对自己的看法。有时候，自己长期并不觉察的东西，经"他人"提醒，往往会得到意想不到的认识和发展。于连·弗朗索瓦认为对西方来说，中国，作为一个最适合的"他者"，日益为广大理论家所关注。因为"中国的语言外在于庞大的印欧语言体系，这种语言开拓的是书写的另一种可能性；中国文明是在与欧洲没有实际的借鉴或影响关系之下独自发展的、时间最长的文明……中国是从外部正视我们的思想——由此使之脱离传统成见——的理想形象"②。

这种互动认知的思维方式使西方的汉学研究有了很大变化而且还会有进一步的更大发展。

第六节 比较文学是参与和更新
　　　　世界文学建构的重要途径

如上所述，横向开拓——文化转型是在多种文化的发展中来

---

① 于连·弗朗索瓦：《为什么我们西方人研究哲学不能绕过中国？》，见《跨文化对话》第5辑，上海文化出版社，2000年。
② 弗朗索瓦·于连：《迂回与进入》，杜小真译，北京：三联书店，1998年。

进行的。就举西方文化的发展为例,无论是非洲音乐对当代通俗音乐的影响,日本绘画对凡高、莫奈的影响,中国建筑对欧洲建筑的影响……都可以充分说明当代欧洲艺术的发展确实得益于我们这个世界仍然存在的文化差异。英国哲学家罗素(Bertrand Russeau)1922年在《中西文化比较》一文中说:"不同文化之间的交流过去已被多次证明是人类文明发展的里程碑。希腊学习埃及,罗马借鉴希腊,阿拉伯参照罗马帝国,中世纪的欧洲又摹仿阿拉伯,而文艺复兴时期的欧洲则仿效拜占庭帝国。"①不同文化的差异构成了一个文化宝库,经常诱发人们的灵感和创造性而导致革新,促成了文化的横向开拓。如果不再有这些差异,也就不再有激发人们灵感和创造性的文化资源。

然而,世界文化的多样性发展确实正在受到多方面的威胁。最明显的威胁就是顽固存在的各种文化中心论。首先是西方中心论。西方文化界许多人总是顽强地认为西方文化是最优越的,包含最合理的行为模式和思维方式,最应普及于全世界。在比较文学学科领域内,这种西方中心论更为突出。自从1886年英国学者波斯奈特(H. M. Posnett)第一次用"比较文学"命名他的专著,到1985年中国比较文学学会成立,这一百年来比较文学发展的历史,很大程度上就是趋向于泯灭亚、非、拉各民族文化特色的历史。在比较文学极为兴盛的20世纪20年代末,著名的法国比较文学家洛里哀(Frederic Loliée)就曾在他那部著名的《比较文学史》中公开作出结论说:

> 西方之智识上、道德上及实业上的势力业已遍及全世界。东部亚细亚除少数山僻的区域外,业已无不开放。即使

---

① 罗素:《中西文化之比较》,见《一个自由人的崇拜》,时代文艺出版社,1988年,第8页。

那极端守旧的地方也已渐渐容纳欧洲的风气……从此民族间的差别将渐被铲除，文化将继续它的进程，而地方的特色将归消灭。各种特殊的模型，各样特殊的气质必将随文化的进步而终至绝迹。到处的居民，将不复有特异于其他人类之处；游历家将不复有殊风异俗可以访寻，一切文学上的民族的特质也都将成为历史上的东西了。……总之，各民族将不复维持他们的传统，而从前一切种姓上的差别必将消灭在一个**大混合体之内**——这就是今后文学的趋势。①

不言而喻，作为核心，统治这个"**大混合体**"的当然是欧洲（包括美国），而在他看来，实现这样的趋势，正是比较文学的最终目的。现在看来，这样的主张自然是接近天方夜谭，但在前半个世纪，认同这种思想的比较文学家恐怕也还不在少数；今天它也还蛰伏在许多西方学者的灵魂深处。要改变这种现象远非一朝一夕之事。意大利比较文学研究者、罗马知识大学教授阿尔蒙多·尼兹（Armando Gnisci）把对西方中心思想的扬弃这一过程称为一种"苦修"。他在《作为"非殖民化"学科的比较文学》一文中说：

> 如果对于摆脱了西方殖民的国家来说，比较文学学科代表一种理解、研究和实现非殖民化的方式，那么，对于我们所有欧洲学者来说，它却代表一种思考、一种自我批评及学习的形式，或者说是从我们自身的殖民中解脱的方式。这并非虚言，条件是我们确实认为自己属于一个"后殖民的世界"，在这个世界里，前殖民者应学会和前被殖民者一样生活、共存。我说的"学科"与西方学院体制的专业领域毫无

---

① 洛里哀：《比较文学史》，傅东华译，上海书店，1989年，第352页。

关系,相反,它关系到一种自我批评以及对自己和他人的教育、改造。这是一种苦修。(Zaskesis)①

可见先进的西方知识分子已经觉悟到在后殖民时代抛弃西方"中心论"的必要和困难。

其实,也不仅是西方中心论,其他任何以另一种中心论来代替西方中心论的企图都是有悖于历史潮流、有害于世界文化发展的。例如有人企图用某些非西方经典来代替西方经典,其结果并不能解决过去的文化霸权问题,而只能是过去西方中心论话语模式的不断复制。中国中心论也不能不说是一种潜在的威胁。中国本来就有"中央之国"、"定于一尊"、"统一至上"的传统,一旦"阔"起来,就难免会陶醉于自己已有的成绩,诸如不切实际地提出"21世纪是中国人的世纪","中国传统文化将拯救世界文化危机"等等。

如上所述,我们所期望于未来文学的是各民族文学的特点都将得到充分发挥,各种文学都将在全球性的大合唱中演奏出自己的声部,合成一个由各具特点的不同声部聚合而成的伟大的交响。比较文学在与他种文学的交往中,以"互为主观"、"互为语境"、"互相参照"、"互相照亮"为己任,是沟通各民族文化的重要途径。这种沟通首先要对自己的特点进行深入理解和重新诠释,这个过程不可能脱离全球化的大形势来封闭地进行,而是要针对世界现实发掘出我们悠久的文化传统和辉煌的文学宝库能够对当前世界作出怎样的贡献。这个过程将使世界文学建构因各民族文学的参与而根本改变,同时又使各民族文学因参与了世界文学的建构,获得了新的品质,而得更新。

---

① 阿尔蒙多·尼兹:《作为"非殖民化"学科的比较文学》,罗芃译,《中国比较文学通讯》,1996年第1期,第5页。

第三章 比较文学的历史

比较文学已有一百余年的历史,它的发展是极其丰富复杂的。过去常有人把比较文学历史的前半段概括为法国学派,后半段概括为美国学派,又把法国学派简化为影响研究,美国学派简化为平行研究。其实,用"学派"的既成框架来取舍历史,本身就是不准确的,它既不能反映现实的多样性,又不能反映永不停息的发展变化,更何况比较文学是这样一种最不能简单化、最不能分割,最难静止的学科!本章的叙述拟尽可能回到历史的原貌。①

第一节 比较文学的发端

早在19世纪之初,法国就有人使用"比较文学"这个词。1816年,法国中学教师诺埃尔、拉普拉斯曾把他们的一本采用了英、法、意等几种语言的文学教材命名为《比较文学教程》。1827—1830年,维尔曼(Villemain, Abel Francois)在巴黎大学用比较的方法讲授中古时期和18世纪的法国文学,开设了比较文学性质的讲座。1829年,他在巴黎大学演讲,题目是"18世纪法国作家对外国文学与欧洲思想影响之考察"。在他的《法国文

---

① 本章参阅了《中国比较文学年鉴·1986》(北京大学出版社,1987年)有关部分。

学论》一书的序言中,他曾说:"渊源相同,曾在各时代互相交流融合的数种现代文学,此刻正在一所法国的大学作首次的比较分析。"1830年,安培(Ampere, Jean-Jacques)讲授"各民族的艺术和文学的比较";1832年,他又开设了名为"各国文学的比较历史"的课程。1848年,他被接纳为法兰西学院的院士,他在欢迎会上发表演说,强调必须进行"比较文学研究"。但是,直到19世纪80年代以前,这些讲座都不是经常性的,而且,大多数论文只是罗列不同国家文学的知识,缺乏一套系统的方法,不能得出更有价值的结论,比较文学尚未成为一门独立的学科。

比较文学是在19世纪末成为一门独立学科的,它的形成以1877年世界第一本比较文学杂志的出现,1886年第一本比较文学专著的出版以及1897年第一个比较文学的讲座的建立为标志。

1877年匈牙利的梅次尔(Lomnitz, Hugo meltzl)在布达佩斯创办了《比较文学学报》(后来改名为《比较文学杂志》),梅次尔主张从比较文学的观点来看,任何民族,不分强弱,其文学的重要性都是一样的,欧洲文学与非欧洲文学同等重要。这份杂志很重视翻译和介绍弱小民族的文学,翻译的作品占了大量篇幅,而且愈来愈离开文学而集中于民俗学的讨论。梅次尔的《比较文学学报》遂在兴办十年之后,于1887年停刊。杂志虽然停刊,比较文学却因此在匈牙利建立了传统,培养了一批学者和感兴趣的读者。后来,1960年匈牙利成功地组织了讨论斯拉夫文学的比较文学国际会议。在历次国际比较文学学会中,匈牙利也都占有比较重要的地位。

以"比较文学"直接命名的第一本书出自新西兰奥克兰大学英国文学教授波斯奈特(Posnett, Hutcheson Macaulay)之手,这是比较文学学科的第一部专著。波斯奈特致力于"更加理性地"研究文学,企图用社会进化的某些固定原则来解释文学上兴衰进退的事实。全书分"引论"、"氏族文学"、"城邦"、"世界文学"

和"国别文学"五个部分。他认为,比较文学研究的正当顺序应该是社会生活由氏族到城市,由城市到国家以至世界大同的逐步扩展。他强调人类共同的社会经济形态决定着共同的"普遍文学规律",试图通过"社会和物质原因"来探求各种文学的共性。

1897年,第一个比较文学讲座在法国里昂设立,由戴克斯特(Texte, Joseph)担任第一位比较文学教授,讲授"文艺复兴以来日耳曼文学对法国文学的影响"。从此,比较文学进入了一个新的发展时期。

第二节 比较文学在法国的发展

戴克斯特的学术活动具有划时代的意义,标志着比较文学正式成为一门有条理、有系统的学科。他的老师布吕纳提埃尔(Brunetiere Ferdinand)对他的学术思想的形成有很大的影响。布吕纳提埃尔有很强的比较文学意识。由于他用进化论的观点研究文学,因此他认识到孤立地研究一国文学是不能够圆满地解决问题的。他的思想对比较文学有重要的促进作用。他把他的观点传授给他的学生,启发他们去思考,为比较文学培养了人才。他的得意门生中成就最大的就是戴克斯特。

从1892年起,戴克斯特就在里昂大学开设比较文学性质的讲座,题目是"文艺复兴以来日耳曼文学对法国文学的影响"。在这个讲演中,他已经明确地提出比较文学的纲领性特征,把比较文学研究同一般的国别文学研究截然分开。戴克斯特的博士论文《让-雅克·卢梭和文学世界主义之起源》(1895)是第一部科学的比较文学专著。戴克斯特最重要的贡献是使比较文学成为大学的一门学科。1897年,他第一次在里昂大学开设了正式的、经常性的比较文学讲座,以后一直没有中断。

戴克斯特不幸早逝(35岁),他的同学倍兹(Betz, Louis)在为法国比较文学的开拓作出一系列贡献后也随之夭亡。倍兹不可磨灭的功绩是他的《比较文学书目集》。这部著作曾于1897年发表于《法国语言学与文学杂志》,编成索引二千条,1899年印成单行本时增订为三千条。由此亦可见法国比较文学发展之迅速。倍兹的书目集被译成各种文字,至今仍不失为研究早期比较文学的基本工具书。倍兹的贡献也不仅限于书目索引,他在《海涅在法国》、《比较文学诸研究》中特别强调文学与美学、历史学、心理学诸方面的关系,开拓了法国比较文学的领域。

1900年戴克斯特逝世后,巴登斯贝格(Baldensperger, Fernand)接任了里昂比较文学讲座的职位。1910年他离开里昂大学,前往巴黎大学开设比较文学讲座。巴登斯贝格是第一个系统地采用严密的考证方法研究外国文学对法国文学影响的学者。1921年,他创办了法国《比较文学评论》,这份杂志成了法国比较文学的喉舌。30年代初,他在梵·第根的协助下,创立了巴黎大学的现代比较文学研究所,使巴黎大学成了世界比较文学的中心。巴登斯贝格一生著述丰富,他的研究课题主要是外国文学对法国文学的影响。他强调不同文学之间的关系研究,以及一些以接受问题为中心的综合性问题的研究。他特别反对仅仅对两个不同对象同时看上一眼就作比较,他认为仅仅靠记忆和印象的拼凑,靠主观臆想把一些很可能游移不定的东西扯在一起来找类似点,决不可能产生论证的明晰性。他总是用充分的实际材料来支持他的结论。他曾花五年多的时间来查阅、分析1770—1880年间在法国出版的主要报刊、杂志、书籍,从中捕捉最细微的迹象,追踪言论的动向。他的许多重要著作都是在这个基础上写成的,其中有:《歌德在法国》(1904)、《文学史研究》(论文集,1907, 1910, 1939)、《1787—1815年间法国流亡贵族中的思想动向》(1925)、《巴尔扎克所受的外来影响》(1927)等。他的学术成就为他赢得了声誉,使他成为比较文学法国学派的典范。

此后，法国不少大学相继开设了正式的比较文学讲座，如巴黎大学(1910年)、斯特拉斯堡大学(1919年)，法兰西公学(1925年)、里尔大学(1930年)等。1930年，巴黎大学又成立了"现代比较文学研究所"。从此，比较文学终于在大学里站稳了脚跟，成为一门独立的大学学科。

梵·第根(Paul Van Tieghem，1871—1948)是第一个全面阐述法国学派观点的人。他的《比较文学论》比较全面，从比较文学的历史到方法和成果都作了系统论述，可以在一定程度上代表当时法国学派的观点。该书于1931年在巴黎出版，1937年由戴望舒译成中文。

全书共分"导言"、"比较文学的形成与发展"、"比较文学的方法与成绩"、"总体文学"四部分。梵·第根的书可以说是集大成之作，但他和他所代表的同辈，有很大的局限性。首先，他是以欧洲为中心来讨论比较文学的性质和任务的。他认为比较文学的对象就是研究欧洲诸国文学作品的相互关系，并努力把各国固有的文学"归附"到"欧洲文学之总体的历史中去"。第二，他强调沿着"放送者"、"传递者"、"接受者"这条路线追溯"源流以及主题、思想或形式"的假借。从"放送者"出发，应着重研究一个作家对欧洲其他作家的影响；从"接受者"出发则着重研究一个作家所受欧洲各国文学的影响。而所谓影响又只是指文体、风格、题材、主题、典型和传统、思想和感性的"假借"，考察其"经过路线"，也就是搜集尽可能多的材料，找出其共同因素，即"文学的假借性"。这样，就把比较文学局限于实证的追寻而忽略了对文学本身的"文学性"的分析。梵·第根甚至认为"比较"二字应摆脱其充满随意性、主观性的美学涵义而取得客观的、实证的科学涵义。这一点后来受到美国学派，特别是韦勒克的严厉批评。

尽管如此，《比较文学论》这本书还是系统地讨论了比较文学的各个方面，特别是在第三部分论述总体文学时，他提出把各国文学作为一个整体来研究，必须在各国文学发展的背景上来研究一国文学，他说："叙述法国悲剧的沿革……而不把它归在欧洲文学史之内，这实在是再荒谬也没有了。"他认为应该把各国文学中类同的方面放在一起来研究，以避免重复和缺陷，同时分辨出在一部作品中哪些是从书本来的，继承别人的，哪些是从本地生活中来的，是作家个人的创造，这些思想对后来比较文学的发展都有重要意义。

第二次世界大战后，1951年法国学者基亚(Guyard M. F.)新写的《比较文学》一书虽曾再版过6次，并为各种百科全书和其他比较文学著作所提及，但对于梵·第根的《比较文学论》来说，并无实质性的创新与超越。

直到1968年热纳(Jeune, Simon)著《总体文学和比较文学》认为，比较文学不应该排斥文学理论和美学问题，也不能排斥分析作品的形式。1967年出版的比梭瓦(Pichois, Claude)和卢梭(Rousseau, Andre)合著的《比较文学》一书对比较文学所下的定义是："比较文学：运用历史、文艺批评和哲学的方法，对不同语言或不同文化的文学现象进行分析性的描写，有条理的和区分性的比较、综合的比较，以期更好地理解文学这一人类精神的特有功能。"他们认为比较文学的目的是描述、理解、欣赏一切文学的作品，以及通过考虑文学作品与艺术作品的关系来描述、理解、欣赏它们。这些观点跟梵·第根、基亚的理论相比，已有很大差别。

另外，更值得注意的是，一些法国学者已经意识到比较文学以欧洲为中心的弊病，开始重视欧洲以外文化传统的文学。1963年，艾田伯说他开过一门再正统不过的18世纪末叶欧洲前浪漫主义的课程，但"所有我用来评述欧洲前浪漫主义的诞生的引语均出自中国诗歌，从生活在纪元之前的屈原到宋代"。能"用公元前和公元后12个世纪的中国诗歌来解释18世纪的前浪漫主义的所有题材",就因为"那些形式存在着,类型存在着,不变因素存在着。一句话,有人存在,文学也就存在"①,这对于那些始终认为不同文化的文学之间(即所谓异质文化之间)不能展开比较文学研究的人无疑是一次重要的启蒙。1970年,巴黎第三大学、威尼斯大学和契尼(Cini)基金会联合创办了一个"欧亚文化关系研究中心"。基亚在《比较文学》(1978年版)的结论中说:"(比较文学)长期以来局限在从雅典、罗马、耶路撒冷脱胎出来的世界,现在向非洲和亚洲的文化开放了。"

如上所述,可见法国的比较文学不仅十分丰富,而且是随着时代的发展而变化的,任何企图将如此复杂的现象勉强纳入一个固定的"法国学派"的框架,并以一个简单的"影响研究"来概括都是不科学的。

第三节 比较文学在美国的发展

美国比较文学史也可以追溯到19世纪70年代。不过,早期的比较文学研究仅仅是一种零星的、自发性的学术探讨。沙克福德(Schackfold)大约是美国第一位涉足比较文学领域的学者,1871年,他在康奈尔大学作了"总体文学还是比较文学"的学术报告。另一位比较文学先驱盖利(Gayley,Charles)曾在1887—1889年间在密执安大学开设了以"文学批评的比较"为内容的专题讲座。1894年在致《日晷》杂志的公开信中,他积极倡议成立比较文学协会。虽然这一倡议没有及时得到响应,但是在一些大学中,比较文学的学术研究气氛日趋活跃。1890—1891年间,哈佛大学开设了比较文学讲座,积累了有益的经验。

---

① 《比较文学研究译文集》,上海译文出版社,1985年,第98页。

但是，从整个比较文学领域来看，这门新兴的学科直至19世纪90年代"在理论上尚未得到发展，而且，这方面的实践还存在着很大的局限"。①

1903年，美国第一本《比较文学杂志》创刊。著名法国比较文学家巴登斯贝格和意大利学者克罗齐(Croce, Benedetto)都参加了杂志的编辑工作。

美国第一个比较文学系1899年创立于哥伦比亚大学。五年后，哈佛大学也设立了比较文学系。萧菲尔(Schofield)蝉联系主任达十五年之久。1910年他创办了《哈佛比较文学研究》杂志。与他共事的有"新人文主义文学批评"的领袖欧文·白璧德(Irving Babitt)教授。

在美国比较文学发展史上，伍德贝里(Woodberry, George)的学术见解曾对别的比较文学学者产生过影响。他认为，所谓比较文学，主要是对作品的来源、主题、体裁、环境和艺术手法上的雷同现象作研究，这种研究包含了社会学的因素。另一位较有影响的比较文学学者是钱德勒(Chandler, Frank)。他认为，比较文学的研究不应该局限于纯文学，而应作为比较社会学与比较心理学的辅助学科。它的任务是遵循事物发生、发展的规律，通过划分阶段或从文学运动入手研究主题、类型、环境、渊源、影响及传播、探讨文学的美学问题，寻求国别文学的共同发展规律。这无疑是一种颇有见地的主张。但是，在当时学术条件尚不成熟的情况下，并未得到应有的反响。

1942年，在哥伦比亚大学比较文学教授克里斯蒂(Christy, Arthur)的倡导下，"全美教师理事会"中产生了"比较文学委员会"。同年，他又创办了《比较文学通讯》，该杂志宗旨是回顾历

---

① 引自维斯坦因：《比较文学与文学理论》，印第安纳大学出版社，1973年，第209页。

史、反映现状和展望前景，引起了学术界的普遍兴趣和关注。（1946年克里斯蒂逝世，杂志停刊。）

由于第二次世界大战后，人民思想和心态的转变，美国比较文学在50年代有了迅速的发展。

耶鲁大学和印第安那大学在40年代末、50年代初带头开始了战后的比较文学研究工作，不久在全国范围内出现了一个比较文学的研究热潮，教育界不断传来各大学设立比较文学系或专业的消息，几乎所有的研究生院都将比较文学列为研究课题；全国各地各种比较文学书刊相继出版。1952年，《比较文学与总体文学年鉴》问世。1953年，韦勒克(René Wellek)在《年鉴》第二卷中发表了一篇题为《比较文学概念》的短文，对法国学派提出批评，认为他们过于重视"事实关系"，对比较文学定义的解释比较狭隘，忽略了对艺术作品的美学分析。雷马克(Remak, Henry)在《比较文学的定义和功用》(1962)一文中更进一步指出了在法国盛行的"影响研究"往往"限于找出和证明某种影响的存在，却忽略更重要的艺术理解和评价问题，那么，对于阐明文学作品的实质所做的贡献就可能不及比较互相并没有影响或重点不在于指出这种影响的各种对作家、作品、文体、倾向性、文学传统等等的研究"。[①] 雷马克还对"跨学科研究"的定义作了详细的解说。艾德礼(Owen Aldridge)则在1969年发表的《比较文学论文选集》中明确地提出了"平行研究"的主张，指出比较文学应该包括"没有任何关联的作品的平行的类同比较"。

美国所以提倡平行研究，有一定的原因。首先，美国居民来自世界各地，他们把各自的文化传统带进了这个"新世界"，眼界比较开阔，没有产生狭隘的民族情感的土壤和气候。其二，美国只有二百多年历史，在文学传统上无法同法国文学相比拟。如

---

① 《比较文学译文集》，北京大学出版社，1982年，第2页。

果局限于"影响研究",它只能被动地研究欧洲文学对美国的影响,因而产生了开创无实际接触的民族文学间的平行比较的迫切愿望。其三,由于盛行于美国的新批评派思潮反对以作者生平、文学传统、社会背景为研究中心的传统批评方式,认为文学作品应有其独特的审美价值,这也影响到比较文学界。事实上,早在40年代,韦勒克与奥斯丁·沃伦合著的《文学理论》一书,就把对作品的作者生平、社会背景等外在因素的研究称为"外在研究",而把对作品本身,包括形象、隐喻、象征、文体等形式结构的研究称为"内在研究",认为"内在研究"才是文学研究的重点。

60年代后期,新批评派的势力开始衰落,叙事学、结构主义、诠释学、符号学、神话式批评等逐渐取而代之。总的倾向是更重视作品的形式,重视读者的作用,与其他学科的结合(如与语言学、哲学、心理学等)也更频繁密切。美国学者已开始运用这些新理论来比较分析不同民族的文学现象和文学与其他学科的关系。

70年代后,越来越多的大学开设了比较文学课,从事比较文学教学工作的学者为这门学科写下一些有分量的教学用书。如弗朗斯瓦·约斯特(Jost, Francois)的《比较文学导论》和罗伯特·克莱门茨(Clements, Robert)的《大学比较文学》等等。

另一方面的进展是对中西比较文学的重视。美国比较文学界代表人物,80年代,哈佛大学比较文学系主任克劳迪奥·纪延(Guillén, Claudio)曾说过:"只有当世界把中国和欧美这两种伟大的文学结合起来理解思考的时候,我们才能充分面对文学的重大理论问题。"不少美国学者对中国文学产生了浓厚的兴趣。1983年夏天,十位美国比较文学家应邀来我国参加中美比较文学第一次双边讨论会,提交了多篇中西比较文学研究的论文。

美国比较文学的重大功绩当然是肯定了并无直接联系的文学

也可以进行比较文学研究,并强调了比较文学的审美特点,同时在跨文化和跨学科的研究方面也大大拓宽了比较文学的研究领域。显然,美国比较文学也决不是一个"平行研究"所能范围的。

第四节 比较文学在俄苏和其他国家

苏联比较文学研究的历史渊源可以追溯到 1870 年。从这一年起,在彼得堡大学、莫斯科大学和基辅大学开设了总体文学史课。这些课程主要是研究各国文学间漫长的关系史和各民族文学间的异同现象。代表人物亚历山大·维谢洛夫强调社会生活和历史条件在文学影响中的主导地位,强调诗人、作家对前人的继承关系,他主张通过比较文学找出相似点,因为相似点代表某种共同的、重复出现的东西,更接近于事物的规律性。正如苏联著名比较文学学者日尔蒙斯基所说:"在他的著作中比较文学从研究'影响'、'借用'等局部问题发展为一种具有原则意义的研究方法,这种方法旨在揭示文学历史发展的规律性,阐明文学历史发展的规律如何受到社会历史发展的制约。"①

俄国形式主义学派对苏俄比较文学具有深远的影响。他们强调形式是艺术特征的主要载体,为了要使文学研究成为一门独立的科学,就必须研究形式。他们从形式方面对俄国作品与西欧作品进行比较,探索作品的渊源,辩明普希金与法国文学的关系,莱蒙托夫所受的外国作品的影响等等。二三十年代积极从事比较文学研究,为苏联比较文学奠定了基础的是日尔蒙斯基。1924年,他在《拜伦与普希金》中,把比较文学研究的重心从"谁和什么产生了影响"的问题转移到"对谁,为什么和怎样产生影

---

① 日尔蒙斯基:《比较文艺学》,莫斯科:科学出版社,1979 年。

响"的问题上去。1935年，他在《比较文艺学与文学影响问题》的报告中强调指出，文学和历史的发展是一致的，应该把在相同社会历史发展阶段发生的类似的文学现象进行比较，尽管这些现象相互间并无直接关系。他认为任何"影响"在一个新的环境里，由于受到当地社会条件和需要的制约，必然会发生"社会变形"。"影响"本身是属于历史范畴的，而"影响"的性质则随着社会关系的变化而变化。1937年，他的新作《我国文学中的歌德》详细论证了一部作品在翻译成异国文字的过程中，在它的模仿作品中，在批评家对它的评论和阐述中，都或多或少地发生了"社会变形"，汇入了另一个民族文学之中，成为其中的一个实在因素。同时他又强调指出，对歌德创作的接受和重新理解并不是漫无边际的，因为"作家或作品本身所具有的受到历史制约的客观特征上蕴含着"界限。他进而强调比较文学应该成为确定文学现象与社会发展阶段之间相互对应的规律性的手段。他认为比较文学的任务，就是在马克思关于世界历史发展的思想的基础上建立"总体文学"。这就是日尔蒙斯基提出的苏联比较文学的类型学研究。

40年代，由于当时苏联所采取的极左文艺政策和对世界主义的批判，比较文学在苏联渐趋凋敝，尽管在此期间日尔蒙斯基也撰有《比较文学中的东西文学关系问题》(1946)等文，但并未发生重大影响。

直到1957年苏联科学院在列宁格勒的俄国文学研究所创设"俄国与外国文学关系研究室"，在著名学者M.B.阿列克谢耶夫院士领导下，在俄国和外国文学关系史方面才又取得了引人注目的成绩。值得一提的是他们对东方诸民族文学间和东西方文学间的比较研究表现出相当的重视，并于次年在莫斯科高尔基世界文学研究所设立了专门研究东方诸民族文学间和东西方文学间相互联系的"东方室"。苏联学者对于西方比较文学学者忽视东方文学和东西方文学的比较研究的做法很不以为然。与欧美相比，苏联的几位比较文学专家，如康拉德、日尔蒙斯基等，不仅东方文学造诣都相当高，而且在这一领域的比较研究成绩斐然。1960年，苏联科学院高尔基世界文学研究所召开了题为"民族文学的相互联系与相互影响"的大型学术讨论会，到会代表达四百余人，一致认为，无论是研究世界文学史，还是进一步研究单一的民族文学，无视民族文学之间的相互联系是不可思议的。代表们强调，在研究这些联系和影响时，一定要搞清具体的历史条件，一定要重视国别文学的民族特征和民族传统。他们认为，这是西方"比较主义者"所忽视的。针对西方比较文学研究存在的"欧洲中心论"的倾向，会议提出应重视对东西文学进行比较研究。大会的主要报告还专门谈了中国文学在日本的影响和文学联系对中国小说的发展所起的作用等问题。① 这次会议后，苏联的比较文学有了较大发展。

1971年3月在莫斯科召开的"斯拉夫文学比较研究学术会议"是苏联比较文学界又一次重大的学术活动。会上著名文艺理论家德·马尔科夫宣称："比较文学现象的马克思主义的道路是揭示文学现象的历史制约性与美学作用，是揭示文学现象的一般与特殊的辩证统一的道路。"在这样的指导原则下，苏联出版了相当数量的比较文学论著，如洛特曼的《文艺篇章的结构》(1970)，康拉德的《西方与东方》(1972)，涅乌波科耶娃的《世界文学史——综合分析和比较分析问题》(1976)，论文集《文学的比较研究》(1976)、《18世纪俄国文学与西欧文学》(1980)、《俄国文学与外国文学的相互联系》(1983)、《斯拉夫语言文学的类型比较研究》(1983)等。苏俄比较文学从此进入了一个的新阶

---

① 康拉德：《东方各民族文学与一般文艺问题》，谢马诺夫：《文学联系对19世纪、20世纪初中国小说的发展作用》。

段。

德国比较文学的发展有着较深远的传统。18世纪的伟大思想家和作家赫尔德(Herder, J.C.)首先提出,任何一部文学作品都是历史的产物。在对古希腊戏剧和莎士比亚戏剧的比较研究中,他向人们揭示,古代和现代戏剧的差别,是由不同时代及各自不同的社会条件所造成的。所以,要正确地认识一部作品,首先要对产生这部作品的民族或国家,其历史、语言和精神世界等有所了解。他说,人们只能通过生出果子的树木才能认识果子。这种体现了历史主义和总体主义的思想,对比较文学初期的题材与主题史研究和影响研究都具有相当的指导意义。另一位文艺理论家莱辛在其《汉堡剧评》中,对欧洲各国的文学关系进行了总的探讨,其中一些题材研究篇章今天还引起比较文学研究者的兴趣。

德国文学进入浪漫主义阶段以后,施莱格尔(Schlegel)兄弟进一步发扬了赫尔德的文学思想。他们对诗歌和戏剧的总体研究和比较研究预示着德国比较文学重要阶段的到来。

具有更大历史意义的是1827年1月31日,一代文学巨人歌德在与爱克曼的谈话中明确指出:"我愈来愈相信,诗是人类的共同财产。……民族文学在现代算不了很大一回事,世界文学的时代已快来临了。现在每个人都应该出力使它早日来临",歌德对中国文学的兴趣更是众所周知的。

此后,古典语文学家霍普特(Haupt, M),在1854年柏林科学院就职演讲中直接谈论了比较文学问题。他指出,通过对古希腊罗马世界的对照和类比能更清楚和生动地认识古代德国。他的关于荷马史诗和尼伯龙根之歌的平行研究为德国比较文学开辟了道路。哲学家和美学家卡利埃尔(Carriere, M)在1854年的《诗的实质和形式》中提出了对印度、波斯、希腊和日耳曼史诗进行比较研究的观点。1884年,他把上面这本书作了较大修改后,以《诗学，带有比较文学史特征的实质和形式》的标题出版。前言中，他大力提倡比较文学的题材研究并提请人们注意美学评价问题。

1886年，由日耳曼学家和文学史家科赫(M.Koch)主编的德国第一本比较文学杂志《比较文学史杂志》正式创刊，宣告了德国比较文学一个新时代的开始。1901年，科赫还编辑出版了杂志附册《比较文学研究》。在科赫的杂志中，神话和传说，题材与主题史，文学渊源研究占有中心位置，这也是德国比较文学研究的特点。此外，翻译艺术研究和影响研究也受到相当重视。科赫还曾表示：尤其要强调政治和文学史之间的关系，并提出文学与雕塑艺术，哲学发展与文学发展之间的联系都应成为杂志的研究任务。

19世纪末、20世纪初对德国比较文学具有很大影响的是一位瑞士比较文学家贝茨(Betz, L.P)。他在瑞士这片德法语共用的语言区域中参加了德国的比较文学讨论。1896年在题为《关于比较文学史的性质、任务和意义的批评研究》一文中，他认为：比较文学的任务是，研究各民族的互相联系、展现过去和现在，把民族与民族、人与人联系起来的扭结。

第二次世界大战后，1947年，著名海涅研究者希尔特(Hirth, F)发表了战后西德第一篇关于比较文学理论和方法的文章，题目是《关于比较文学的精神》。针对一些模糊观念，他明确指出："比较文学同文学史只在材料方面是一致的，方法却不一样，因为比较文学不追求历史的目标。它通过对类似现象的比较，深入到这些现象最内在的本质中去，一方面发现造成类似，另一方面发现造成不同的规律。"希尔特通过这种划分，确定了比较文学的位置。他还指出：比较文学"不仅具有美学，而且还有哲学、政治和社会的性质"。1950年，西德第一个比较文学讲座在美茵茨大学开设，希尔特成为西德第一位比较文学教授。

西德当代比较文学集大成者是吕迪格(H. Rudiger)。1958年他接替希尔特在美茵茨大学任教,自1962年任波恩大学比较文学教授。1962年他发表了《民族文学和欧洲文学,比较文学方法和目的》一文,对战后西德比较文学理论作了清楚的论述。他主张用"作用"(Wirkung)概念代替传统的"影响"(Einflub)概念,以避免"实证主义"嫌疑。同希尔特相比,他显然更强调文学作品本身的研究而不十分注意比较文学的"社会作用"。1966年吕迪格创办了西德第一份比较文学杂志《阿卡迪亚》。三年后,"德国总体文学和比较文学"协会在他召集下正式成立。由于他对西德比较文学在理论和组织建设方面作出的贡献,吕迪格被誉为西德"比较文学之父"。

东德比较文学是随着苏联自50年代中期起重新开展比较文学研究而缓慢起步的。这个开端以对西方比较文学的批评为特征。1962年,东德代表参加了布达佩斯国际比较文学会议。同年,著名理论家克劳斯(Krauss, W)在东柏林德国科学院全体会议上作了题为《关于比较文学史问题》的报告。他回顾了比较文学的发展,并肯定了这种发展的必然性。他提倡比较文学在各国文学交流及人民互相了解方面发挥作用。1964年,在瑞士的弗赖堡召开的国际比较文学会议上,《魏玛文集》主编娜柯(Nahke. E)拥护克劳斯的报告,提出了开展比较文学研究的具体方针,进行干部选拔,开发研究资料和建立研究机构。

1967年,东德国家科学院斯拉夫学研究在柏林召开国际性比较文学会议,会后出版了论文集《比较文学研究的现实问题》。为了加强马克思主义比较文学理论的建设,1967年东德翻译出版了捷克比较文学家久里申(D. Durisin)的专著《比较文学研究》。这是东欧惟一的一本自成系统的比较文学理论性著作。

日本是把比较文学作为一门学科来研究的最早的国家之一。1948年,日本就已经成立了比较文学学会,尽管真正取得成果的人并不多，但毕竟有一批人在致力于这门学问的研究。日本卓有成效的比较文学研究是从坪内逍遥从1889年在东京专门学校讲授"比较文学"开始的。此外，森鸥外、夏目漱石也曾提出过文学要超出一个国家的范围。1916年，高安月郊撰写了《东西文学比较评论》运用广博知识，考察了东西方文学的类似现象，对作家、作品进行了对比研究。1924年，芥川龙之介在其《僻见》一文中指出日本近代文学是接受西方文学影响，学习外国文学知识，才克服狭隘观念的。1935年，早稻田大学教授吉江桥松监修出版《世界文学大辞典》，意在侧重比较文学，为比较文学的发展做出了贡献。

第二次世界大战后，比较文学在日本迅速传播。1953年，东京大学开设了比较文学、比较文化课程，第二年，东京大学成立了比较文学会，创刊《比较文学研究》。东京女子大学创立了比较文学研究所，开始出版杂志《比较文学》和《纪要》。早稻田大学、青山学院及其他诸所院校也相继出版了一系列有关比较文学的书籍和论著。1958年，日本比较文学会机关杂志《比较文学》创刊，出刊至今。1976年，由芳贺彻等人编辑的《比较文学讲座》全八卷出版。1978年，松田穰编辑出版了《比较文学辞典》等等。日本比较文学在方法论上虽主要追随法国和美国，但在某些方面也有其独到之处。正如原国际比较文学学会副会长，东京大学的芳贺彻教授在一次发言中所说："西方人研究西方文学没有注意到的事情，由日本人注意到了。我想，这才是比较文学出发点的惊人之处。"他的意思是说，日本人研究西方文学与西方人自己研究西方文学并不相同，这本身就包含着一个跨文化视野的问题。

另外，埃及和印度的比较文学也都有了显著的发展。

埃及比较文学的起点可以上溯到里法阿·伊本·拉菲厄·塔哈塔维(1801—1873)。他创办的语言学院在他的关照下，翻译了两千多种文艺、学术著作和论文,他在论述语言和文学时无不拿阿拉伯语言文学和法国语言文学作比较。经过一段时期的酝酿,20世纪30年代,"阿拉伯比较文学"被作为一门专业课程列入著名的阿拉伯语文专科学校。1936年9月,法赫德·艾布·苏奥德在《使命》杂志上发表了题为《阿拉伯文学和英国文学中的外来影响》,副标题是《关于比较文学》的文章,不仅已研究文学之间的影响,而且着眼于作品的内部联系和美学价值。80年代后,埃及各大学普遍开设了比较文学课程。埃及的比较文学学者不仅重视西方文学对阿拉伯文学的影响而且十分注意研究阿拉伯文学如《一千零一夜》,埃及古代神话等对西方文学的影响,以及伊斯兰教在但丁、莱蒙托夫等人的作品中留下的痕迹,并将视线投向包括中国在内的东方文学。

比较文学在印度有很好的发展条件。1908年泰戈尔就曾作过一次以"比较文学"为题的公开讲演。他指出印度"最近几十年间,过分地效忠于英国文学,结果导致印度文化大大地衰微,大部分印度人对英国文学的态度是'殖民地式'的"。因此,"比较文学的实现成为一种迫切的需要",① 但直到1956年才在加尔各答的加达芙波尔大学设立,新德里大学则在1969才引进了新的比较文学方法。1989年,钱德拉·莫翰编写了《比较文学的方方面面》,为印度比较文学的进一步发展提供了新的理论和方法。

第五节 比较文学的进一步发展——定义之争

如上所述,比较文学在不同的地区都有了不同的发展,不同地区也都有了不同的比较文学定义。第二次世界大战后,各地区

---

① 转引自李达三:《比较文学研究之新方向》,台北:联经出版事业公司,1978年。

文化汇合和交流的需要被突显出来,比较文学界更感到在一起讨论对比较文学本身如何理解的必要性。到了50年代末期,比较成熟的比较文学定义已经可以大体归纳成以下不同的三种:

第一种,普遍为法国学者所采用。法国著名比较文学学者卡雷(Carre, Jean-Marie)特别强调"事实联系"。他说:

> 比较文学不是文学比较……我们不喜欢逗留在丁尼生与缪塞、狄更斯与都德等作家之间的异同上。**比较文学……研究国际间的精神关系,研究拜伦与普希金,歌德与卡莱尔,司各特与维涅之间,以及各国文学的作品之间,灵感来源之间与作家生平之间的事实联系(rapports defait)。比较文学主要不考虑作品的独创价值,而特别关怀每个国家、每位作家对其所借取材料(Emprunts)的演变。**①

他的学生基亚则明确提出:"比较文学就是国际文学的关系史。**比较文学工作者站在语言的或民族的边缘,注视着两种或多种文学之间的题材、思想、书籍或感情方面的彼此渗透。**"②

第二种,在美国广泛被认同。美国学者对比较文学定义的了解与法国学者有显著不同。他们强调的是在多种文学的语境中来研究一种或多种文学。美国比较文学会会长欧文·艾德里强调:

> 比较文学并不是把民族文学拿来一国对一国进行比较,而是在研究某一民族文学时,比较文学提供了扩大研究者视野的方法——使他能够超越狭隘的国家界限,去考察不同民

---

① 卡雷:《比较文学·序》,转引自张汉良:《比较文学研究的方向与范畴》,载《中外文学》6卷10期,1978年,第99页。

② 基亚:《比较文学》,颜保译,北京大学出版社,1983年。

族文化中的潮流和运动，认识文学与人类活动其他领域之间的种种关系……因此，**比较文学最简单的定义，可以解释为通过一个以上的民族文学的视野来研究文学现象，或者研究文学与其他知识间的关系。**①

印第安纳大学比较文学教授亨利·雷马克的定义与此相似但更为明确，他说：

> **比较文学是超出一国范围之外的文学研究，并且研究文学与其他知识和信仰领域之间的关系，艺术**(如绘画、雕刻、建筑、音乐)、哲学、历史、社会科学(如政治、经济、社会学)、自然科学、宗教等等。简言之，比较文学是一国文学与另一国文学或多国文学的比较，是文学与人类其他表现领域的比较。②

第三，原苏联、东欧学者的看法又不相同。他们称比较文学为"历史—比较文艺学"，他们强调的是文学发展过程中，文学类型的类似及其相互联系和相互影响。苏联《大百科全书》认为：

> 历史—比较文艺学是文学史的一个分支，**它研究文学的国际联系与国际关系，研究世界各国文艺现象的相同点与不同点。**文学事实类同，一方面可能出于社会和各民族文化发展相同，另一方面则可能出于各民族之间的文化接触与文学

---

① 欧文·艾德里(Owen Adridge)：《比较文学：内容与方法》，伊利诺斯大学出版社，1969年。

② 1976年版《苏联大百科全书》，干永昌译，见《比较文学研究译文集》，上海译文出版社，1985年，第427~428页。

接触；相应地区分为：**文学过程的类型学的类似和文学联系和相互影响，通常两者相互为用，但不应将它们混为一谈。**

民主德国《梅耶斯百科全书》1979年版关于比较文学的定义则更具体明确一些，他们认为："**比较文学是文学研究的分支、它探讨各民族文学中同类的或相似的演变过程和现象，从广义上说，它研究文学的普遍原理。**"①他们指出，马克思主义承认一切事物都具有独特的表现方式，同时也承认"不同国家的社会现象的可重复性和规律性这条普遍的科学原理"（列宁），因此，比较文学从历史继承的角度来进行比较，研究在一种社会形态发展阶段内或在几种不同的社会形态之间艺术与文学所产生的共同模式和它们之间的相互关系是有一定的理论根据的。

从以上所引有关比较文学的定义，可以看出若干意见的不同。大体说来，有的注重有直接关系、有接触事实的国际间的文学关系的研究，他们强调作者或作品之间的"事实联系"，注重同一题材在不同文化系统中的演变和思想感情的交流而**不大注重并无事实联系的作家或作品之间的异同**。第二种不赞成把比较文学的研究局限在"事实联系"上，认为这样做就会使比较文学停留在"外缘研究"，如作家与作家的关系，一个作家与另一种文化的具体接触过程等，而不能深入到文学本身的内在本质，以至成为仅仅研究"文学外贸关系"的学问。这类学者认为比较文学应该是"超越语言界限的文学研究"，也就是扩大研究者的视野，在与其他文化体系比较的背景上来研究文学现象，同时他们强调把文学与人类其他表现领域（艺术、哲学等）的关系纳入比较文学的领域。第三种则更着重研究文学过程的"类型学"类似。他们认为人类社会历史发展的统一性（如都经历过奴隶社会、封建社

---

① 1976年版《苏联大百科全书》，第431页。

会等)是"历史比较文艺学"的前提。由于各民族在同一历史时期发展各自文学时具有相同的社会关系,因而产生历史类型学的类似,例如在资本主义社会的文学中,可以在各欧洲民族之间观察到国际性的、有共同规律的文学流派的更替:文艺复兴、巴罗克、古典主义、浪漫主义、批判现实主义与自然主义、象征主义、新现实主义等;同时,这一过程又伴随着不同的民族文学传统和作家创作个性所产生的思想艺术特色。他们认为,对于比较文学来说,关于这些差异的研究也和关于共同点的研究同等重要。

这些不同的理解虽然比较集中表现于不同的国度,但不能以国别的不同简单划分为某国"学派",例如法国人艾田伯就曾对法国学派提出尖锐的质疑,以至被人们戏称为"超美国学派"。基亚自己也说:"十分幸运的是,人们对于比较文学研究的看法还不是一个护照问题;因此从这点来看,许多美国人是'法国派',而一些法国人则是'美国派'。"① 至于比较完整的,为大家所公认的比较文学定义则还有待于更进一步的深入讨论。

1958年,在美国北卡罗莱州教堂山召开了国际比较文学学会第二次年会。由于当时对于"什么是比较文学"的理解成为国际比较文学发展最迫切的问题,有关定义的论争就自然成为这次大会的主题。上述三种定义的具体表述虽然有的是在这次会议以后,但其内容在当时已经很清楚了;这次讨论也影响到后来的若干年。

会上,原籍捷克的著名美国学者,颇有代表性的人物韦勒克作了题为《比较文学的危机》的挑战性发言。韦勒克在很多方面赞成新批评派的观点。在新批评派看来,关于作者的社会经历、

---

① 基亚:《比较文学·序言》第六版,见《比较文学研究译文集》,上海译文出版社,1985年,第76页。

创作意图的研究,不应影响对于文学作品本文的分析,如果用关于作家的社会学、心理学分析来替代对作品的文学分析,这是一种强加于作品的意图,被称为"意图谬误"(Intentional Fallacy);至于了解读者从阅读作品中得到什么感受,是否从中更多地认识了世界或受到教育(即文学的思想意义、认识意义、教育意义),这也是社会学家和教育家的事,与文学本身的分析无关。如果只从作品的社会效果来分析作品,这就是所谓"效应谬误"(Affective Fallacy)。从新批评派的这种基本观点出发,韦勒克认为艺术品是一个符号结构,但却是一个有含义和价值,并且需要用意义和价值去充实的结构。这个结构一旦产生,它就完全不同于作者在写作时的大脑活动过程,而成为一个独立存在的实体。韦勒克说:"在作者心理跟艺术作品之间,在生活、社会同审美对象之间,存在着一条被人们正确地称为'本体论的沟渠'。我已把艺术作品的研究称之为'内在',而把对艺术作品与作家思想的关系,艺术作品与社会的关系的研究称之为'外在'。"关于"内在"的研究就是"文学性"的研究。韦勒克认为这是"美学的中心问题",是"文学艺术的本质","文学研究如不决心将文学作为有别于人类其他活动及产物的学科来研究,就不可能有什么进展"。

从以上这一基本观点出发,韦勒克认为:"内容和方法之间的人为界限(指对比较文学方法论的限制及总体文学与比较文学的机械划分),渊源和影响的机械主义概念,以及尽管是十分慷慨的但仍属文化民族主义的动机(指不科学地夸张本民族文学对他民族文学的影响),是比较文学中持久危机的症状。"韦勒克所集中攻击的是"外缘"的,脱离"文学性"的单纯的有关渊源和影响的研究。他强烈指责部分学者只强调"影响研究",把"比较文学"局限于研究各国文学之间的"贸易交往"。他认为这种倾向,将比较文学变得仅仅注意研究外部情况、二流作家,只研究翻译、游记和"媒介物"等等。一言以蔽之,它使比较文学成了"只不过是研究国外渊源和作家声誉的附属学科而已"。更重要的是这样就无法从总体上来完整地研究一部艺术作品。"因为没有一部作品可完全归于外国的影响,或者被视为仅仅对外国产生影响的辐射中心。"他认为这样做,就会离开对文学本身的研究,而把文学研究淹没在社会心理学研究,文化史研究等"外在研究"之中。[1]韦勒克在他这篇猛烈攻击"实证主义方法"的发言中并没有对比较文学的定义本身作更多正面的阐发,只是提出:"**比较文学已经成为一个确认的术语,反映的是超越国别文学局限的文学研究**"。

1963年,法国著名比较文学家艾田伯(Etiemble Rene)总结1958年教堂山和1962年在布达佩斯召开的大会,发表了论战性的专著《比较不是理由》,这本书1966年以《比较文学中的危机》为题在美国出版。它全面总结了过去的论争,开拓了新的视野。他认为"文学的比较研究",包括对那些相互之间没有直接影响关系的文学的比较研究都会对当代文学作出贡献,例如关于毫无联系的诗的结构或小说结构的比较分析就会帮助我们发现诗歌或小说本身必须具备的特性。他举例说:"我讲授了一门再正统不过的课……所有我用来评述欧洲前浪漫主义的诞生的引语均出自中国诗歌,从生活在纪元之前的屈原到宋代。"能"用公元前和公元后12个世纪的中国诗歌来解释18世纪的前浪漫主义的所有题材",就因为"那些形式存在着,类型存在着,不变因素存在着"。在他看来"历史的演进"和"美学的沉思"两者不但不对立,而且必须互相补充并结合起来。因此,18世纪到20世纪中国道家学说在欧洲的传播(或者甚至于禅宗),20世纪美国

---

[1] 韦勒克:《比较文学的危机》,见《比较文学研究译文集》,第123~134页。

电影对法国(或德国、或英国)文学的影响这类课题就和"能"乐和悲剧(或"狂言"和闹剧)的比较诗学等课题同样重要。艾田伯的功绩在于沟通了影响研究和并无事实联系的平行研究,承认两者同等重要,并开始把两者研究结合起来。①

艾田伯实际上接受了大部分韦勒克的意见。他提出了"比较文学是人文主义"的观点,主张把各民族文学看作全人类共同的精神财富和相互依赖的整体,而比较文学正是促进人们相互理解,有利于人类团结进步的事业。更值得重视的是他极富创造性地提出了异质的中西比较文学发展的可能性和前景,从而削弱了欧洲中心论。这些贡献使他和美国的韦勒克一起,用他们的主张明显地影响了六七十年代乃至80年代初期的整个比较文学的发展趋向。

真正体现了这十余年来争辩和讨论的成果的是韦勒克本人在1970年所写的《比较文学的名称与性质》。② 早在1965年,韦勒克在美国比较文学学会以主席身份所作的报告中就已经强调指出,不但应在"把文学作为艺术来研究与把文学放在历史与社会中去研究这两者之间保持平衡",而且也应"在扩大和集中之间,民族主义和世界主义之间保持平衡"。在1970年的文章中,韦勒克强调指出:第一,比较文学是一种没有语言、种族和政治界限的文学研究;第二,对比较文学来说,比较历史上毫无关系的语言和风格方面的现象,同研究从阅读中可能发现的相互影响和平行现象一样很有价值,他说"研究中国、朝鲜、缅甸和波斯的叙事方法或抒情方法,同研究与东方的偶然接触——如伏尔泰的《中国孤儿》——,一样名正言顺";第三,比较文学不能只用来研究文学史(渊源和影响),而且也要用来研究评论和当代文学。

---

① 《比较文学的目的、方法、规划》,《比较文学研究译文集》,第93~120页。
② 《比较文学的名称与性质》,同上,第136~159页。

因为文学史、文学理论和文学批评——文学研究的三个领域,本来就是相互关联的,国别文学研究不能离开由这三部分组成的文学的总体的研究,比较文学也是一样;第四,比较文学是从国际的角度来研究一切文学,它认为一切文学创作和经验都有统一的一面,因而存在着从国际的角度来展望建立全球文学史和文学学术这一遥远的理想;第五,比较文学的性质和对象决定了它不可能只局限于运用单纯的比较方法,在比较文学论述的过程中,"描绘、特性刻画、阐释、叙述、解说、评价等方法都同'比较'一样经常被应用"。韦勒克总结的这些看法大体构成了70年代比较文学研究的指导思想,如果一定要给比较文学下一个定义,以上五个方面也就是当时一般比较文学学者较能接受的比较文学定义的主要内容。

第四章　比较文学在中国的崛起

第一节　中国比较文学的源头

从现代意义的比较文学来说，中国比较文学的源头可以上溯到1897年，林纾和从法国归来的王子仁（号晓斋主人），合译法国作家小仲马的《茶花女》一书。该书以《巴黎茶花女遗事》为题，1899年在福州初次刊行，引起很大反响，正如严复诗所说："可怜一卷茶花女，断尽支那荡子肠"。王国维从他学术研究开始之时，就已关注跨文化现象。早在1903年7月，他在《教育世界》杂志上发表了《哲学辨惑》一文指出："异日昌大吾国固有之哲学者，必在深通西洋哲学之人"。以后，他自己拟定的一份大学文科科目表，其中就包括了"比较言语学"、"比较神话学"等科目。1904年，王国维的《红楼梦评论》（连载于1904年6月至8月出刊的《教育世界》杂志）更是立足于叔本华哲学，努力运用新的理论和方法，从美学、伦理学的角度对《红楼梦》进行了系统的分析和批评。

鲁迅1907年作的《摩罗诗力说》和《文化偏至论》比较分析了各民族文学发展的特色。他指出印度、希伯来、伊朗、埃及等文化古国政治上的衰微带来了文学上的沉寂；俄国虽也似无声，但"俄之无声激响在焉"；德国青年诗人以热忱的爱国精神"凝为高响"，使人民热血沸腾；英国以拜伦、雪莱为代表的"恶魔诗派"更是以他们"立意在反抗，指归在动作"的诗歌"动吭一呼，闻者兴起"，鲁迅还研究过这一"恶魔诗派"在波兰、匈牙利等民族文学中的发展以及拜伦对俄罗斯文学的影响，他也比较过尼采与拜伦的不同，拜伦和易卜生的差异，从而得出结论："首在审己，亦必知人，比较既周，爰生自觉"，也就是说必须在众多的比较中才能找到发展中国新文学的途径。

　　茅盾在1919年、1920年相继写成的《托尔斯泰与今日之俄罗斯》和《俄国近代文学杂谈》中，比较了"西方民族之三大代表——英、法、俄"的文学。指出："英之文学家，矞皇典丽，极文学之美事矣，然而其思想不敢越普遍所谓道德者一步"，"法之文学家则差善矣。其关于道德之论调已略自由，顾就不敢以举世所斥为无理为可笑者形之笔墨。独俄之文学家也不然，决不措意于此，决不因众人之指斥而委曲其良心上之直观"。他又曾指出托尔斯泰与易卜生颇有共同之处，都是写实主义，但"伊柏生（易卜生）言社会之恶，独破其假面具而已，而托尔斯泰则言其全体"。中国现代文学本身就是在这样的比较和借鉴中发展起来的。

第二节　比较文学作为一门学科在中国的出现及其发展

　　"比较文学"作为一门学科在中国正式出现则是20年代末，30年代初的事。当时清华大学研究部课程按教师专长开设，没有固定编制。"文学课程分为文学专题和作家研究两类。文学专题有'比较文学专题'、'法国文学专题'、'近代文学专题'、'近代中国文学之西洋背景'、'近代德国戏剧'、'文学与人生'、'源氏物语'等，作家研究有拉丁作家、乔叟、莎士比亚、弥尔顿、但丁、歌德、近代作家海贝尔、沃尔夫、乔埃斯等。语言课有

'高等英文文字学'、'英语教授法'和'翻译术'三门。"① 当时课程中对学生影响较大的是吴宓、温德、瑞恰慈和王文显等人开设的课程。吴宓开设的"中西诗之比较",温德开设的"文艺复兴时期的文学"、王文显开设的"戏剧概要"都包含比较文学的内容。1929至1931年,新批评派领袖之一,英国剑桥大学英国文学系主任在清华任教,开设了"比较文学"和"文学批评"两门课程。后来清华大学教师瞿孟生根据他的观点和讲稿写成了《比较文学》一书,对英、法、德三国文学进行了比较研究。对中国比较文学的研究起了很好的倡导和推动作用。

30年代中期,傅东华和戴望舒分别翻译了罗力耶(Lolliee Frederic)的《比较文学史》和保尔·梵·第根的《比较文学论》,第一次在中国系统地介绍了比较文学的历史、理论和方法。1936年出现了陈铨的专著《中德文化研究》,全面评述了中国小说、戏剧、抒情诗在德国的传播和影响。

40年代,即便是在战争的岁月,许多中国学者仍然看到文化交往的重要,在探求文学的共同规律及其特殊表现形式,研究各民族文学之间的交往和影响方面作了很多工作。这里首先要提到的当然是闻一多。他在《文学的历史动向》一文里提出中国的《周颂》、《大雅》,印度的《黎俱吠陀》,《旧约》里最早的希伯来诗篇,希腊的《伊利亚特》和《奥德赛》都约略同时产生,"起先是沿着各自的路线,分途发展,不相闻问,然后,慢慢的随着文化势力的扩张,一个个的胳臂碰上了胳臂,于是吃惊,点头,招手,交谈,日子久了,也就交换了观念思想与习惯。最后,四个文化慢慢的都起着变化,互相吸收、融合……这是人类历史发展的必然路线,谁都不能改变,也不必改变。"② 闻一多并强调

---

① 《清华大学校史》,清华大学出版社,第167页。
② 《文学的历史动向》,《神话与诗》,古籍出版社,1956年,第201~207页。

指出"四个文化猛进的开端都表现在文学上","第一度佛教带来的印度影响是小说戏剧"。特别值得提出的是闻一多以为对于一个民族文化的发展来说,"接受"非常重要:"本土形式的花开到极盛,必归于衰谢。那是一切生命的规律,而两个文化波轮由扩大而接交而交织,以致新的异国形式必然要闯进来,……新的种子从外面来到,给你一个再生的机会",他认为上面谈到的中国之外的其他三种文化都只勇于"'予'而怯于'受'",所以没落了,"中国是勇于'予'而不太怯于'受'的,所以还是自己文化的主人……为文化的主人打算,'取'不比'予'还重吗?所以仅仅不怯于'受'是不够的,要真正勇于'受'……过去记录里有未来的风色。历史已给我们指示了方向——'受'的方向"。① 除闻一多外,郭沫若也认为"无论哪个民族的文化,在变革时,每每有外来的潮流参加进来。外来的文化成为触媒,成为刺激,对于本国文化引起质变"。② 冯雪峰也提出了"世界文化的建立",并认为"从形式和内容关系的发展看来,则民族之国际化发展的内在必然性,也是非常明白的,而且又是民族文化发展所必需的"。③

三四十年代显示比较文学实绩的则是朱光潜的《文艺心理学》、《诗论》和钱钟书的《谈艺录》。朱光潜在《诗论》序中谈到当时清华大学和北京大学领导人胡适等都认为中国文学系必须由外国文学系教授担任一部分课程,《文艺心理学》、《诗论》就是他当时在大学执教的讲稿。从比较文学的角度来看,这两本书的共同特点就在于寻求某些共同规律,既能运用于西方文艺现象,也能适用于中国文艺现象;有时则用从西方文学现象总结出

---

① 《文学的历史动向》,第197、198页。
② 《沫若文集》第12卷,人民文学出版社,1957年,第180页。
③ 《雪峰文集》,人民文学出版社,1958年,第43页。

来的理论来阐明中国文学,或用从中国文学现象总结出来的理论来阐明西方文学。《诗论》的各章几乎都是同时用中国和西方的文学事实来论证同一种原理的,随便举一个例子:关于诗歌与音乐、舞蹈同源的问题,作者不仅论证了古希腊的诗歌、舞蹈、音乐三种艺术都起源于酒神祭典,也论证了澳洲的卡罗舞(Karro)混合着狂热的姿势和狂热的歌调和歌词,同时还论证了中国的《风》、《雅》、《颂》因音乐而相区别,"颂"字则原是"舞容"的意思,颂诗是歌舞的混合。① 朱光潜的《文艺心理学》则如朱自清所说,以西方的理论对中国文学作了"有趣的新颖解释"(《文艺心理学·序》)。朱自清认为:"最有意思的是以'意象的旁通'说明吴道子画壁何以得力于斐旻的舞剑……又据佛兰斐尔的学说论王静安先生《人间词话》中所谓'有我之境'实是无我之境,所谓'无我之境'倒是'有我之境'。"② 这种以某种文学理论阐发另一种文学现象的方法,被称为阐发研究,是比较文学研究的一种方法。从朱光潜的实践看来,这种阐发研究在我国 30 年代已经被运用,它给中国文学带来的是新的角度,新的解释,新的启发。

钱钟书的《谈艺录》更自觉地采取了跨文化的比较文学的研究方法,正如他在《序》中所说:"东海西海,心理攸同;南学北学,道术未裂。"钱钟书和朱光潜一样,在谈及一种规律时,多半是同时引用中外事实来加以说明,以反证这一规律的广泛性和普遍性。如果承认美国学者勃洛克所下的定义:"比较文学主要是一种前景,一种观点,一种坚定的从国际角度从事文学研究的设想",③ 那么,四十年前的朱光潜和钱钟书就已经是这样的

---

① 《诗论》,三联书店,1984 年,第 8~10 页。
② 《文艺心理学》,开明书店,1945 年,第 4 页。
③ 《比较文学的新动向》,《比较文学研究译文集》,第 196 页。

学者了。他们的著作给中国80年代比较文学的复兴奠定了最初的基础。正是因为有了这样的基础,一旦有了"对外开放"的正确政策,而且出现了上面谈到的要求理论联系实际和加强东西方比较文学的国际环境,比较文学就在中国以崭新的姿态迅速发展起来。

第三节 钱钟书和他的《管锥篇》

中国比较文学的复兴是以钱钟书的巨著《管锥篇》和《诗可以怨》、《通感》等文章的发表为标志的。"比较文学就其本质而言是广阔的、开放的",是一门"边缘学科","如果我们想给比较文学下一个严密的定义,或者把它归纳在一种科学或一种文学研究体系里面,我们必将得不偿失"。①《管锥篇》等正是这样一种"无法归纳在任何一种科学或一种文学研究体系"里面的,极为开放、广阔的,充分地体现了"边缘学科"的优点和特点的,极富于个性的典范之作。

《管锥篇》写于"文化大革命"十年动乱之间,而出版于1979年8月。全书七百八十一则,围绕《周易正义》、《毛诗正义》等古籍十种,引用八百多位外国学者的一千几百种著作,结合中外作家三千多人,阐发自己读书的独到心得。

全书的根本出发点在于坚信"人文科学的各个对象彼此系连,交互渗透,不但跨越国界,衔接时代,而且贯串着不同的学科"。②但这并不等于要用什么人为的"体系"强加于并不受任何人为体系约束的客观世界。他正确指出历史上"往往整个理论系统剩下来的有价值的东西只是一些片断思想"。当然这并不等

---

① 《比较文学的新动向》,第197、198页。
② 《诗可以怨》,《七缀集》,上海古籍出版社,1985年,第133页。

于说事物之间就没有联系的规律,恰恰相反,钱钟书认为"隐于针锋粟颗,放而成山河大地",① 这才是做学问的最大乐趣。《管锥篇》的伟大贡献就在纵观古今,横察世界,从"针锋粟颗"之间展示出极其丰富多样的文学现象并总结出重要的文学共同规律。他首先指出这种共同规律是客观存在的,正如治水有治水的规律,就因为这种规律存在于客观的水的属性之中,所以治水的人必然按照这些共同规律行事。无论从表现人类共同的思想感情来说,或是从人类社会有相似的发展阶段来说,这种规律都是存在的。所谓"心之同然本乎理之当然,而理之当然,本乎物之必然,亦即合乎物之本然也"。

郑朝宗在讨论钱钟书的文艺批评方法时曾正确指出:"作者实际致力的是'诗心'、'文心'的探讨,亦即是,寻找中西作者艺术构思的共同规律。"② 例如在谈到艺术构思、艺术手段、艺术对象三者的关系时,钱氏先解释陆机《文赋》中谈到的"恒患意不称物,文不逮意",指出这里谈的"意"、"文"、"物"三者,即《文心雕龙》中所说的"情"、"事"、"辞"("情以物迁,辞以情发"),也就是陆贽在《奉天论赦书事条状》中所说的"心"、"言"、"事"("言心顾心,心必副事"),而这一切又和"近世西人"皮尔斯所提出的由"思想"、"符号"和所指示之事物三者互成鼎足,图解成三角形而意思完全相符,并同于英国诗人勃朗宁所说的"缘物生意,文则居间而通意物之邮"。③ 正是从这些遍及古今中外的具体实践中,钱钟书才概括出艺术构思、艺术手段、艺术对象三者关系的共同规律。

特别值得提出的是尽管《管锥篇》总结了许多文艺共同规

---

① 《诗可以怨》,第 50 页。
② 《研究古代文艺批评方法论上的一种范例》,《文学评论》1980 年第 6 期。
③ 《管锥篇》,中华书局,1982 年,第 1177 页。

律，但没有一条是从纯粹抽象、推理得出而脱离了艺术实践的。钱钟书强调说："我有兴趣的是具体的文艺鉴赏和评判。"① 这就使得整个《管锥篇》与目前世界比较文学发展中较普遍的脱离作品"本文"，"不作评价"，只作纯理论推演的倾向相反，钱钟书指出："尽舍诗中所言，而别求诗外之物，不屑眉睫之间而上穷碧落，下及黄泉，以冀弋获，此可以考史，可以说教，然而非谈艺之当务也。"② 他强调从事文艺理论研究必须多从作品实际出发，加强中国文学修养，而仅仅搬弄一些新奇术语来故作玄虚，对于实际问题其实毫无补益。

然而，这并不是说钱钟书"只见树而不见林"。他经常提倡应"把千头万绪简化为二三大事"，以便可以"高瞻远瞩"，"没有枝节零乱的障碍物来扰乱视线"。③ 为此，他对于世界文学发展的总的脉络极为重视，他曾批评中国式的评点"常以小结裹为务而忽略造艺之本源"，他经常致力于探索"造艺之本源"。并对于国外许多新理论的出现十分关切。即使是在十年浩劫，闭关锁国的环境下，钱钟书在写《管锥篇》时也仍然尽量利用了近代国外理论成果，这些成果遍及语义学、符号学、风格学、心理学、语言学、文化人类学、单位观念史学以及系统论、生理学等各门领域。

《管锥篇》的最大特色之一是突破了各种学术界限（时间、地域、学科），打通了全部文艺领域，以寻求共同的"文心"和"诗心"，此外，关于各时代各地域之间文学的实际联系，这本巨著也曾给予一定的注意。钱钟书在谈到比较文学时还特别指出："比较文学是超出个别民族文学范围的研究，因此不同国家文学

---

① 《旧文四篇》，上海古籍出版社，1979年，第7页。
② 《管锥篇》，第110页。
③ 《钱钟书谈比较文学和文学比较》，《读书》1981年第10期。

之间的相互关系自然是典型的比较文学研究领域……要发展我们自己的比较文学研究，重要任务之一就是清理一下中国文学与外国文学的相互关系。"在这同一次谈话中，钱钟书以"春蚕吐丝"为例谈到了"东学西渐"的种种情形，同时也谈到了进一步研究"西学东渐"的必要性。①《管锥篇》也有许多关于影响研究的章节。并且还专门强调了对影响研究不能"强瓜皮以搭李皮"，应分辨清楚"学说有相契合而非相授受者，如老庄之于释化是矣"，也有"扬言相攻而阴相师承者如王浮以后道家伪经之于佛典是已"。决不应"以归趣偶同，便谓渊源所自"。

另外，《管锥篇》也有很多篇幅进行了以西方文艺理论阐明中国文艺现象和以中国文艺理论阐发西方作品的双向阐发研究。在跨学科研究方面，则强调各学科之间的相通，并指出文学发展"对于日新又新的科学——尤其是心理学和生物学，应有所借重"，在《管锥篇》中借重各学科以论证文学现象的例子很多。在译介学方面，《管锥篇》强调"文学翻译的最高标准是'化'。把作品从一国文学转变为另一国文学，既能不因语文习惯的差异而露出生硬牵强的痕迹，又能完全保存原有的风味，那就算得入于'化'境"，"译本对原作应该忠实得以至读起来不像译本，因为作品在原文里决不会读起来像经过翻译似的"。②

总之，钱钟书通过他的《管锥篇》和其他论文提出了世界比较文学发展中的许多重要问题，并在比较文学这一学科领域中为中国比较文学的发展提出了独树一帜的建设性意见。如果说"文学研究的目的应是使我们对于由重大的文学作品表现出来的巨大想像力及人情味能有新的更扩大的领悟"；如果说"由于比较文学对文学一般性的理论问题以及个性丰富、各不相同的艺术品同

---

① 《管锥篇》，第1215页。
② 《管锥篇》，第1101页。

时怀有兴趣，它能为文学研究提供一种有益的，甚至是惟一的可能性"；如果说"当前比较文学需要更多的是'具备胆识和想像力'的伟大的榜样，而不是抽象的方法论公式"，那么钱钟书所进行的就是这样的文学研究，他的研究给整个文学研究所提供的正是这种"有益的，甚至是惟一的可能性"，而他为比较文学树立的也正是这样一个"具备胆识和想像力"的榜样。钱钟书和《管锥篇》的存在是中国比较文学沿着健康方向发展的重要保障。《管锥篇》为中西比较文学的发展作出了重要贡献。

第四节 六七十年代中国比较文学在港台地区的发展

由于西方一些大学的影响，60年代以来，台湾一些大学都在酝酿开设比较文学方面的课程。1966年，台湾淡江文理学院英文系曾拟开设比较文学课程，因无师资而未果。翌年，来自剑桥大学的张心沧博士担任台湾大学硕士班客座教授，第一次在台湾开设了比较文学。

1968年，台湾大学文学院院长朱立民教授和外文系主任颜元叔教授开始构想中文系与外文系之间的协同合作，他们注意到过去二十年来西方对中国文学的兴趣日增，中国学生在西洋文学或比较文学研究方面卓有贡献者也日增，他们认为如果将中文与外文两系的独特禀赋发挥出来，就都会有独创性的学术贡献。因此，他们感到有必要在台湾大学筹办比较文学博士班，这个博士班应是比较文学的而不是西洋文学的。

1969年夏，在美国加州大学圣地亚哥分校执教的叶维廉博士应邀担任台湾大学的比较文学客座教授。1970年7月，台湾大学比较文学博士班正式成立，第二年开始招收中国文学、外国文学、比较文学和语言学的硕士，至今已培养出不少比较文学的专门人才。

在此期间已出现了不少有关比较文学的论文。1970年4月,淡江文理学院出版了英文版的《淡江文学评论》(*Tamkang Review*),侧重刊载比较文学论文。这本季刊坚持不懈的,一直出版至今。1971年7月,淡江文理学院召开了第一次国际比较文学会议讨论东西文学关系。

1973年6月,台湾比较文学学会成立,第一次会员大会选出了胡耀垣、叶庆炳、颜元叔、余光中、李达三、侯健、齐邦媛、袁鹤翔等为理事,由于学会经济能力不足,无法办一份独立的会刊,经与《中外文学》月刊商议,暂时借用该刊为会刊。《中外文学》月刊创刊于1972年,其内容重点为:文学评论、文艺创作、外国文学译介,以及世界文坛动态报导。自创刊号起,它就不断刊载有关比较文学研究的文章,成为会刊后,辟有比较文学学会专栏,学会的一切活动通过该刊宣布,历届比较文学会议的优秀论文也在该刊预告和发表。台湾比较文学学会的成立标志着一支比较文学研究者的队伍已经组成,有了专门的阵地可供发表学术研究成果,台湾各大学也陆续开设了比较文学课程。

台湾比较文学学会成立后,举办了多次国际比较文学会议,第一次会议讨论"比较文学在中国",包括中西文学关系,中国文学与亚太其他地区文学的关系以及以西方文学观点研究中国文学的途径等问题。后来又讨论了"文学理论与文学批评——东西方的比较研究"、"文学与社会环境"、"西方文学中的中国意象"、"亚洲各国文学比较"、"东西主题学"、"文类研究"以及"翻译研究"等。

香港比较文学研究的兴起与台湾、欧美密不可分,其原因是香港的比较学者大多来自欧美与台湾。香港大学早在1964年就设立了比较文学学科,其教学内容仍为欧洲各国文学间之比较。从1974年开始,转而重视中西比较。当时,从美国华盛顿大学取得比较文学博士学位的黄德伟在港大开设东西比较文学课程，讲授的课题主要有："美国华人作家的母题与中国小说"、"文学评论与作品中的巴罗克形态"、"东西戏剧比较研究"等。后来还有钟玲博士、梁秉钧博士开过有关中国现代主义诗歌以及翻译研究等专题比较文学课程。该校从1978年开始招收攻读比较文学的硕士和博士研究生。

香港中文大学于1974年开设比较文学课程，英文系由来自威斯康辛大学的袁鹤翔博士讲授中西比较文学概论和中西浪漫诗的比较两门课程；中文系由余光中教授主讲比较文学概论。随后，原在台湾执教的李达三（John. Deeney）博士等来中大任教；一些著名的比较学者如叶维廉、郑树森、周英雄等博士或来中大客座，或长期任教于此。比较文学研究自此在香港兴起。

1978年，香港中文大学建立了比较文学与翻译中心，其中翻译组负责出版中译英杂志《译丛》，比较文学组则致力于中西比较文学的研究。香港中文大学的比较文学研究旗帜鲜明地突出中西比较文学研究，出版了郑树森、周英雄、袁鹤翔合编的《中西比较文学论集》中、英文版。1980年9月，中文大学研究院成立了比较文学硕士班。

在比较文学理论方面，台港的比较文学学者作出了开创性的贡献，他们提出了许多至今仍然有待研究和发展的重要问题。

1976年，台湾出版了古添洪、陈慧桦编著的《比较文学的垦拓在台湾》一书。这是台湾的第一本比较文学论文集。书序中说："我国文学，丰富含蓄；但对于研究文学的方法，却缺乏系统性，缺乏既能深探本源又能平实可辨的理论；故晚近受西方文学训练的中国学者，回头研究中国古典或近代文学时，即援用西方的理论与方法，以开发中国文学的宝藏。由于这援用西方的理论与方法，既涉及西方文学，而其援用亦往往加以调整，即对原理与方法作一考验、作一修正，故此种文学研究亦可目之为比较文学。我们不妨大胆宣言说，这援用西方文学理论与方法并加以考验、调整以用之于中国文学的研究，是比较文学中的中国派。"①

1978年，李达三著《比较文学研究之新方向》的结语就是"比较文学中国学派"。他的说法是："受到中国古代哲学的启示，中国学派采取的是不偏不倚的态度。它是针对目前盛行的两种比较文学学派——法国学派和美国学派——而起的一种变通之道。中国学派对于比较文学在西方发展的历史具有充分的了解，因此它不独承认上述两种学派所拥有的优点，并且加以吸收与利用，但在另一方面，它要设法避免两派既有的偏失。以东方特有的折衷精神，中国学派循着中庸之道前进。沿途尽力从两旁撷取所需，同时不受任何的阻挠，朝着既定的目标勇往直前。"②

在郑树森、周英雄、袁鹤翔合编的《中西比较文学论集》的前言中，我们可以读到："……固有的文化遗产，需要悉心的照料，以求承先启后，这是我们天经地义的义务；不过除了忠实的秉承之外，如何加以发扬光大，甚至如何以今鉴古，也是令人无可旁贷的责任；换句话说，传统的文化遗产，必须以现代的眼光再加界定或阐释，以期与纵串古今，甚至横贯中外的整体思想相配合，这种整体性的重估，便是中西比较文学的理论根据所在。"③

香港学者袁鹤翔博士始终认为，只有在一个极其有限的范围内才能作东西文学之比较，而在绝大多数的情况下是无法作比较的；仅以中国和美国文化根源为例，有所了解的人大多会为两者之间相异之处而大感惊愕，其相似之处是少之又少。他完全反对

---

① 《比较文学的垦拓在台湾》，台湾：东大图书公司，1976年，第1～2页。
② 《比较文学研究之新方向》，台湾：联经出版事业公司，1978年，第266页。
③ 《中西比较文学论集》，台湾：时报文化出版公司，1980年，第1页。

那种为比较而比较的研究方法，特别是那种从表面上去研究两个不同作品相似点的"共相研究"。他认为一味追求西方的文学批评方法而不注意实用性将永远使中国的比较文学成为附庸，跟在别人后面亦步亦趋，永远落后，应该从东西双方的思想史着手，应该在以美学为主的基础上对东西方作各自独立研究，在技巧、观点上合作交换，这样，比较文学就会有稳固的基础，朝东西的共通而努力。他的一系列论文，如《略谈比较文学——回顾与展望》、《他山之石：比较文学、方法、批评与中国文学研究》、《从国家文学到世界文学——兼谈中西比较文学研究的一些问题》、《从〈忽必烈汗〉的三个境界看诗的创造过程》、《中西比较文学定义的探讨》，都十分审慎地探讨中西比较文学的关键问题，特别是上述最后一篇，就中西比较文学的定义提出了独特的见解，试探性地作出了规范。迄今为止，在台港学者的众多论文中还未见到有对同类问题的阐述。

台港有些学者还直接用西方各种批评方法，对中国文学作多种角度评论的尝试。如侯健的《三宝太监西洋记通俗演义》、缪文杰的《试用原始类型的文学批评方法论唐边塞诗》、黄美序的《〈红楼梦〉的世界性神话》等文，用神话原型方法解释作品，探究创作过程中作者的下意识活动，全面考究创作心理。颜元叔的《薛仁贵与薛丁山》、侯健的《〈野叟曝言〉的变态心理》、吕兴昌的《〈水浒传〉初探——从性与权力的观点论宋江》等文，试图使用心理学批评方法，对作品人物形象和心理描写作深层分析。周英雄的《懵教官与李尔王》、张汉良的《"杨林"故事系列分析》等文，用结构主义、符号学等方法，对作品的母题、形象、情节等作宏观的系列分析。杨牧的《说鸟》、黄庆萱的《〈西游记〉的象征世界》、颜元叔的《〈白蛇传〉与〈蕾米亚〉》，则大胆尝试了象征批评方法，努力追溯作品的各种经验意象及其相关的象征含义。上面所列举的各种论著大都带尝试性质，有的难免牵强附会，但也多少说明文学创作作为一种复杂的精神现象，是可以从多种角度去探究分析的，无需只局限于某一种传统的批评方法。

台港学者为了推进比较文学研究，从一开始就很注重了解和介绍国外比较文学研究的动向以及西方现代的各种文学批评理论方法。他们很重视学术资料交流的基本建设，出版了《比较文学书目选注》(李达三编)和比较文学辞典一类书籍，给研究者很大方便。

第五节　中国比较文学的新起点

80年代以来，北京大学的五位教授相继发表了五本重要的比较文学著作：宗白华的《美学散步》(1981)在比较美学、诗、画、戏剧等交叉学科比较研究方面独树一帜；季羡林在《中印文化关系史》(1982)中进行了独到的探讨，为中国比较文学的影响研究树立了榜样；朱光潜的《悲剧心理学》中译本(1983)深入探讨了西方悲剧理论和东西方悲剧观念的不同；金克木的《比较文化论集》(1984)着重研究了《梨俱吠陀》与《诗经》的比较，并论及"符号学"、"诠释学"在中国的应用，为中国比较文学研究开辟了新的领域；杨周翰先生的《攻玉集》(1984)则以中国文学为参照系重新解释莎士比亚、弥尔顿、艾略特等欧美作家的作品。南京大学范存忠教授的《英国语言文学论集》(1979)和上海王元化的《文心雕龙创作论》(1979)也都为比较文学在中国的复兴作出了卓越贡献。

正如勃洛克所说："当前没有任何一个文学研究领域能比比较文学更引起人们的兴趣或有更加远大的前途，任何领域都不会比比较文学提出更严的要求或更加令人眷恋。"① 中国也是一样，人们愈来愈感到比较文学的难度，但也正因为如此，愈来愈多的学者参加了这个队伍。1981年，北京大学率先成立了比较文学研究会，出版了北京大学《比较文学研究通讯》和《北京大学比较文学丛书》；同年，广西大学、华东师范大学、黑龙江大学，1983年起，北京大学、南京大学复旦大学、黑龙江大学开始招收比较文学研究生，北京大学、复旦大学正式成立了比较文学硕士点。与培养学生同步，许多教师和比较文学爱好者参加了比较文学学习班，1984年，全国首届比较文学学习班在南宁举行，120名学员来自全国18个省市，1985年第二届比较文学学习班（深圳），130名学员来自26个省市；1987年第三届比较文学学习班（青岛），190名学员来自28个省市。自此，比较文学的基本知识在全国各地普及。

与此同时，各种有关学术活动也广泛开展起来。1981年11月辽宁省比较文学讨论会在丹东举行；1983年，在一次外国文学年会上，来自全国各地的代表在一起就比较文学的一般原理进行了讨论；1984年，广东也召开了全国性的讨论会，主要讨论了"中外文论比较"、"中外小说创作理论比较"等问题。1985年3月，在四川还召开了"席勒与中国·中国与席勒"学术讨论会。

在出版物方面，除《北京大学比较文学通讯》外，全国性的《中国比较文学》和英文比较文学刊物《文贝》（*Cowrie*）等也相继出版。

有关比较文学的文章也越来越多了，如果说1977年到1983年五年间，根据国内103种学术刊物的统计，比较文学的论文共有283篇，那么1983年至1984年6月半年间仅就76种学术刊

---

① 《比较文学研究译文集》，第206页。

物的统计，比较文学的论文就已达154篇，也就是说这半年所写的论文就相当于过去五年所写论文的一半。在这些论文中，质量结构也有改变：理论概况的研究由9.9%上升到11.1%，平行研究由10.2%上升到26%① 特别值得一提的是1985年出版的《走向世界文学——中国现代作家与外国文学》这部长达650页的著作主要由30岁上下的年轻学者撰写，从小说、戏剧、诗歌、散文四方面探索了30位现代作家对外国文学的接受以及326位外国作家在这些中国作家的作品中所显示的影响与痕迹。

80年代前半叶，中国比较文学已成为世界比较文学的一个组成部分，国际学术活动也逐渐频繁起来。1982年，三位中国学者参加了在纽约召开的第十届国际比较文学年会，并都提出了学术报告，其中一篇被载入美国《比较文学与总体文学年鉴》。②1983年8月，中美双边比较文学讨论会第一次会议在北京举行，由钱钟书、王佐良和美国普林斯顿大学比较文学系主任孟而康和斯丹福大学著名教授刘若愚(James Liu)主持。1985年，北京大学杨周翰教授当选为国际比较文学学会副会长。

总之，80年代以来，中国比较文学已经形成了一支朝气蓬勃的队伍，在这样的形势下，举行中国比较文学界的一次荟萃精英，展示成果，切磋学艺，交流心得，以图更大发展的大会已是势所必然的事了。

1985年10月11日，在深圳召开了中国比较文学学会成立大会暨首届国际学术讨论会。大会由35个大学和研究机构发起，到会正式代表130人，大会参加者青年学者占半数以上。参加深圳大学和北京大学举办的比较文学讲习班的一百多名学员列席了

---

① 见《中国社会科学》1985年第四期，第191页。

② 乐黛云：《中国文学史教学与比较文学原则》，《比较文学与总体文学年鉴》，印第安那大学出版社，1982年11月，总第31期。

大会。国际比较文学学会会长佛克玛(Fokkema, Douwe), 美国比较文学学会前会长艾德礼, 法国比较文学发源地巴黎第四大学比较文学教授、国际比较文学学会前任秘书长雪弗列(Chevrel, Yves), 美国杜克大学教授詹明信(Frederic Jemeson)和其他来自世界各地的14名外国比较文学学者参加了大会并致词和参加了讨论。中国著名学者季羡林、王佐良、叶水夫、刘再复等，还有港台著名学者多人参加了会议。提交大会的论文共103篇，学术讨论会分"比较文学方法论"、"比较文学与中国现代文学"、"比较诗学与美学"、"东方比较文学"、"中西神话比较研究"、"总体文学与科际整合"等六个专题进行，全面检阅了现阶段中国比较文学的学术成就。大会遵循钱钟书先生的意见："讨论者大可以和而不同，不必同声一致。'同声'很容易变为'单调'的同义词和婉曲语",[①] 到会代表充分发表了自己的意见，但不一定达到了一致的结论。

大会选举了新任国际比较文学学会副会长，北京大学教授杨周翰为会长，组织了以钱钟书为首的顾问委员会。这个大会显示出特有的战略眼光，是一个走向世界、走向未来的大会，预示着比较文学在中国的全面复兴和广阔前景。

---

① 《在中美比较文学学者双边讨论会上的发言》,《中国比较文学年鉴·1986》,北京大学出版社，1987年，第365页。

第五章　差别·类同·流变

第一节　"和而不同"是研究比较文学的重要原则

"和而不同"的故事出自《左传·昭公二十年》。大约在两千多年前，齐国的大臣晏婴和齐侯曾经有过一段很有意思的对话。齐侯对晏婴说："唯据与我同。""据"指的是齐侯侍臣，姓梁，名丘据。晏婴说："梁丘据不过是求'同'而已，哪里谈得上'和'呢？"齐侯问："'和'与'同'难道还有什么不一样吗？"这引出晏婴的一大篇议论。他认为"不同"是事物组成和发展的最根本的条件。例如做菜，油盐酱醋必须"不同"，才能成其为菜肴；又如音乐，必须有"短长疾徐"、"哀乐刚柔"等"不同"，才能"相济相成"。晏婴说，像梁丘据那样的人，你说对，他也说对，你说不对，他也说不对，有什么用呢？此后，"和而不同"成了中国传统文化的核心观念之一。孔子说："君子'和而不同'，小人'同而不和'"；周代史官——史伯提出："和宜生物，同则不济。以他平他谓之和，故能丰长而物归之。若以同裨同，尽乃弃矣。故先王以土与金、木、水、火杂，以成百物"。"以他平他"，是以相异为前提的，相异的事物相互协调并进，就能发展；"以同裨同"则是以相同的事物叠加，其结果只能是窒息生机。因此，首先要承认不同，没有不同，就不会发展；但"不同"并不等于"和"，"和"并不是不同事物之间各不相关，而是要保持一种和谐有益、相互促进的关系。"和"在古汉语中，作为动词，表示协调不同的人和事，并使之均衡协调。如《尚书·尧典》："百姓昭明，协和万帮"，《国语·郑语》："是以和五味以调口，……和六律以聪耳。"

"和"的主要精神就是要协调"不同"，达到新的和谐统一，产生新的事物，这一事物又与其他事物构成新的不同。例如不同的原料构成一道菜，这道菜又与其他许多菜一起构成一桌筵席，不同的筵席又共同构成了不同的菜系……最后，所有的不同并不消失，并不是混为一体，而是构成更大、更完美的和谐。中国传统文化的最高理想是"万物并育而不相害，道并行而不相悖"。"万物并育"和"道并行"是"不同"，"不相害"，"不相悖"则是"和"。这种承认差别，不断开放，不断追求新的和谐的精神，正是比较文学的真精神。

不同的事物为什么可以达到"和"的境界呢？是不是所有"不同"都可以达到这种境界呢？答案当然是否定的。某些"不同"所以能构成"和"，首先是因为其中具有某些"和"的"因素"，也就是具有某些相似的、可以引起共鸣，可以一以贯之，可以找到某种共同历史渊源的层面。比较文学就是一方面要在不同文化的文学里，从诸多差别中，寻求其内在的一致，也就是"和"；另一方面又要从已有的、已然呈现的和谐中，分解出其差别和不同。

第二节 素材—题材—题旨—主题

无论创作还是阅读，我们首先接触到的都是千变万化的"不同"，从感性到理性，从具体到抽象，本身是一个从不同到和的过程。这个过程一般可以归纳为：素材（Raw Material）—题材（subject Material）—题旨（motif，亦译母题）—主题（theme）。素材指的是原始材料，往往是触发作家思考的实际生活现象、人物、传闻、轶事。当作家采取这一原始材料，将它剪裁，并将它写入作品时，素材就成了题材。例如人血馒头可以治肺病，这是鲁迅故乡的一种传闻，是原始素材。当鲁迅把它写进小说《药》，并具体化为茶馆老板的儿子华小栓为治肺病吃了蘸着革命者夏瑜的鲜血的馒头，这一素材就成了《药》的主要题材。题材往往包含着一个信号，一种想法。例如华小栓吃人血馒头这一题材所传达出来的信号就是：孤独的革命者的血无法疗救愚昧而受难的中国人民，进而说明人与人之间很难互相沟通理解。题材所显示的信号和意义就是题旨，或称"母题"。在现代小说中题材不只是客观的具体事件，主观的意象、象征、某种行为、心理也可以构成题材。例如著名奥地利作家卡夫卡(Franz kafka)在他的代表作《城堡》中，描写主人公踏雪去城堡，要求批准在附近的林子里落户。城堡就在眼前，但历尽千辛万苦仍然无法进入。作为作品主要题材的"城堡"只是一个象征，它所显示的信号是现代资本主义社会难以避免的对于人的精力、时间和才能的无益消耗和浪费。题旨(或母题)是可以从题材中读出来的某种意义，它是一种可以在各种主题中多次出现的因素。例如"人变成非人"这个题材曾出现在卡夫卡的小说《变形记》中(人变成甲虫)，也出现在罗马尼亚作家尤耐斯库(Engone Ionesco)的剧作《犀牛》中(人变成犀牛)，也出现在中国当代作家张欣辛的小说《疯狂的君子兰》中(人变成植物)。这些类似的题材可以抽取出共同的题旨——由于社会压迫而引起的人的异化。这些题旨多次出现在不同作品的不同主题中。主题有时由一个题旨构成，如鲁迅的《药》；有时由几个或更多题旨构成，如《浮士德》。这种深藏在作品内部，要经过思索和解读才能浮现出来的，作者对生活及他所描写事件的总的看法就是主题。例如《药》的主题是鲁迅认为辛亥革命的失败的原因在于革命者和人民的无法相互理解和沟通，即便在小栓和夏瑜死后，他们那小小馒头似的荒坟也仍然被一条弯弯曲曲的小路永远分隔在两边。

素材不同,但它所体现的题旨却往往有共同的方面。如上述甲虫、犀牛、君子兰这些不同的素材构成了类似的题旨,即人的异化。很多题旨在文学作品中经常反复出现,如异化、生、死、离别、爱、时间、空间、季节、海洋、山脉、黑夜等等,这些类似的题旨在不同的作品中又都有不同的表现。

如果说题旨更依赖于客观的素材,那么,主题则更是与作家的主观思想联系在一起。过去,主题曾被理解为可以和它的表现形式脱离的某种思想意识。例如法国20世纪文学批评家圣柏甫(saint Beuve)就认为主题和它所借以表现的形式并无直接的必然联系。形式类似容器(Container, Holder),是思想意识的容纳者。茶杯美不美和它盛茶还是盛咖啡并无必然联系(《月曜日漫谈》)。这和我国抗日战争初期关于文学形式问题论战时,一些理论家认为"旧瓶同样可以装新酒"的论点类似。60年代更有一些人提倡所谓"主题先行",创作先有主题,加上生活素材就可以构成作品。他们都认为作品内容主要部分的主题可以从形式中抽取出来,再用别的形式表达而不发生根本变化。歌德不大同意这种说法,他强调:一方面"世界毫无保留地提供题材";另一方面,"意义(即作家对整个事件的看法)从他(作者)丰盈的灵魂中升起","这两者不自觉地遇合在一起,以至最终不可能分清哪一部分产生了后来的结果"。[①] 柯尔提斯(Ernest Robert Curtius)进一步强调了这一点,他认为:

> 主题是关系到个人对世界独特态度的最重要因素。诗人的主题范围是他对生活将他抛入其内的诸具体情景的典型反映的

---

① 转引自维因斯坦《比较文学与文学理论》,印第安那大学出版社,1968年,第125页,参阅刘象愚译同书,辽宁人民出版社,1987年,第122页。

一览表。主题属于主观领域,是一个心理学常数,是诗人固有的。①

事实上,作家对于主题的选择本身就是一种美学决定。这种选择决定着结构的模式,题材的提炼和表现等等。因此,我们通常所讲的主题,一方面是作家通过作品提出的,并把作品内容的各个方面组织成一个整体的基本问题;另一方面是作者对这些问题的看法和态度。和题旨一样,不同作品有不同的主题,但是从宏观的角度来看,这些不同的主题又往往反映着许多无法解决的人生的共同难题。如人生的短暂和自然的永恒,个人和群体的矛盾,感情和理智的冲突等等。这就为研究不同文化体系中文学的"和而不同"开辟了广阔的视野。

第三节 题材、题旨和主题的比较研究

如上所述,题材、题旨和主题在不同作品中表现为丰富多彩,面目各异,同时又包含着某些共同的东西,使不同的作品之间可以达到广泛的和谐,这就是"和"。如果说不同文化之间的文学可以通过对话,达成互相理解和沟通,其基础就是"和"。下面举一些实例来进行分析。

题材 有些题材往往在许多不同国度的文学作品中反复出现。它们有时是作为整个故事的一部分,有时则笼罩全局。例如"灰阑记"的题材。这个故事简要说来就是两个女人共认一个小孩为自己的亲子,判官提出划一圆圈(即灰阑),谁能从圆圈中把小孩拽出,谁就是小孩的母亲。真正的生母不忍用力,怕伤孩

---

① 《欧洲文学批评评论文集·赫尔曼·赫塞》,译文见《比较文学研究资料》,北京师范大学出版社,1986年,第326页。

子，只好放弃；冒充的母亲则毫不顾惜，只想争得小孩；由此判断出母亲的真假。类似的故事最早见于《圣经·旧约全书·列王纪》。所罗门王断案时，有两个妓女争夺一个婴儿，都说婴儿为自己所生，各执一词。所罗门王下令把婴儿砍为两半，分给两个妇人，从对此命令的反应中判断出真正的母亲。《古兰经》先知故事集中亦有记载素莱曼大圣的聪敏和智慧：两妇争一儿，真母恳求千万不能把孩子劈开，从而辨别出真的母亲。佛经《贤愚经》也曾记载"见母二人，共争一儿"，佛说："听汝二人，各挽一手，谁能得着，即是其儿。"这些类似的故事，主题都是歌颂圣人的智慧，教人不可虚妄。这一题材在元杂剧《包待制智赚灰阑记》（李行道作）中，得到了新的发展，该剧写张海棠被迫为妓，后又嫁马员外为妾，马妻私通赵令史，谋杀其夫，诬告海棠并夺其子以霸占财产。郑州太守把此案交给赵令史审理，严刑逼供，海棠被判处死刑。包公认为有假，用"灰阑"之计，检验孩子归属。最后，马、赵处死。在这一出戏中，"灰阑"只是整个故事题材的一部分，主题也有所变化，强调了伸张正义。《包待制智赚灰阑记》曾于1832年被译为法文在伦敦出版，1876年被改写为德文。1925年，该剧在柏林上演，当时德国戏剧大师布莱希特（Bertolt Brecht）年仅20岁，曾在柏林观看了演出并受到深深的感动。1926年，布莱希特在他的剧本《人就是人》中利用了类似的题材。剧中杰克·玻尔被命令用绳子套在母亲脖子上，下死劲把她从画好的圆圈中拉出来以检验他是不是她的亲生儿子。布莱希特对"灰阑记"的故事始终未能忘怀，1938年他流亡于丹麦时，写了《灰阑记》写作大纲，人物姓名全是中国人的。1941年，他的短篇小说《奥格斯堡灰阑记》在《国际文学》7月号发表。这篇小说已具《高加索灰阑记》的雏形。1944年出版的《高加索灰阑记》戏中串戏，写第二次世界大战后，两个集体农庄争夺一个种满葡萄的山谷。这个山谷的所有权属战争中迁走的农庄,葡萄却是另一农庄在战争中栽种。这时有剧团来演出《高加索灰阑记》。该剧描写格鲁吉亚发生贵族叛乱,总督被杀,夫人出逃,扔下孩子,女仆格鲁雪抚育了孩子并产生了深挚的感情。叛乱平息后,总督夫人为争继承权一定要夺回孩子。担任判官的士兵用了古老的"灰阑记"对两个母亲进行试探:急于要钱的生母只想继承财产,不顾小孩死活,格鲁雪由于真诚的爱却两次不肯强拽。爱战胜了血缘关系,格鲁雪赢得了孩子。"灰阑记"这一题材在整个故事中所占的地位更小了,作品反用其意,用爱取代了血缘,主题在于强调胜利应属于付出了劳动与爱心的人。

可见不同时代,不同文化的人们在不同的文学作品中可以找到和利用共同的题材。

题旨 如上所述,题旨(母题)是题材所蕴涵的旨意。在一部作品中,它是局部的、有限的、相对稳定的,不像主题那样覆盖全局,也不像主题那样随作者的意愿而千变万化。如上面的例子:"灰阑"是题材,"爱"则是"题旨"。再如与魔鬼订约的故事广泛流传在欧洲各国的许多作品中。这类故事的题材是与魔鬼订约,题旨则是欲望。这类故事最早源出于德国,1575年出版的拉丁文的《浮士德博士的一生》写一个农民的儿子成为星相家、数学家、医生。他和魔鬼订约,魔鬼为他服务二十四年,条件是他放弃信仰。魔鬼引导他周游世界,获得人类尚未获得的一切知识。二十四年后,浮士德只剩下眼睛和几颗牙齿,尸体被抛到屋外粪堆上。后来,学生发现了他的一本自传,就是这本《浮士德博士的一生》。从这本书,可以看到题材之一是与魔鬼订约,其题旨则是欲望(求知的欲望)。主题则远为复杂,它写人类牺牲一切去追求知识,但所得到的知识比起自然的全部奥秘来,微不足道,这种努力不仅徒劳无益,而且导致自身的毁灭。也就是说人类要求探索宇宙和人生的努力是一种罪孽,知识就是罪孽。英国作家马洛(Chistopher Marlow)的剧本《浮士德博士的悲剧》曾于 1588 年上演。剧本写浮士德博士不满知识的贫乏，与魔鬼订约二十四年。在这段岁月中，他探索新知，肯定知识是伟大的力量，幻想征服自然，实现理想，然而在蒙昧主义的压迫下，终于屈服于旧势力，二十四年后，被劫往地狱。剧本的主题已改变为抗议对求知者的迫害，同情求知者的遭遇，但母题——和魔鬼订约，出卖某种宝贵的东西以换取欲望的满足仍然不变。歌德的著名诗剧《浮士德》，经过了很长时期的酝酿，主题十分复杂。书中浮士德被塑造为一个在人间不断追求最真诚的知识，最美好的事物，最伟大的理想的卓越人物。他经历过书斋、爱情、宫廷、美的梦幻等阶段，终于在得出智慧结论之际，为魔鬼所劫持。作者企图说明人终于不能突破生命的局限。这里包含着对一切守旧的哲学、医学、法律和神学的否定，包含渴望抛弃一如既往、死啃书本的方法，而幻想通过另一种方式(如魔术、巫术)打开通向奥秘的未知世界的大门。主题除求知欲望之外，还包含对于大自然的永恒——"生生和死死，永恒的潮汐"的赞叹和对于生命短暂的惶惑。不管主题多么丰富，包含了多少其他的题旨，与魔鬼订约的题旨仍然是推动整个情节发展的根本契机。1947 年，德国作家托马斯·曼(Thomas Mann)写完了他的第三部长篇小说《浮士德博士——由一位友人讲述的德国作曲家阿德里安·弗莱金的一生》。这部杰作也是以浮士德和魔鬼定约为契机的。作品中音乐家弗莱金不满于当代艺术、哲学的颓废空虚和墨守成规，以弃绝对人类的爱为代价与魔鬼订约二十五年，换取创新的灵感。弗莱金果然得到极大的成功。他的名作《浮士德博士的哀歌》成了当代艺术创作的最高峰。但他终于无法避免向别人表达自己的爱情，致使被爱者遭到极大的不幸，他自己的灵魂也归魔鬼所有而变成痴呆。这部作品概括了极其广阔的生活和思想，诸如人类理性的极限与一种神秘魔幻精神的冲突；对人类社会发展前景的悲观和乐观预测的两难境地；音乐美学范围内的绝望哀伤与对生活仍然眷恋的矛盾；无限的宇宙奥秘与非常有限的人类认识能力之间的无法弥补的距离等等。托马斯·曼在他1948年发表的日记《〈浮士德博士〉一书的产生——一部小说的小说》中曾指出弗莱金的思想、气质、经历以及他变成痴呆等的细节取材于尼采的生活事实，对音乐的看法和描述出自德国哲学家阿尔多诺(T.W. Adorno)的音乐哲学，还有一些思考和对话出自陀思妥耶夫斯基(F.M.Dostoevsky)的《卡拉马佐夫兄弟》，但浮士德与魔鬼订约的题旨仍作为一个大的框架，把许多别的题材和母题焊接在一起。

主题　由于人类遭遇的难题往往有其一致性，因此在不同文化的文学作品中，往往蕴藏着共同的主题。例如关于人生短暂而自然永恒的咏叹：从《论语》所记载的"子在川上曰：'逝者如斯夫，不舍昼夜'"，到陈子昂的"前不见古人，后不见来者；念天地之悠悠，独怆然而涕下"（《登幽州台歌》），到李白的"今人不见古时月，今月曾经照古人，古人今人若流水，共看明月皆如此"（《把酒问月》），都是吟诵这个共同的基本主题，再看T.S.艾略特(T.S.Elliot)的诺贝尔奖得奖作品《四个四重奏》中，《焚毁的诺顿》一章的起首名句：

　　一切过去、现在都曾是未来，
　　一切未来也都将成为过去和现在，
　　所有时光皆为永恒之现在，
　　所有时光亦弃我不可追。

中国古典诗人与西方现代作家，共同吟咏着同一主题，但其艺术表现、创作心态、哲学思考、人生态度、意象传统又是那样不同。

主题学研究主题，同时也研究题材、母题和意象，甚至某些套语的异同、嬗变、相互影响和发展。

　　古今中外作品具有共同主题的现象是相当普遍的。例如启悟主题是文学作品中最常见的主题之一。所谓"启悟"(Initiation)，原指"成年礼"，即青少年过渡到成年仪式。古代民族常有这样的仪式。青少年往往被置于严酷的困难环境，受到痛苦的磨炼。考验合格才被接纳为正式负责的社会成员。在文学创作中，我们常常看到主人公脱离自幼熟悉的环境，开始人生的旅程，受到磨炼或"点化"，重新认识自我，形成对过去的超越，性格和对世界的看法都有了重大改变，从而进入另一成熟的、新的世界。《红楼梦》中，大荒山无稽崖青埂峰下的一块顽石，"因见众石俱得补天，独自己无才不堪入选。遂自怨自艾，日夜悲号惭愧"。终于找到机缘，"幻形入世……历尽一番离合悲欢，炎凉世态"而领悟到"食尽鸟投林，落得个白茫茫大地真干净"——"色即是空"的人生真谛。英国 17 世纪著名作家班扬(John Bunyan)所写的小说《天路历程》，描写了主人公途经重重艰险，从"绝望的泥潭"经"名利场"，过"困难山"，越"安逸平原"，到"死亡河畔"，而"天国之城"就在彼岸。这是从象征的意义上来写人对于生活的认识过程，也就是生活对人的启悟。又如中国的《西游记》写美猴王不满足于花果山的乐园，大闹天宫，历经八十一难，终成"正果"(参悟了人生真义)；元剧中占相当数量的"谪仙投胎剧"，"度脱剧"，如《月明和尚度柳翠》、《邯郸道省悟黄粱梦》等都是写主人公经过亲身的体验、痛苦的磨炼，最终受到"点化"，得以"悟道"，而自我超越，作为成人，进入另一世界；西方作品中的《奥德赛》、《神曲》、《格列佛游记》、《堂吉诃德》、《浮士德》，以及大量"流浪汉小说"，也都包含着一个离开本土世界，寻求人生真谛，有所领悟，自我超越而成熟的"启悟"主题。这一主题的普遍存在说明对人生意义的寻求是历来人类共同的问题。尽管对这一问题的产生形式，解决办法全然不同,但问题的提出却显示了某种人类的同一性。这就构成了从种种"不同"出发,达成"和"的基础。

第四节 主题和题材的流变

如果说新的文学史的概念应该是从"传统继承"、"引进"、"独创"三个方面来考察文学现象的发展变化,那么主题和题材的流变既牵涉到"传统继承",也牵涉到"引进",应是构成文学史的一个重要方面。通过这种研究可以纵向地考察某一主题或题材的历史发展,也可以横向地考察某一主题和题材如何被他种文学体系引进,或如何接受了他种文学的影响而有所变化,还可以考察时代和社会对这些主题和题材的发展所起的作用,并将某一文学体系中主题与题材的嬗变与他种文学体系中主题与题材的嬗变,作一总体的比较研究以发现其差异与契合。

因此,主题和题材流变的研究在我国比较文学发展的历史中占有重要地位并较早地引起了文学研究者的注意。1927年,顾颉刚就在他的《孟姜女故事研究集》中指出:

> 我们可知道一件故事虽是微小,但一样地随顺了文化中心而迁流,随承受了各时各地的时势和风俗而改变,凭藉了民众的情感和想象而发展。我们又可以知道,它变成的各种不同的面目,有的是单纯地随着说者的意念的,有的是随着说者的解释的要求的。我们更就这件故事的意义上面看过去,又可以明浩它的各科背景和替它出主张的各种社会。[①]

顾颉刚在这里相当全面地强调了主题和题材流变研究的意

---

① 《孟姜女故事研究集》第1册,上海古籍出版社,1984年,第123页。

义。他本人在进行这方面的研究上，也作出了很多贡献。他编撰的《孟姜女故事研究集》三册就是一个很好的范例。在这部书的序中，他说："我的孟姜女研究既供给了别的故事研究者以型式和比较材料，而别的故事研究者也同样地供给我。许多不能单独解决的问题都有解决之望，岂非大快！"

顾颉刚在他的《孟姜女故事的转变》[①]一文中考证了孟姜女（杞梁之妻）最早载于《左传》，她是一个"知礼"、"守礼"的人，《左传·襄公二十三年》记载齐侯打莒国，杞梁死。齐侯在回宫的路上遇见杞梁的妻子并向她吊唁。杞梁妻拒不受悼，认为这不合礼法，齐侯只好到她家里去吊唁。战国中期，《檀弓》所载曾子的话，提及同样的故事，但强调"其妻迎其柩于路而哭之哀"《孟子·告子》。又引淳于髡说："杞梁之妻善哭其夫而变国俗。"杞梁妻从此与歌哭相联系。顾颉刚引证了多种材料证明当时齐国歌唱风气很盛，特别是哭调的哀歌。正是这种社会风气赋予了杞梁妻新的特点。顾颉刚说："杞梁之妻的故事中心，在战国以前是不受郊吊。在西汉以前是悲歌哀哭，在西汉的后期，这个故事的中心又从悲歌而变为'崩城'了。"刘向在他的《说苑·善说篇》中最先记载说："杞梁战而死，其妻悲之，向城而哭，隅为之崩，城为之阤。"又在《列女传》卷四《贞顺传》中将"拒路吊"和"哭崩城墙"的事合而为一，造就一个完整的故事：杞梁妻哭了十天，"城为之崩"，而后"赴淄水而死"，顾颉刚认为刘向的这种说法自相矛盾，"颇为不伦"。因为"却郊吊"，为的是合乎礼，"哭崩城墙"却与礼不合。孔子认为："衣则衣矣，而难为继也。夫礼，为可传也，为可继也，故哭踊用节。"（《檀弓》上）"孔子恶野哭者"，有明确的记载。陈皓解释说："郊野之际，道路之间，哭非其地，又且仓卒行之，使人疑骇，故恶之也"

---

① 见《北京大学歌谣周刊》，1924年11月23日。

(《檀弓》上)。况且，妻子哭夫只能在白天，若在晚上就有"思情性"的嫌疑，又不能多哭，哭多了说明丈夫"好内"，"必多旷于礼矣夫"(《檀弓》下)。杞梁妻却不管不顾，"枕其夫之尸于城下"，恸哭十日，又"我心伤悲，聊与子同归"，投水自尽。顾颉刚说："这样的妇人，到处犯着礼法的愆尤，如何配得到在'贞顺'之中，如何反被《檀弓》表彰了？我们在这里应当说一句公道话：这崩城和投水的故事，是没有受过礼法熏陶的'齐东野人'想象出来的杞梁之妻的悲哀和神灵对于他表示的奇迹。"到了唐代，这个故事又有了新的发展。这种发展最早见于唐末诗僧贯休的杞梁妻：

> 秦之无道兮四海枯，
> 筑长城兮遮北胡。
> 筑人筑土一万里，
> 杞梁贞妇啼呜呜：
> "上无父兮中无夫，
> 下无子兮孤复孤。"
> 一号城崩寒色苦，
> 再号杞梁骨出土。
> 疲魂饥魄相逐归，
> 陌上少年莫相非。

(《乐府诗集》卷七十三)

在这首诗中，杞梁成了秦朝人，他不是战死而是被筑在长城里，杞梁妻一哭而长城崩，再哭而丈夫的骸骨出土。从此以后，这对夫妻的故事就与长城联结在一起。顾颉刚认为："这件故事所以会得如此转变，当然有很复杂的原因在内。"他从"文学本身的发展"和"唐代时势的反映"两方面来分析了这个问题：从文学方面来讲，当时盛行的乐府诗曲调《饮马长城窟行》多半咏叹悲苦的筑城惨死。很容易和"哭倒城墙"的杞梁妻歌结合在一起。从社会方面来讲，唐代武功极盛，兵士终年劬劳，远出戍边。闺中少妇，怨毒所归，都有一股哭倒长城的怨气。这两方面的原因同时促成了故事的发展，宋代孙奭作《孟子疏》，他在上面引过的《孟子·告子章句下》，指明杞梁妻的名字是孟姜：齐庄公袭莒，逐而死。其妻孟姜向城而哭，城为之崩。至此杞梁妻与孟姜女合为一人。

在俗文学中，关于孟姜女的传说更多。元明之间，歌曲盛行，《曲录》中就有关于孟姜女的多种记载。目前我们还能见到的《孟姜女送寒衣》唱本，把"哭倒城墙"这一题材发展为一个复杂的故事。故事叙述员外之子万喜良（与杞梁谐音）被捉拿去筑长城，在途中得遇孟姜女结为夫妻。新婚之夜又被抓获："解到长城身有病，筑城三日命归阴。"孟姜女哭倒长城："高哭三声天又暗，低哭三声地又昏。""高哭三声城又塌，露出喜良尸骨真。""孟姜女大骂昏君，被押到金殿。""万岁一见龙颜喜，原来此女貌超群"，"孟姜若肯嫁联身，封他正宫第一人。"孟姜女提出了在长城上造高桥筑坟，皇帝亲到长城祭奠等条件，皇帝一一遵从，最后孟姜女从高桥跃下自杀。故事的主题从一般的男女之情发展为对暴君的揭露和控诉。

总之，从"哭倒城墙"这一题材的历史溯源，可以探察到主题从对"知礼"、"讲礼"的赞扬，到对怨女旷夫的同情，以致对连年争战，不顾百姓死活的暴君的憎恨。这一主题的发展又是和文学本身的发展以及社会本身的发展紧密联系在一起的。从题材的流变来探究主题的流变，孟姜女故事是一个很好的范例。

五四时期，外国思想、外国文学大量传入中国，其作用之深广，内容之庞杂在世界文化史上也是少见的，这种大规模文化引进不能不对中国文学产生极其深刻的影响。传统的主题，传统的题材在富于独创性的作家笔下，由于引进了新的观念，新的文学形式而获得了新的生命。

昭君和番的故事是一个古老的题材，在古代诗歌、戏剧、小说中不断有所发展。最早的记载见于《汉书》，故事比较简单，只说匈奴单于"自愿婿汉氏以自亲"，汉元帝以王嫱赐婚，单于死，其子复妻王嫱，生二女。① 晋人葛洪《西京杂记》记述较详，出现了王嫱不愿贿赂画工，以至被丑化而遭皇帝冷遇的情节。皇帝受骗大怒，以至"画工皆弃市，戮其家"。唐代关于昭君的记载很多，值得一提的是牛僧儒的《周秦行纪》。《郡斋读书后志》将此书列入小说类，书中对昭君有较细腻的描写，但从正统观念出发强调昭君两次嫁单于父子，以至死后到另一世界，也总是"低眉羞恨"，任人轻薄。敦煌唐写本《明妃传》残卷则改变了原来的故事，只说昭君到单于宫中始终不乐，单于想尽各种方法取悦于她，毫无结果，最后郁郁而死。元杂剧马致远的《汉宫秋》突出描写了奸人画师毛延寿，是他唆使皇帝去民间选妃，是他因昭君不肯行贿而歪曲了她的画像，当昭君弹琵琶，琴声引起皇帝注意而被宠幸后，又是他畏罪逃到单于国，献昭君美人图，怂恿单于按图要人。皇帝无奈，只好饯别昭君于灞桥，昭君行至胡地，投黑龙江而死，毛延寿终于恶行暴露被斩。清初署名雪樵主人的二十卷八十回小说《双凤奇缘》主要情节与《汉宫秋》大体相同，枝蔓的部分是昭君到匈奴国后亲自要蕃王杀了毛延寿，又用各种方法拖延婚事十六年，最后在白水桥投水自杀。昭君之妹被封为皇后，汉王战胜匈奴，单于求降于白水桥，昭君显灵救了单于。

总之，昭君的故事题材遍及诗词、小说、戏曲，据《青冢志》所载不下四百六十余种，主题也几经变化：有写红颜薄命

---

① 参阅《汉书》第九十四卷，《南匈奴传》。

的，有写爱情与政治的矛盾的，有写恶人恶报的，有写思家望乡的，也有写皇帝无能的。如欧阳修的诗："耳目所及尚如此，万里安能制夷狄？"白居易的："自是君恩薄于纸，不须一向恨丹青。"

真正使这一传统题材所展现的主题发生根本改变的是五四时期郭沫若的历史剧《三个叛逆的女性》之一的《王昭君》（写成于1923年）。在这个剧本里，昭君的哥哥因官府催迫昭君进京而投江，昭君的母亲扮作侍婢随昭君进宫，得知昭君和蕃的消息，神经错乱而猝死。昭君不顾君王的百般挽留，千般许愿，自己选择远涉匈奴，投身沙漠之路。这个剧本首先突出了反封建的主题。昭君的出走本身就是对皇帝淫威的直接抗议，她甚至可以当面骂皇帝："你究竟何所异于人，你独能恣肆威虐于万众之上呢？你丑，你也应该知道你丑！豺狼没有你丑，你居住的宫廷比豺狼的巢穴还要腥臭！"是一个不服从的范例。与反封建主题同时突出的就是个人的价值和对于人性的承认：昭君到沙漠里去，体现了她个人的选择和价值；毛延寿的女儿向皇帝告发自己的父亲，与父亲决裂，也体现了她个人的选择和价值。作者对不能不因王昭君的绝代之美而动心的毛延寿、汉元帝都给予一定的理解和同情。皇帝也是人，女人和男人一样有作为人的权利，人性都有其弱点，并不因是否皇帝而有所改变。这些观念无一不代表着当时大量从西方引进的民主自由精神。在艺术方面，全剧浸透着一种希腊式的悲剧气氛。王昭君痛苦地呼喊："……我愿有炽热的吵石来炙灼，狼犬的爪牙来撕裂。我能看见我的心肝被狼子衔去在白齿中间咀嚼，我的眼睛被野鸦啄去投在北海的冰岛上纳凉……"这些都表现着中国文学前所未有的一种强烈浪漫、浓郁的悲剧气息。而话剧本身也正是从西方引进的一种文学形式。

五四以来，一方面是新的题材，新的主题大量涌现，另一方面是对于旧的题材、旧的主题全面刷新，赋予了全新的意义。郭沫若的《王昭君》如此，欧阳予倩的《潘金莲》也如此。在五幕剧《潘金莲》中，这个一贯被目为淫乱凶残，谋杀亲夫的女人被写成一个被侮辱、被损害，为谋求自由幸福，顽强与命运搏斗的反抗者，她对武松的爱始终不渝，甚至被杀于武松刀下，仍然感到幸福。《三个叛逆的女性》中的卓文君高呼："我以前是以女儿和媳妇的资格对待你们，我现在是以人的资格来对待你们！"这些都是在独创的处理中，外国文学和西方思潮在中国传统题材和主题的流变中的表现。

这种题材和主题的更新不仅是在五四时期而且贯穿在整个现代文学的发展过程中。特别值得一提的是台湾作家朱西宁写于60年代初期的中篇小说《破晓时分》，这部作品取材于宋人话本《错斩崔宁》。《错斩崔宁》收入《醒世恒言》，题名《十五贯戏言成巧祸》，后来又有传奇《双熊梦》、昆剧《十五贯》。这些作品的基本题材都是一起冤案。写刘贵借来十五贯钱做生意，与其妾戏言是卖她所得的身价，妾惧而潜逃，巧遇崔宁同行。这时刘贵被盗且被杀，官方追及其妾，于崔宁身上搜出十五贯钱，遂以谋财害命，拐带潜逃，双双论处死罪。后来刘贵之妻遇山贼，逼嫁成婚，发现此山贼即杀其亲夫者，于是真相大白。在以上提到的几种不同时代的作品中，这一题材有增删繁衍，但基本主题不外乎警告世人"祸从口出"，"善恶有报"，人们看完这些故事感到"天网恢恢，疏而不漏"，一切都掌握于冥冥之中，自己可以心安理得。朱西宁的《破晓时分》对题材并无很大改动，只是略去刘贵妻与山贼的故事，止于崔宁与刘妾的无辜被害。但叙述角度完全变了，整个故事不再是出自一个全知的客观说故事人的叙述，而是出自一个花钱买了衙役饭碗的年青农民第一天上任的所闻所见。官府的腐败堕落，贪赃枉法，收买伪证，屈打成招，颠倒黑白，酷刑峻法无一不在这个天真纯朴的农民心里引起强烈的厌恶和反感:"我是吃不来这行饭的,受不住这些。吃饭是要活着,吃这种饭要把人给吃死的。"但是正如那指点他的老衙役的经验之谈:"吃衙门这行饭,也就是那么回事儿,一回生,两回熟……"既然农村没有出路,看来这位天性未泯的小青年也会逐渐"熟"起来的。这样,过去"因果报应","戏言取祸"等主题就隐没了。"恶"的代表——贪官和杀人者都没有得到报应;悲剧发生的原因也不是"戏言",而是整个社会法制的腐败,因为澄清事实的机会并不是没有,而是贪官有意歪曲了它。《破晓时分》的主题就集中在对黑暗官府的揭露和抨击以及对人性泯灭的原因的追寻。作者暗示在那样的社会,要"求生存"就不得不"昧良心",而"昧良心"又支持了黑暗社会的长存。读者读完这部作品所想到的不再是"恶有恶报",与自己无干的"心安理得",不再是既有"天网恢恢"自己便全无责任的"置身事外"。人们会想一想自己的"心安理得"、"置身事外"是否客观上维持了那些惨无人道的社会秩序。应该说《破晓时分》把这一传统题材可能蕴藏的主题思想发挥到了极至。而这一发挥又是和国外的思想观点和艺术技巧的引进,如叙述方式密不可分的。如果没有叙述者和叙述角度的改变,没有心理独白和气氛渲染,没有对于中国读者"期待视野"的着意革新,没有为读者的欣赏和再创造留下更广阔的余地,就不可能突出《破晓时分》表现的主题的决定意义。关于主题和题材流变的比较研究显然有助于艺术技巧的继承和创新的研究。

主题和题材的研究还有另一个层面,就是研究某一文化系统中的主题和题材的发展系列与另一文化系统的主题和题材的发展系列进行综合分析和比较。例如自古以来,大量文学作品表现了爱情与政治(或社会、或道德观念)的冲突。在中国,从"卓文君与司马相如"到"曹植与洛神",到"唐明皇与杨贵妃",到"张君瑞与崔莺莺",到"贾宝玉与林黛玉",到"侯方域与李香君",

到《爱是不能忘记的》、《被爱情遗忘的角落》等现代作品可以构成一个长长的系列，在欧美文学、俄苏文学中，我们也不难找到这样的系列。例如罗马诗人维吉尔(Publius Vergilius Maro)的十二卷史诗《埃涅阿斯纪》第四卷描写了埃涅阿斯为完成"上天交付给他的使命"，终于拒绝了迦太基王后黛朵的爱情致使后者自杀；莎士比亚的《罗密欧与朱丽叶》为反抗家庭的世仇而双双殉情；法国作家小仲马(Alexandre Dumas fils)的名剧《茶花女》写纯洁忠贞的马格丽特终于不能见容于门第高贵的阿芒的家庭，以至忧愤而死；英国作家高尔斯华绥在他的巨著《福尔赛世家》中写了英国上层社会几代人在爱情方面所遭受的苦难和不幸……这样的作品还可以举出很多，它们都提出了爱情与政治、社会、道德观念冲突的共同问题而构成了题材和主题的发展序列。但是，由于时代、环境、文化系统、民族心态的不同，共同的主题在不同的作品中有着很不相同的具体表现。我们所接触到的首先是"不同"，但作者对于这一问题的基本态度——对纯真爱情的同情和对政治社会压迫的抗议又是基本相同的，这就构成了"和"的基础。

第五节 意象、象征、原型的比较研究

如果说题材、题旨和主题相对而言是较为宏观的整体研究，那么，意象、象征、原型就属于相对微观的具体分析。

意象 所谓"意象"，简单说来，可以说就是主观的"意"和客观的"象"的结合，也就是融入诗人思想感情的"物象"，是赋有某种特殊含义和文学意味的具体形象。例如："水"本是一种自然物，本身并无任何与人类情感有关的含义，但在文学作品中，水却被赋予特殊的意味。在中国，"水"总是带有逝去的时光的意味。从孔夫子开始："子在川上曰：'逝者如斯夫，不舍昼夜'。"

后来的"如花美眷，似水流年"，"落花流水春去也，天上人间"等等都包含着同样的意味。"水"还和男女之间的柔情有关。如中国诗中常以秋水形容女子的明眸："临去时，秋波那一转"又有"柔情似水"的说法。《红楼梦》中宝玉和黛玉之间泪水与灵河畔浇灌之水的情债等等都是"水"的柔情意象。另外"水"还常与顽强相联，如"水滴石穿"；与灵活智慧相联，如"智者乐水"；与洁净相联，如"明澈如水"；与多变相联，如"水性杨花"；与恬淡相联，如"君子之交淡如水"等等。这些意象，有的可以从外国文学中找到完全相应的现象。例如关于时光的消逝，作为"水"的一种意象，可以在外国文学中找到很多例子。手边就有当代美国著名诗人肯尼·雷克斯洛(kenneth Rexroth)的名句："我们迷惑地躺在星光闪烁的水际/那永恒的瞬间/在我们身边如水一般悄然流逝。"又如20世纪苏格兰诗人托马斯·甘贝尔(Thomas Cambell)的《生命之川》："青春的热情尚未衰逝/愉悦的流泉但觉迟迟/有如一道草原中的绿溪/静悄悄地蜿蜒着流泻。"① 雷克斯洛咏叹时光如水一般"悄然流逝"，甘贝尔歌唱生命的河流如"草原中的绿溪""蜿蜒流泻"，都是把"水"这种自然物和人的对时光无法挽回的慨叹联系在一起，和中国诗中"水"的时光意象类似。

当然，也有很多例子说明同一客观事物构成的意象在不同的文学体系中有很大差异。例如在中国传统文学中，"山"常常是一个仁厚、稳定可靠的意象。孔夫子说："仁者乐山，智者乐水。"《韩诗外传》解释说："山者，万人之所瞻仰，草木生焉，万物殖焉，飞鸟集焉，走兽伏焉。生万物而不私，育群物而不倦，出云导风，天地以成，国家从宁，有似乎仁人志士，此仁者之所以乐山也。""山"又常常作为一个善于理解，可以容纳一切，安慰一切的朋友在中国诗中出现。如李白的《独坐敬亭山》：

---

① 郭沫若：《英诗译稿》，上海译文出版社，1981年，第11页。

"众鸟高飞尽,孤云独去闲,相看两不厌,只有敬亭山。"在外国文学中,这种拟人的手法也常用到,但"山"更多地表现为一个高傲的、威胁的形象。例如爱尔兰人把山比作月神的奶头,爱尔兰诗人吉姆·斯蒂芬写了一首著名的诗,题目就是《月神的奶头》:"山岳岿然,雄视八荒/气象庄严/无声无响/植根大地,乘势竞上/宏涛排空,群峰低昂/超越宫殿,凌彼森岗/高入云表,争霸争王/不思举止,徒逞豪强/我观云鸟,载翱载翔/飞抵上苍,尽情歌唱/自由自在/毫不夸张/告彼山岳,宜稍谦让/戒骄戒躁,好自思量。"[①]再举另一首诗《山岳是沉默的好汉》:"山岳他们是沉默的好汉/他们远远站着——孤孤单单/夜间,云霞吻接他的眉头/听不出呻吟,听不出长叹/都坚持着在自己的岗位上/每一座都如同士兵一般/把森林团结在自己的脚下/高撑着苍穹岿然勇敢。"[②] 在这两首诗中,"山"所提供的是一个骄傲、顽强、竞争、多少带有某种威胁的意象。这样的描写和中国传统诗歌中那种亲切、宽厚、理解的意象是很不相同的,这种不同从某些方面折射出文化传统、民族心理、欣赏习惯的不同。中国传统诗歌中,人和自然多半没有明确的界限,人常常作为自然的一部分而存在;西方文学传统中,人作为主体,自然作为客体而被认识,被评价的现象则是较为普遍的。当然,意象也并非一成不变,随着时间的推移,意象本身也在不断发展。如毛泽东的《十六字令》:"山,刺破青天锷未残,天欲堕,赖以柱其间。"山的意象和传统诗歌就很不相同。

象征　当我们谈比喻的时候,用来比喻的物象(喻指)和被比喻的物象(喻体)都是具体的东西,例如"不知细叶谁裁出,二月春风似剪刀","剪刀"(喻指)是用来比喻"春风"(喻体)的。

---

① 郭沫若:《英诗译稿》,第49页。
② 同上,第47页。

象征和比喻不同之处是它的喻体缺席，例如羔羊象征无罪，鳄鱼泪象征虚伪，玫瑰花象征爱情等等。羔羊、鳄鱼泪、玫瑰花等所象征的无罪、虚伪、爱情都并不出场，但很多人都理解其意义。因此，也可以说象征是以外在的、可见的事物，暗示一种抽象的、普遍性的意义。象征所强调的不是直接的象征物，而是它所暗示的普遍意义。

在不同的文化系统中，有些象征有共同之处，有些象征却完全不同。最明显的例子是白色在中国象征悲哀，举办丧事都用白色；西方却用白色象征纯洁，结婚仪式上，新娘都用白色的婚纱。又如在西方文化中，蛇总是与魔鬼相联，这是从《圣经》中蛇对夏娃引诱的故事而来；中国广泛流传的民间传说《白蛇传》中的白蛇却象征着善良及其被恶势力所迫害。狼在中国文学中意味着忘恩负义（"子系中山狼"）和凶残(狼心狗肺)；在美国文学中，狼则意味着原始、野性、强力，如杰克·伦敦(Jack London)的《旷野的呼唤》、《海狼》等。蝙蝠既像走兽，又像飞禽，模棱两可，加上它丑陋的形象，灰暗的颜色，因而在许多文化系统中都遭到鄙弃和厌恶，但在中国，却因"蝠"、"福"同音，而成为喜庆、福禄的象征。

意象、象征与"套语"或译"惯用语"（topos），并无绝对界限，有时也常混用。一般说来，意象和象征大多赋予某一客观事物以特殊的意味；惯用语则是由文学传统传递下来的一种文学贮积的惯用说法。"惯用语"最早源出于古典修辞学，本来指在一篇演说内精练而概括性很强，可以帮助记忆的经常用语。1954年柯尔提乌斯在他的专著《欧洲文学与拉丁中世纪》中，研究了反复出现的惯用语、意象、主题在文学史中所起的巨大作用，这些惯用语、意象和主题从古代起，经过拉丁中世纪一直流传下来，渗透到现代文学中。此后，惯用语的现象才引起广泛重视。

惯用语与中国文学中普遍存在的"典故"有很多共同之处。当然后者比前者更为复杂。在西方文学中，"乐园"、"禁果"、

"方舟"等都不只是字面上的意义,而包含着一个圣经故事;再如"漂泊的犹太人"、"美丽的乞怜者"、"黑夜的惶恐"等等,也都有特定的含意而在欧美各国文学中广泛而长久地被提及。在中国文学中,这类现象更为普遍,例如"西天",指的是极乐世界,"上西天"指死亡,这属于最简单的惯用语,其他如"请君入瓮"、"青梅竹马"等或隐含一个故事,或有特指的意义,也都是常见的惯用语,这些惯用语在亚洲各国文学中也仍然广泛地被应用,其意义也有很多流变,可惜比较文学对惯用语的研究还刚刚开始。

原型 原型是一种更为宏观的研究。一般是指在世界文学中反复出现的一些基本现象包括题材、题旨、主题、意象等等。原型批评就是对这些重复的现象作世界性的综合的宏观分析。原型的说法并不只是从弗莱(Northrop Frye)才开始。早在18世纪,英国诗人布莱克(William Blake)就曾说,乔叟《坎特伯雷故事集》里的人物是"一切时代,一切民族"的形象。尼采则认为希腊悲剧中的一些主要人物都"只是酒神这位最早主角的面具"[①]。在研究神话的过程中,人们发现了更多重复出现的原型。早在17世纪初,意大利哲学家维柯就在他的名著《新科学》中指出神话是一种隐喻,是一种想象的"类概念",以及和这些想象的类概念相应的一些寓言故事。如"阿喀琉斯指一切强大汉子所共有的勇敢,攸里赛斯(通译尤里塞斯)指一切聪明人所共有的谨慎"[②]。弗洛伊德的学生荣格(Carl. G. Jung)进一步指出:

> 原始意象即原型——无论是神怪,是人,还是一个过程——都总是在历史进程中反复出现的一个形象。在创造性幻

[①] 尼采(F. Nietzsche):《悲剧的诞生》第十节,漓江出版社。
[②] 维柯:《新科学》,朱光潜译,人民文学出版社,1986年,第102、179页。

> 想得到自由表现的地方，也会见到这种形象。因此，它基本上是神话的形象。我们再仔细审视，就会发现这类意象赋予我们祖先的无数典型经验以形式。因此，我们可以说，它们是许许多多同类经验在心理上留下的痕迹。①

荣格从心理学的角度论述了人类自从远古以来心理经验的长期积累，"沉淀"在人们的下意识深处。这种"积淀"不知不觉地凝聚为在神话中反复出现的原始意象。正是这种原始意象能引起人类的强烈共鸣。60年代末期，比利时人类学家莱维·施特劳斯(Levi Strauss)写成了他的巨著《神话集》四卷，他认为神话是接近最深层的心灵结构的原始表现，是人类"心灵结构"外化的最初形态。当人类心灵处于最原始、最自然的状态时，即人类社会尚未被污染时，人类想象的世界是神话式的，人类心灵的活动有其固定的模式。但是，由于生活的复杂性，心灵活动的模式常常受到掩饰、压制、破坏，只有做梦或陷入神话想象世界时，这种模式才能赤裸裸地呈现。想象的程度越深，越广，就越接近其原型。所谓神话就是人类集体创造的梦。这种集体的梦的价值就在于它的无意识的，绝对自由的想象成分。

弗莱把荣格和莱维·施特劳斯的神话理论推广到一般的文学分析。他认为："文学总的说来是'移位的'神话。"神话中有的原型模式在一般文学中都能找到，并构成文学的基本模式。他首先从文类学(Genre)的角度来分析这个问题，指出在神话中，从神的诞生、爱恋、历险、胜利、受难、死亡，又到神的复活，是一个周而复始的有生命的循环过程。这个过程和春夏秋冬周而复始的进程相对应。神的诞生与爱恋对应于朝气蓬勃，充满希望的

---

① 卡尔·荣格：《论分析心理学与诗的关系》，译文见《20世纪西方文艺述评》，三联书店，1986年，第56页。

春天，表现为文学就是喜剧；神的历险与胜利对应于炽热强烈、梦幻神奇的夏天，最传奇，是浪漫的英雄故事；神的受难和死亡对应于肃杀悲壮的秋日，是悲剧；平淡严寒的冬天则是没有英雄的世界，即没有英雄人物的讽刺作品。神的复活象征着春天的再来——又一度生命的循环，文学也会从平淡无奇的讽刺回归到新的神话的喜剧世界。富于神奇魔幻色彩的武侠和科技小说的备受群众欢迎也许正是向神话、喜剧回归的信息。春夏秋冬，喜剧、传奇、悲剧、讽刺，这都是世界性的原型和模式。①

弗莱原型批评的重要意义就在于打破各个作品本身的界限，致力于从众多作品中找到带普遍性的共同因素。他所提出的诞生、爱恋、历险、受难、死亡、复活都是可以从五光十色的文学现象中追溯分析出来的原型。例如希腊神话中窃取天火的普罗米修斯被锁在高加索悬崖上，长矛刺穿他的胸部，大鹰每天早晨飞来啄食他的肝脏，几千年的折磨铸就了这个悲剧英雄——为人类受难的原型。

从中国神话中我们也可找到很多这样的记载：如大禹之父鲧，原是一个聪明能干，毕生造福人类的英雄。他竭尽全力，带领人民铺泥堵水，筑堤防洪。然而，洪水太严重了，他东堵西防，填了九年，洪水仍然铺天盖地。鲧忧心如焚，后来一只猫头鹰和一只乌龟告诉鲧，天庭中有一种生长不息的土壤，去一点就能积成山，堆成堤。鲧为了制服洪水，置个人安危于不顾，私自取了息壤去救黎民。他被天帝殛杀于羽山之野。这座山在北极之阴，终日不见太阳，只有一条名叫烛龙的神龙口衔一只蜡烛，照亮北极的荒凉和阴暗。鲧虽然被杀，但阴魂不散，他的尸体不腐。天帝怕他复活，就令一位神人用吴刀把他的肚子剖开，这时，从鲧的肚子里跳出一条虬龙，盘曲腾跃，升上天空。这就是

---

① 参阅弗莱：《批评的解剖》，陈慧等译，百花文艺出版社，1998年。

鲧的儿子禹。大禹出生后，鲧的尸体化作一条黄龙永远沉入幽深的羽渊。屈原赞美他说："鲧芃直以亡身兮，终然噰乎羽之野"。鲧肯定属于为人类受难的原型。

再如《山海经·海外西经》："女丑之尸生而十日炙杀之，在丈夫北。以右手鄣其面；十日居上，女丑居山之上。"这个为求雨祭典而被送到山顶晒死的女巫，独自在十个太阳的暴晒下，孤独地面对死亡，成为一个普罗米修斯式的受难英雄。

关于死亡也是一样。恩斯特·卡西尔在他的《人论》中说："在某种意义上，整个神话可以被解释为就是对死亡现象的坚定而顽强的否定。"[1] 在中国神话传说中也有大量例子说明这一现象，如：

> "北溟有鱼，其名为鲲……化而为鸟，其名为鹏。"（《庄子·逍遥游》第一）
>
> "炎帝之少女，名曰女娃。女娃游于东海，溺而不返，故为精卫（鸟），常衔西山之木石，以埋于东海。"（《山海经·北山经》）
>
> "嫦娥奔月，化为蟾蜍。"（常任侠：《沙坪坝出土之石棺画像研究》）
>
> "刑天与帝争神，帝断其首，葬之常羊之山，及以乳为目，以脐为口，操干戚以舞。"（《山海经·海内西经》）
>
> "夸父与日逐走，入日。渴欲得饮，饮于河渭。河渭不足，北饮大泽。未至，道渴而死，弃其杖，化为邓林。"（《山海经·海外北经》）

---

[1] 《人论》，甘阳译，上海译文出版社，1986年，第107页。

第一，这类神话都表现了一种不死的渴望，想用变形来代替它。这不仅在中国，在其他文化体系中也十分普遍。例如古罗马诗人奥维德（Publius Ovidius Naso）的名著《变形记》，汇希腊罗马神话之大成，以人由于某种原因被变成动物、植物、石头、星星这一线索贯穿全书，收集了二百多个故事。另外，北欧神话中的冰巨人变成天地风云，非洲神话中也有很多变形的传说。正如卡西尔所说："所有生命形式都有亲族关系似乎是神话思维的一个普遍预设。""人与动物、动物与植物全部处在同一层次上。"① 对于死亡的畏惧和逃避是人类心理长期的共同经验，用变形来代替生命死亡，固执地认定生命不可能无声无息地消逝，这在神话中是一个很普遍的原型。这一原型在后来的民歌，民间故事，诗歌创作中广为流传。

由此可见，原型确实存在于神话和作为神话"移位"的文学中。弗莱提出的春夏秋冬的原型理论可以在很多文化体系中得到映证。神话中的原型是容易分辨和认识的，对于复杂的文学现象，就要经过分剖和简约的过程，剥除各种复杂现象，发现其主题的深层结构，找到与其他作品共通的原型。

以美国作家海明威的名作《老人与海》为例。这个故事叙述贫苦的渔夫奋不顾身地到深海捕鱼，出生入死，终于拖回已被鲨鱼吃得精光的大马林鱼的故事。我们可以在不同层次上对主题进行分析。如果我们仅仅把故事的主题理解为"与穷困挣扎的忧患和痛苦"，那么，这仅是最表面的理解。进一步看，我们可以发现作品所展示的生存斗争：宇宙万物都保持着一种无可逃避的互相杀戮的残酷关系。这种杀戮已经在盲目无知中进行了亿万年，连那最虚弱，像个水泡一样飘浮的紫色水母也把长长的有毒的紫须拖在后面，而呆呆的大傻瓜海龟貌似懦怯，却最爱吃毒水母，

---

① 《人论》，第 105、106 页。

连长须一起吃掉!马林鱼的长唇像钢矛一样,可以把鲨鱼坚刃的皮一下戳穿一个洞,但马林鱼不是强者,它被渔人捕获,失去一切反抗能力,渔人也不是强者,他败于群鲨,性命垂危……这是一个普遍的自然结构,可以笼罩千千万万具体现象。但作者的思想远不止于此,有人说这个故事的主题是"勇敢地面对失败","在失败面前百折不挠",这说明人类虽逃不出上述杀戮的循环,但有更高的追求。这种分析进一步接近主题,然而这个故事所写的也不只是一个如何面对失败的问题。老人想的是四十天钓不到一条大鱼,还算什么渔夫呢。他要去深海远处,人迹不到的地方打鱼。为了证明自己是一个杰出的好渔人(并不只是为了吃饱肚子或赚钱),他几乎以生命为代价证实了这一点。铁匠要证实自己能铸出好剑,园丁要证实自己能种出好花。"自我求证",这是一个原型,能适合无数具体事例。再进一步看,这种"自我求证"的意义究竟如何呢?在空啤酒罐和死梭鱼之间,马林鱼庞大的骨架,这渔夫曾经用生命换取的荣耀的见证已经成为一堆垃圾。潮水、东风不用多久就会把这死亡的脊骨——渔夫自证的光荣记录,摇摆着,飘举着送回大海,以至消逝得无影无踪。潮水、东风、大海都是时间的符号,"大江东去,浪淘尽千古风流人物",不管多么伟大的演员、实业家到头来都会在时间的冲洗下从人们的记忆里消失,从社会的记录中淡化、无迹。自我求证与这种求证的不被理解,这才是《老人与海》最深层的结构。故事结尾,作者还点缀了一个观光客及其女友和侍者的议论。他们竟把这伟大的马林鱼的骨骼说成是鲨鱼的遗骸。对他们来说这本来毫无差别,也毫无意义;然而对老人来说,捕获马林鱼,与群鲨作战却曾是如此性命攸关!人与人之间的互不理解,其所持之价值观念竟如此之不同!这就进一步深化了"虚幻无益的自我求证"的原型。我们从很多文学作品中都能发掘出这一原型。

总之,原型批评的方法帮助人们不仅研究主题、题材、母题、意象，而且注意从人类的共同心理经验出发，进行更深的发掘，简约出更深层更普遍的模式，通过原型批评，比较文学的主题研究进一步与心理学、人类学、神话学、社会学结合在一起而发展向更高的层次。

第六章 接受·影响·交流

歌德指出:"各门艺术都有一种源流关系。每逢看到一位艺术大师,你总可以看出他汲取了前人的精华,正是这种精华培育出他的伟大。"[①] 每一个艺术家都生活在一个庞大的艺术系统之中,他的作品同时构成了这一系统的一个连环。也就是说,任何艺术家都面临一个接受他人影响并影响他人的问题。当他作为一个发送者时,他是在施加影响;当他作为一个容受者时,他就是在接受。无论影响和接受,都必须通过一个沟通和理解的过程,这就是诠释。当影响、接受、诠释发生在不同文化体系之间,这就成为比较文学研究的一个重要部门。

第一节 接受理论的基本内容

60年代后期,德国康士坦兹学派的青年理论家姚斯(Hans Robert Jauss)、依萨(Wolfgang Iser)等提出了接受美学的基本原理,论证了文学作品的两重性:其一,对于不识字的人或完全没有文学欣赏经验的人来说,这只是一件白纸黑字的"成品";其二,只有对于有欣赏能力,懂得如何阅读文学作品的人,文学作品才成为可以从中获得美感享受的"审美对象"。正如马克思早

---

① 爱克曼:《歌德谈话录》,1827年1月4日。

就指出,一方面"只有音乐才引起人的音乐感觉";另一方面,"对于非音乐的耳朵,最美的音乐也没有意义,对于它,音乐并不是一个对象"①。

我们先来看一下人们对于不同艺术门类接受过程的不同。对于有欣赏能力的人来说,他们接受绘画、雕塑与文学的过程是不同的:绘画、雕塑是"并时的",即在一瞬间以其全部形象呈现在欣赏者面前;但文学欣赏却不同,文学欣赏者所面对的只是白纸黑字,他必须通过自己的想像向纵深发展,把白纸黑字在自己的头脑中逐步化为活泼的形象,这需要时间,需要读者意识的参与,作者写一个林黛玉,在一百个读者的构想中就有一百个林黛玉,而且这是一个"历时"的过程。欣赏绘画和雕塑则是一目了然。例如我们欣赏一幅阿Q的画像时,他的衣裳打扮,面部表情,发式脸型等都同时呈现于画像之中,展现在我们眼前;如果是阅读关于阿Q的小说,我们就只好一步步读下去,才能最终在自己的头脑中构成阿Q的形象。例如读鲁迅的阿Q正传,读第一章时,我们只知道这是一个姓名籍贯都不很清楚的人,读第二章,我们知道了他的"怒目主义"和"精神胜利法";读第三章,我们知道了他的欺弱怕强,读第四章,我们了解了他的恋爱悲剧。……总之,视觉艺术(如绘画)中的阿Q是一个整体,它一出现就是完整的;小说中阿Q形象的形成却是一个阅读过程,从不完整到完整,读者需要把他在不同情景中向我们展示的各个方面整合起来,如求爱、求实、革命等,每一方面都和别的方面联结在一起,每一印象又都可能被继之而来的另一印象所加深或改变而重新加以组织。

其次,绘画之类视觉艺术需要对象的实际存在,我们对绘画的欣赏是通过视觉来感觉和认知("感知")所画的对象的。阅读小

---

① 《马克思恩格斯论艺术》,人民文学出版社,1960年第1版,第204页。

说却依赖于对象的不实际存在。如果有一个实实在在的阿Q在眼前，我们在自己心目中通过想象构筑起来的阿Q就受到了局限，甚至根本不能成立。因此，阅读小说而获得美感，不是通过"感知"，而是通过"呈象"。"呈象"就是赋予不存在以存在，即通过阅读过程使原来并不存在的形象在我们心目中逐渐呈现出来。小说并不提供已经完成的实在形象，而是提供一个框架，一种可能性，一个意义的"持载者"，必须有待于读者的创造性阅读活动，框架才能充满，可能性才变为现实，"持载者"所"持载"的意义才能显示出来。

再次，欣赏一幅画或一座塑像，我们是站在对象之外，由"我"来观赏某一客体。阅读小说时，"我"却居于篇章之内。例如阅读《阿Q正传》时，我们是按照作者提供的框架和可能性进入作品，创造了自己心目中的阿Q形象的。阿Q存在于我们的想象之中，我们的想象也存在于我们所创造的阿Q形象之中。阅读小说所产生的阿Q不是一个离开我们主观意识而存在的客体，和存在于我们主观意识之外的，客观存在的一幅阿Q的绘画或塑像不同。画像或雕塑都是已经完成的，制作好了的，客观存在的对象。对此，我们只能观看、欣赏，当然也能想象，但参与创造和想象的余地很小（现代派绘画、雕塑力图突破这种局限）。阅读小说则不然，读者必须通过自己主观的想象，参与创造。这个创造出来的形象当然有其客观依据，但它是主观想象的产物。任何读者心目中的阿Q都包含着读者本人的主观存在，因此不可能完全相同。

正是由于文学欣赏过程有如上所述的主观性、创造性，和广阔的想象余地，对一部伟大文学作品的接受和诠释就往往很不相同。一部《红楼梦》从"评点派"到"索隐派"，到"题咏派"；从王国维的借《红楼梦》以谈人生之苦，到陈蜕的借《红楼梦》以谈"家庭之感化"，以至胡适强调"自叙传"，俞平伯强调"色即是空",以及解放后强调四大家族,阶级斗争……不同时期对《红楼梦》的不同解释林林总总,形成了一部"红学史"。

既然"接受"在文学欣赏过程中具有如此重大的意义,那么,"接受"本身是如何实现,又有哪些特点呢?

当作品和读者相接触,首先遭遇的就是读者的"接受屏幕"。每一个读者都是生活在一个纵的文化历史发展与横的文化接触面构成的坐标之中。正是这一坐标构成了他独特的,由文化修养、知识水平、欣赏趣味以及个人经历等所构成的"接受屏幕",这一屏幕决定了作品在他的心目中哪些可以被接受而发生共鸣。哪些可以激发他的想象而加以再创造,哪些被排斥在外以至视而不见。例如接触一首关于月亮的诗或一段关于月亮的描写时,你就会调动一切过去所知的关于月亮的意象:寂寞——"嫦娥应悔偷灵药,碧海青天夜夜心";思念——"沧海月明珠有泪,蓝田日暖玉生烟";永恒——"古人不见今时月,今月曾经照古人";无常——"人有悲欢离合,月有阴晴圆缺";圆满——"月圆花好,如此良宵";辽阔——"寂寞嫦娥舒广袖,万里长空且为忠魂舞"……总之,如果你是一个有一定文化教养的中国人,提起月亮,你就会想到这些意象,你也会想起月桂树、吴刚、玉兔、捣药等,如果你是苗族,你会想起那充满浪漫色彩的"跳月",如果你是在西南山区长大,也许你还记得月亮割耳朵的故事,如果你读过茅盾的散文《谈月亮》,你也许会对粉饰太平的月色有一层反感。……这一切就构成你的"接受屏幕"。

不同文化系统的读者显然有不同的"接受屏幕",这种不同,反映着他们本身不同的文化形态和心理结构,这正是比较文学研究的一个重要课题。

"接受屏幕"不同,"期待视野"也不同。所谓"期待视野"就是作者在"接受屏幕"所构成的接受前提下对作品向纵深发展的理解和期待。正如前面所说,在读者将作者所提供的各种场景和人物发展的可能性加以"整合"的过程中,"期待视野"起着很大的作用。例如过去中国古典小说的读者往往期待一个"洞房花烛夜","金榜题名时"的圆满收场,或是一个"善有善报,恶有恶报,时候一到,一切都报"的"合理结局。"读者总是按照自己的"期待视野",把作者提供的框架变成自己心目中的形象。

"期待视野"不仅因作者所属文化系统的不同而各异,同时也随时代精神和风尚的变化而变化。例如中国当今的读者,其"期待视野"就不仅限于一个"大团圆"的结局而对于作品有更高的要求。中国传统小说《错斩崔宁》,戏曲《十五贯》、《双熊梦》写的都是一对无辜男女因巧合而蒙冤,而又终因清官明断而得昭雪,正符合传统读者的"期待视野"。前面提到的台湾作家朱西宁用同样题材写成中篇《破晓时分》叙述的方法全然变了。故事从一个农家小孩好不容易花钱买了一个衙役的地位,头天站堂就目击这一冤屈惨剧,甚至不得不充当一个作伪证的角色。最后,无辜的男女主人公被酷刑处死,而小衙役则思索着这一碗昧心的血腥饭还是否能继续吃下去。这是一个开放性结尾。读者不再满足于所谓"恶贯满盈","现世现报",而带着沉重的心情,回味着人世的不公。甚至还可能会因自己的逆来顺受,支撑着这一丑恶的、不合理的社会制度而期待着别样的生活。

作家的创作改变着读者的"期待视野",读者的"期待视野"也改变着作者的创作,正如英国文艺理论家特雷·伊格尔顿(Terry Eagleton)所说,"接受是作品自身的构成方面,每部文学作品的构成都出于对其潜在作者的意识,都包含着它的写作对象的形象……。作品的每一种姿态里都暗含着他预期的那种接受者。"[①]这对于某些作家来说固然非常明显(例如赵树理就认为:创作必须

---

① J.T.肖:《文学影响与比较文学研究》,见王润华译,《比较文学理论集》,成文出版社,1979年,第69、73页。

"摸住读者的喜好,进一步研究大家所喜好的东西",不能"把群众不喜欢的或暂时不能接受的东西硬往他们手里塞"),就是对一个主观上根本不在乎谁来读他的作品的作者来说也是如此,可能他心中全然没有某种特定的读者,但某种读者已经作为作品的一个内在结构被包括在写作活动本身之内了,因为他至少总在期待一个潜在的读者,否则写作就失去了意义。

总之在接受美学看来,文学就是一种框架,它能最大限度地激发读者想象,使他们体认到对象之直接感知所无法呈现的那些方面。文学作品的价值在很大程度上决定于作者并未写在纸上但却可以提供读者再创造的潜在可能性。创作过程不仅决定于作者自身的精神活动,而且从一开始就受着读者的"期待视野"的制约;创作过程本身包含着接受过程;文学史不再是单纯的作家和作品的历史而在更大程度上是作品被接受的历史。垂直接受(历史发展的)和水平接受(同时并存的)决定了作品的深度和广度,也决定了不断变化的文学作品的价值。这一切对于比较文学中关于不同文化体系中的不同文学间相互关系的研究都有着十分重要的意义。

第二节 传统的影响研究

各国文学之间的相互关系和互相影响,是比较文学研究最早出现的科目,已有一百多年历史。那么,什么是一般意义上的影响研究呢?

模仿、同源、借用、流行都和影响有关,但都并不完全等于影响。模仿指一个作家最大限度地放弃自己的个性去依从另一作家的路径。当然,模仿并不一定显示智力贫乏,而是说明一个作家对另一作家的才能非常崇拜,希望在追随一个天才的脚印时发现一个新世界。模仿者总是在谦虚中想先学会别人的一切,然后再赋予新的生命。但模仿并不等于影响,影响表示被影响的作家所写的作品绝大部分是自己的创作,而模仿却尽最大可能地放弃自己。

同源可以有影响,也可以没有影响,很多作品写同一个故事,但不一定相互之间发生影响。例如很多诗歌、戏剧、小说都写过"昭君和番"的故事,包括郭沫若在《三个叛逆的女性》中所写的《王昭君》和曹禺的剧本《王昭君》。这些作品都可说是同源,但有的相互之间有影响,有的则没有影响。借用和影响也有所不同。有些作品常常借用某些资料、故事、引语,但不一定受其影响,例如尼采的名著《查拉图斯特拉如是说》就是借用波斯拜火教的创始人查拉图斯特拉教主的口谕说出自己的哲学思想,但却未受拜火教的影响。流行是指某一作品在一段时间内在某个国家广泛被阅读。流行往往会留下一定的影响,但也不一定。一些作品可能风行一时,但并未在文学史上真正留下什么影响。那么,"影响"指什么呢?

在比较文学的研究中,我们说一个作家受到另一个外国作家的影响,首先是指一些外来的东西被证明曾在这位作家身上或他的艺术作品中产生一种作用,这种作用在他自己国家的文学传统里和他自己的个人发展中过去是找不到的,也不会产生的;同时,这是一个有生命的移植过程,并通过艺术作品表达出来。文学影响对一个作家来说,会使他在构思或写作时,产生一种广泛而有机的、过去不曾有过的东西,没有这种东西,他的作品就不可能成为目前这种样子,或者说,在这个阶段,他不会写出这样的作品。

两种不同文化体系之间大规模的文学影响常发生在当一国的美学及文学形式陈旧不堪而急需一个新的崛起或一个国家的文学传统需要激烈地改变方向和更新的时候,这种影响常常伴随着重大的社会或政治变动而产生。"影响"需要一定的条件,影响的种子只有落在那片准备好的土地上才会萌芽生根,同时又会被它所成长的土壤和气候所局限和改造。我国三次大规模的文学冲击,一次发生在魏晋时期印度佛教大规模传入之时;一次发生在五四时期,西方民主、科学思潮引进前后;一次发生在马克思主义逐渐取得统治地位的20世纪20年代以后。

影响是一个非常复杂而多样的过程,它首先往往发端于一种心理的或思想的启发,某种外来的东西突然照亮了作者长期思考的问题而给予一种解决的新的可能。法国诗人波特莱尔说他喜欢美国作家爱伦·坡,就因为他看到在爱伦·坡的作品中,他自己头脑里一些模糊的、未成形的构思被完美地塑造出来。T.S.艾略特认为他受一些其他作家的影响,往往是因为这些作家能"逗引"起他内心想说的话。美国意象派诗歌的开山诗人庞德(Ezra Pound)所以认为中国诗"是一个宝库,今后一个世纪将从中寻找推动力,正如文艺复兴从希腊人那里找推动力"[①],就因为中国诗对他所痛感的"西方当代思想缺乏活力","宗教力量日益衰退等"问题提供一种解决的新的可能,而中国诗歌对于维多利亚时代诗歌的繁言赘语,含混不清也是一种冲击而给诗人以**启发**,因此,我们可以说庞德的意象派诗受到了中国诗歌的影响。除文学方面的启发外,对作者思想方面的启发也很重要。例如尼采之对于青年鲁迅就有很大的影响。鲁迅当时已经感到洋务派、立宪说的危机,痛恨他们用"已陈旧于殊方"的"迁流偏至之物""举而纳之中国馨香顶礼",而西方20世纪"至伪至偏"的东西在他看来就是"物质"和"众数"。"人惟客观之物质世界是趋,而主观之内面精神乃舍置不之一省。"人们失去心灵的光辉,为物欲所蒙蔽,于是"社会憔悴,进步以停"。更坏的是"同是者是,

---

① J.T.肖:《文学影响与比较文学研究》,见王润华译:《比较文学理论集》,成文出版社,1979年,第69、73页。

独是者非","以多数临天下而暴独特者",无视个人的独创和个性,以至"伧俗横行,全体以沦于凡庸"。鲁迅当时的作品无不鸣响着这种焦灼,并特别集中反映在《文化偏至论》和《破恶声论》中。鲁迅就在这种焦虑中发现了尼采。他认为尼采正是他所寻求的"深思遐瞩,见近世文明之伪与偏",并"力矫20世纪文明之通弊"的"英哲"。他引用尼采在《查拉图斯特拉如是说》中的话:"返而观乎今之世,文明之邦国矣,斑斓之社会矣。特其为社会也,无确固之崇信;众庶之于知识也,无作始之性质。邦国如是,奚能淹留?"① "无确固之崇信"就是为物欲所蔽,精神上无坚定的信仰;"无作始之性质"就是随波逐流而无独创精神。鲁迅从尼采找到了知音,受到启发,引为同好而产生共鸣。

如果说这种"**启发**"往往是在寻求中不自觉的偶然相遇,那么影响的第二步"**促进**",就是有意识地寻求、理解和加强。例如鲁迅从研究尼采,到研究整个"新神思宗",从强调发扬人们内在的主观精神和坚强的意志力,到提倡"虽屡踣屡僵,终得现其理想"。鲁迅考察了20世纪以来个性主义发展的源流,更加强了自己受启发于尼采的"掊物质而张灵明","任个人而排众数"的坚强信念。也可以说这是受到尼采影响的进一步发展。

"促进"之后,会有一个"**认同**"过程。鲁迅经过一番查,认定尼采是"个人主义之至雄杰者",是"意力绝世,几近神明的超人",是"多力善斗,即忤万众不慑的强者"。这就是与尼采思想和艺术的进一步结合。

但鲁迅终究和尼采不同,他所处的时代、传统都与尼采各异。"**消化变形**"(appropriation)在影响过程中是必不可少的。尼采生活在真正的"世纪末"(1844—1900),他憎恶群众运动,对当时方兴未艾的工人运动怀着恐惧。鲁迅正相反,他提倡"重个

---

① 转引自赵毅衡:《远游的诗神》,四川人民出版社,1985年,第11页。

人，排众数"，只是反对那种"万喙同鸣，鸣又不揆诸心"的"庸众"、"恶声"。他希望各人都有独立思考的能力和自己的创见，做到"人各有己"，而"人各有己"的目的正是为了"群之大觉"①。

"救国之道，首在立人"，"人立而后凡事举，若其道术乃必尊个性而张精神"，只有"国人之自觉至，个性张"，"沙聚之邦由是转为人国"，"人国既建，乃始雄厉无前，屹然独见于天下"②。这种救国救民的忧患意识，这种以群体自觉为目标的奋斗精神决定于鲁迅所处的时代和社会，都是尼采所无而且也不可能有的。

文学影响最后还要通过文学"**表现**"出来。鲁迅笔下的"过客"，他"有许多伤，流了许多血"，明知前途并非野百合、野蔷薇，仍不顾饥渴困顿"昂着头奋然走去"，③"这样的战士"在"无物之阵"中大步前行，只见一式的点头，各种的旗帜，各样的外套，但他仍然举起投枪而"终于在无物之阵中老衰寿终"等人物都带着尼采的"强者"的倔强、孤独、苍凉，不被理解，无法与人沟通等色彩。再如在《影的告别》中，"影"，"终于彷徨于明暗之间"，"将在不知道时候的时候独自远行"，担心着"黑夜自然会来沉没我，否则我要被白天消失"；这和尼采在《查拉图斯特拉如是说》中的"黧黑、空廓、凋敝"，"有过很坏的白天"，"要注意更坏的夜晚"的"影"④有很多相同的情调。在

---

① 本节有关鲁迅引文均见《鲁迅全集·坟》，《文化偏至论》，人民文学出版社，1957年，第179～191页。

② 鲁迅：《破恶声论》，见《鲁迅全集补遗续编》，上海出版公司，1952年第1版，第73页。

③ 本段所引鲁迅原文均见《鲁迅全集》第二卷，第160、161、170、171页。

④ 尼采：《查拉图斯特拉如是说·69·影子》，瓦特·考夫曼英译，美国：企鹅出版公司，1978年，第387页。

《希望》中，鲁迅问道："难道连身外的青春也都逝去，世上的青年也都衰老了么？……然而青年们很平安。"尼采在《查拉图斯特拉如是说·52·叛教者》中说："那些青年的心都已经苍老了——甚至没有老，只是倦怠、平庸、懦弱，他们宣言：'我们又虔信了'。"[①] 这里不需要机械的比附，但其内在精神联系处处可见。

"启发—促进—认同—消化变形—艺术表现"，这就是影响的全过程。影响，有时表现为全过程，有时表现为其中的某些环节。

第三节 接受理论与影响研究

过去排斥和非难影响研究的人多半认为影响研究有两个致命的弱点：其一，影响研究与文学内在的文学性无关，似乎它只研究作家与作家之间或作家与思想家之间的交往，属于外缘研究的范围；其二，文学发展主要决定于文学本身的内部规律，似乎与文学作品之间的相互影响关系不大。接受理论的应用从根本上解决了以上这两个问题。

如上所述，接受理论首先从一个崭新的角度，突破了孤立研究作品本文，切断作品与社会、作家、读者联系的研究方法，强调作品本身文学性的形成就包含作品所处的"历时性"的和"共时性"的相互制约的背景，文学性实际上不可能脱离这个相互关系之网而独立，文学作品始终是在纵的"垂直接受"与横的"水平接受"所构成的坐标上的一点。在接受理论看来，研究文学作品之间的相互关系，正是研究内在的文学性形成的一个重要方面。其次，既然文学作品总是在一个相互关系之网中向前发展，

---

① 尼采：《查拉图斯特拉如是说·69·影子》，第290页。

文学关系发展的历史就不是可有可无的次要现象，而是研究文学历史的必不可少的重要内容。

那么，接受和影响是一回事还是两回事呢？其间又有什么关系？可以说接受和影响是同一过程的两面：播送者 A 对接受者 B 来说，其作用是"影响"，接受者 B 对播送者 A 来说，其作用就是接受。过去的影响研究大体只研究 A 如何影响 B，很少研究 B 对于 A 如何接受。如今这一单向过程改变为双向过程，就基本解决了以上提出的两个问题，为这一领域开辟了许多新的层面。

首先，由于"接受屏幕"的不同，一部作品在本国和在外国被接受的状况也肯定不同。通过的外来作品中某种成分拒绝或接受或改造的复杂过程，我们不仅可以充分发掘出作品的潜能，而且也可以了解不同文化体系的特点。例如我们在读赵树理的《小二黑结婚》时，多半不会认为三仙姑是一个正面人物，也不会觉得区干部对她的训斥有什么不能接受。一些美国学生在阅读这部作品时，却认为三仙姑很值得同情：她还不算老，她仍然爱生活、爱活动、爱交男朋友，不愿意当一个活着和死了相差无几的"节妇"。她的装神弄鬼无非是别无出路的一种变态反应。区干部对她的责骂是不公平的。至于奚落她脸上粉擦得太厚，像下了霜的驴粪蛋，那只能是对个人爱好的野蛮限制，"多管闲事"。这种完全不同的反应使我们从另一方面认识到作品反映生活的深刻性，正是作者没有想到的字里行间透露了真实的信息。从这种来自不同接受屏幕的反映，我们也可以看到美国文化的特点，以及美国青年对生活、对人生的不同看法。

再如尼采的思想透过中国知识分子的接受屏幕也和原来的尼采思想很不相同。尼采提倡强者、超人，认为压迫弱者理所当然，原是少数人的哲学，但在中国却被利用来说服弱者奋起赶上强者，以求得"群之大觉"。这是尼采本人始料所不及，也是西方的尼采研究者所未曾想到的。他们中有些人认为中国的鲁迅、茅盾、郭沫若等作家对于尼采的解释，对尼采研究作出了必不可少的贡献，揭示了尼采在亚洲各民族发生作用的可能，也说明了中国社会的特点。人们也许会说这其实是一种"误读"，但从接受美学的角度来看，"误读"也是一种"接受方式"，它从更多方面发掘了作品的潜力。

其次，对外国作品的接受往往可以作为一面镜子，反映出接受者的不同个性。例如五四时期，许多作家从不同角度接受了印度诗人泰戈尔的影响：郭沫若接受泰戈尔的泛神论，从泛神论中吸取了追求个性解放，反抗封建的力量，但他的诗歌的基调仍是灼热的；冰心也接受了泰戈尔的泛神论，却造就了一片平和恬淡的情调；王统照明显接受泰戈尔的"爱的哲学"，他的诗追随泰戈尔，崇尚自然，追忆童心，探索人生，但却朦胧晦涩，与冰心不同；徐志摩和泰戈尔的交往更深，他从浪漫主义的角度去接受泰戈尔，作品显得清新明快，缥缈空灵。总之，对泰戈尔的接受，有如一面镜子，反映出不同作家的创作个性。

另外，通过关于接受的研究还可以考察时代的变化。一部作品在被接受的过程中常常因时代的不同而强调出不同的方面。人们往往也都是按照不同的时代需要，来挑选自己所要接受的外来作品。例如，20世纪初，尼采思想刚刚传入中国，他是被作为一个"忤万众而不慑的强者"、"斯个人主义之至雄杰者"，一个"极端的破坏偶像家"而被接受的。第二次大战后，中国掀起群众运动高潮，一小部分知识分子重新接受尼采，但他们强调的是"假如我们立下一种制度，使弱者愚者得着充分的发展，那么世界的文化，一定会停滞、腐化，不可救药"[①]。他们的立场和鲁迅、茅盾等全然不同。从尼采被强调的不同侧面，可以看出时代和社会环境的巨大变化。

---

① 陈铨：《从叔本华到尼采》，在创出版社，1944年，第112、124页。

再如僧人寒山的诗,无论在思想还是艺术方面,都不能说是唐诗中最杰出的,但在60年代的美国,最流行的中国诗人不是李白,不是杜甫,而是寒山。美国当代诗人卡西·史祐德在他翻译的寒山诗前言中写道:

> 他们的卷轴、扫帚、乱发、狂笑——成为后为禅宗画家特别喜欢描绘的形象。他们已成为不朽人物。而在今天美国的穷街陋巷里,果树园里,无业游民的营地上或在伐木场营幕中,你时时会和他们撞个满怀。①

可见寒山影响之深广。当代小说家杰克·克洛维的小说《法丐》写坐禅、冥想、诵经、吟诗,并在扉页上标明"献给寒山"。寒山如此流行就因为60年代末期的美国社会孕育了一批"嬉皮士",他们的幻觉与解悟决定了他们对寒山的接受,事实上,从寒山被接受的情形,也能看到美国60年代社会之一斑。

关于接受的"**反射**"现象也是一个很有意思的研究项目。"五四"以来,借对西方文化的接受,反观本国文化而有新的启悟的现象屡见不鲜。例如郭沫若从小熟读中国诗歌,但真正使他走上成为一个诗人的道路的却是一首普通的英文小诗——美国诗人朗费洛的《箭与歌》。这首诗使他"感觉着异常的清新","就好像第一次才和'诗'见了面"。由于这首小诗的启悟,他在"那读的烂熟,但丝毫也没感觉受着它的美感的一部《诗经》中,尤其《国风》中,才感受到了同样的清新,同样的美妙"②。这个例子说明对另一种文化系统中的作品的"接受",往往使自己对

---

① 《垮掉的一代例释》,托马斯·柏金生编,1961年纽约版,第138页。
② 郭沫若:《我的作诗的经过》,《沫若文集》第11卷,人民文学出版社,1959年,第138、139页。

原来由于太熟悉因而"熟视无睹"的艺术发生一种"生疏化"或"降低熟悉度"的现象,这种"接受的反射"是文学,乃至文化发展的重要因素。另外,如郭沫若接受了斯宾诺莎的泛神论,"便又把少年时分所喜欢的《庄子》再发现了"。郭沫若说:"我在中学的时候便喜欢读《庄子》,但只喜欢文章的汪洋恣肆,那里面所包含的思想是很茫昧的。待到一和国外的思想参证起来,便真是到了'一旦豁然贯通'的程度。"① 再如"两脚踏东西文化,一心评宇宙文章"的林语堂在接受了西方克罗齐等人的表现派文学评论原则之后,重新认识了袁中郎的"性灵说",这对他的文学生涯构成了一个重要的转折:"近来识得袁中郎,喜从中来狂乱呼……从此境界又一新,行文把笔更自如。"②这些例子都充分说明了"接受的反射"现象对文学发展的重大作用。

以上谈到的都是正面的接受和影响。有时候,一种不同的负面影响也会对文学发展产生很大的作用。这种负影响产生于一种担心与前人雷同而不能创新的焦虑。杰出的作家往往有一种摆脱前人影响,"发前人所未发","语不惊人死不休"的欲望。但他们仍然无法不在前人已经造就的基础上创造,想不受任何影响也是不可能的。于是,他们就有意无意地改变这种影响的方向或反其意而用之,或赋予全然不同的内涵。法国诗人兼批评家梵乐希(Paul Valery)认为:"影响是两个精神神秘的接触",这种接触会使作家寻找自我,发现自我,拒绝接受影响。因此受影响最深的作家可能变成最伟大的。"③ 梵乐希在这里说的就是一种负影响。尽管一位作家拒绝、抗争,要挣脱一种影响,但他的整个灵感却

---

① 郭沫若:《创造十年》,《沫若文集》第 7 卷,第 59 页。
② 林语堂:《四十自叙》,《论语半月刊》第 49 期,1934 年。
③ 转引自张汉良:《比较文学的影响研究》,1978 年 5 月《中外文学》6 卷 12 期。

最初却可能受孕于这种影响。批评家布鲁姆(Harold Bloom)在他的专著《影响的焦虑》一书中指出作者企图从前人影响的阴影下摆脱，有多种抗拒方式，如故意误读前人；补充前人之不足；切断与前人的连续；青出于蓝，更甚于蓝；澡雪精神，孤芳自赏，以与前人不同等。布鲁姆所说的"负影响"在同一文化传统中，往往表现为新的一代对于前人的反动和创新的要求。与此同时，外国作品倒往往作为一种新的启示和榜样而较易被接纳，成为摆脱旧影响的武器之一种，因为这里没有同一文化系统中的新旧对立，作家的选择也是更自由的。但这并不是说"负影响"在不同文化系统中就不存在，恰恰相反，很多这类事例正是研究外来影响与传统关系的比较文学的重要课题，下面举几个例子说明这种不同文化系统之间的负影响。

上面谈到过的"灰阑计"的演变也可以作为一种负影响的现象来分析。"灰阑计"见于《佛经·贤愚经》，又见于元杂剧，李行道写的《包待制智勘灰阑记》，写的是两女共夺一子，智者将孩子圈在阑中，并说谁用力将孩子拉出圈外，孩子就属于谁。亲生母亲不能狠心下毒手，于是判别出孩子的生母。德国戏剧大师布莱希特(Bertolt Brecht)在他的《高加索灰阑记》中用了同一题材，但却与前人相反，不忍下毒手的不是急于夺继承权的生母，倒是抚育孩子的女仆，从而说明血缘关系并非真情的决定因素，只有共同生活和爱心才能产生真正的感情，正是力图割断这一题材的纵向影响，反其意而用之。

再如易卜生的名剧《玩偶之家》，"五四"前后在中国产生了很大影响。鲁迅曾发表著名的演说：《娜拉走后怎样?》又写了短篇小说《伤逝》，都是从相反的方向讨论了娜拉的出走。在鲁迅看来，如果没有根本的社会改革，这样"出走"的结果不是"堕落"，就是"回来"。他在北京女子师范大学的演说中鲜明地提出了这一问题，又在短篇小说《伤逝》中进行了生动的描述。茅盾的短篇小说《创造》中的君实和娴娴显然重复着娜拉和她丈夫的矛盾，君实按照他自己的愿望塑造了娴娴，娴娴却不愿成为玩物或傀儡而决定出走，但这种出走已不是盲目的、孤立的，而是和某种社会力量取得了联系，有自己的计划和理想，因此更有成功的可能。胡适的独幕剧《终身大事》是他在写《易卜生主义》一文之后写成的。田女士毅然脱离家庭，奋然出走，显然也受了娜拉的影响，但和易卜生的娜拉却没有太大不同，她和意中人一起离开了父母的家。如果说《玩偶之家》对于《伤逝》和《创造》是一种使之沿着原影响的相反方向或另一新方向发展的负面影响，那么，对于《终身大事》来说，则是一种常见的正面影响。

最后，接受理论为比较文学研究者提供了编写完全不同于过去体制的新型文学史的可能。例如一种新的文学思潮兴起后，如果它是真正有价值的，就会逐渐形成世界性的思潮。浪漫主义、现实主义、超现实主义、现代主义都是如此。由于"接受屏幕"和"期待视野"的不同，不同文化体系在接受这些思潮时，必然有所选择，有所侧重，并在溶入本体系文学时完成新的变形。这种变形既包含着该文化系统原来的纵向发展，又包含着对他种文化系统吸取和改造这一系统时形成的新的质素，文学本身正是这样发展起来的。正如美国批评家威廉·佩恩(William M. Payne)早就提出的：

> 从进化角度研究文学，愈益趋向于成为一种比较研究。如同在某处被打乱了或者突然中断的地质岩系，能在别处被发现它在继续延伸那样，文学体裁中的某些发展线索在某一民族的产品中业已在某种程度上清理就绪之后，我们若把研究努力转到别的区域。便能从这一点出发，更好地勾勒这些

发展线索的脉络。①

从比较文学的角度来重写文学史就要着重考察各种思潮、文类、风格、主题以至修辞方式、诗歌格律等等文学的构成因素在不同民族文学史中的继承、发展、影响和接受。新的文学史将由"创造"、"传统继承"和"引进"三个要素组成，而对那些特殊的历史时刻予以特殊关注，这种时刻，读者的文学观念往往可以穿越或排斥以往的界限，敏于接受外来影响，改变自己的"接受屏幕"和"期待视野"。法国比较文学学者谢弗莱尔称这种时刻为"历史转折点"或"时代的门槛"，他举例说："本世纪20年代的法国超现实主义就是以独特的文学创作(创造)，重新发现以往的法国作家(传统)以及向东方文学，特别是中国文学的开放(引进)为基本特征的。"②

第四节 接受与影响的多种模式

目前我国比较文学研究中最常见的接受和影响的模式就是 X 作家和 Y 作家，或 X 作家在 Y 国。前者如鲁迅与尼采、莎士比亚和汤显祖、曹禺和奥尼尔等等。这类研究可以是直接的，也可以是间接的。鲁迅与尼采，包含着鲁迅对尼采的接受和尼采对鲁迅的影响，这种关系是直接的。对于这种直接关系的研究既加深了对鲁迅的了解，也说明了尼采作品的丰富的潜在的可能性(可以从多种方面被发掘和采取)。莎士比亚和汤显祖则没有直接关系，这种没有直接联系的比较如果能找到好的层面或角度，往往

---

① 转引自《比较文学研究译文集》，上海译文出版社，1985年，第195页。
② 伊夫·谢弗莱尔：《接受理论与比较研究》，《在中国比较文学学会成立大会上的发言》。

也可以互相生发，有利于对作家进行更深入的发掘。例如关于莎士比亚和汤显祖的分别研究早已连篇累牍，但联系在一起却提供了新的研究层面，人们可以从东方人和西方人心理结构的不同来研究两位作家对死亡的不同认识和处理，也可以从两位作家关于自然景色的描写和欣赏的不同层面来讨论东方和西方文化的异同等等。总之，互为参照系往往可以相互衬托出自身的特色。当然，这类比较尤需慎重，败坏比较文学声誉的往往是这类并无直接关系的"一对一"的随心所欲的"滥比"。

X作家在Y国也是我国过去大量存在的模式，如马雅可夫斯基在中国，鲁迅在苏联等等。这类研究往往汇集了大量资料，但也往往就此停步，或仅仅满足于宣扬作家的"海外声誉"而缺乏实际的分析研究，特别缺乏对于"接受屏幕"和"期待视野"等重要内容的比较研究。

实际上，接受和影响的模式当然远不止这两种而是十分繁富的。包括不同文化系统中的不同作家、不同作品、不同作家群以及两种不同文化体系的文学，多种文化体系的文学等组合成繁富多样的论题。例如以作家为中心，我们可以研究不同文化中的作家与作家，如鲁迅与尼采，可以研究一个作家与另一文化的作品，如斯祐德（美国当代诗人）与寒山诗；可以研究一个作家与另一文化的某个作家群落和派别，如鲁迅与英国摩罗诗派、寒山与美国"垮掉的一代"，郁达夫与日本私小说、李白与美国现代派诗歌等等，当然也包括某个作家在其他文化地区的影响等等；如果以作品为中心，我们又可以得到另一些论题，如左拉的《卢贡·马卡尔家族》对茅盾的影响，莎士比亚的《冬天的故事》与汤显祖的《牡丹亭》中关于景色描写的比较分析，李金发的《微雨》与法国象征派，冰心的《繁星》与日本的俳句，朝鲜的《春香传》与中国文学同类主题的几种比较研究，《少年维特的烦恼》在中国引起的反响，《红楼梦》在日本，《罗摩衍那》史诗在亚洲各国的影响等等;以作品流派为中心,我们就可以有浪漫主义、现实主义、自然主义、现代主义等思潮对另一种文化中的某一作家、作品或作家群的影响,及其在中国和世界的发展和传播等类题目;如果再加上时间的因素,我们又会开拓出另一个研究层面,如"中国明代小说对韩国李朝小说的影响"、"中国新时期文艺与当代西方文艺思潮"、"歌德与20年代中国的'狂飙'运动"等等。特别是在上面谈到过的"历史的转折点"或"时代的门槛"的时期,集中研究一个短时期内各种文化系统对某一文化系统"接受屏幕"的穿透及随之而产生的折射和变形,更是研究文学发展史不可或缺的一个重要环节。

总之,在接受理论的基础上,我们不仅可以建构上述以"创造"、"传统"、"引进"为支柱的新的文学史体系,而且还可以从读者角度出发,研究读者心态的历史。如果整理"五四"以来,不同历史阶段,不同外国作家被中国读者所选择和接受的广度和深度以及被强调的不同方面,就可以从一个侧面看出近百年中国社会心理的发展和变迁。

总之,接受理论使我们更深入地认识到潜在于作品中的可能性,因而为局限于实证,路子越走越窄的传统影响研究带来了全面的活泼的生机。

第七章 诠释·理解·翻译

第一节 诠释的多样性

意义如何产生，符号怎样被理解和诠释，是我们要讨论的问题。例如我们在街上走，红灯是不能走，黄灯是要等一等，绿灯就是可以走了。在这种情况下，红、绿、黄就是一种符号，颜色的符号。这个符号的意义是很清楚的，全世界差不多都一样。在符号学中，红、绿、黄被称为"符征"或"能指"，它们所表示的意思被称为"符义"或"所指"。有些符号的意义却不那么清楚。比方说：谁戴了绿帽子了，这个意思中国人大概都知道，准是他的夫人有了婚外恋。但是在西方，如果你跟他说你戴了绿帽子了，他就会感到很奇怪，绿帽子在什么地方？他不会明白这个意思。西方人表现同样的意思是把两手放在头上表示长了两个角，我们中国人也不知道他是什么意思。所以说符号在不同的文化里有不同的意义。一般来说，符号和意义是结合在一起的。随着时代的转换，文化的不同，它经常发展变化。我们说诠释，或说阐释也好，英文都是同一个字："interpretation"，就是理解并解释一件事、一句话或一个字，对其意义进行探讨。对意义进行探讨是一门学问，在西方是一门很重要的学问，叫做"诠释学"，或者"阐释学"，英文都是"Hermeneutics"，其源头是从解释圣经开始的，这在认识论方面是一种非常重要的进展，这里只能略加介绍，并联系到比较文学来进行一些讨论。

作品的意义是怎样构成的呢？读一部作品，往往有不同的方式，方式不同读出来的意义也就不同。第一种方式是传统的方式，我们先要了解作者写这部作品时的心态，是抒发他的忧郁呢，是讽刺现实呢，是表示他对美好生活的向往呢？我们还要知道作者写作时的社会环境，他是高高在上呢，还是在人民中间呢？这就是说：首先要了解作者的社会环境和他的心态，这就是孟子说的："知人论事"，知道这个人，论及他周围的事件，要不然你就不会知道他写的是什么意思，就无法和作者沟通。

第二种方式是新批评派的方式。他们认为作者并不重要，因为作者已经死了。他原来想写什么，别人无从知道，你无法证明它。就算作者没有死，也很难完全相信他自己的解释，因为这个"原意"，他自己也很难说清楚，如果他能说得很清楚，那就可能是"主题先行"或"图解式创作"了。况且许多作家的创作过程都证明原来的设想在创作过程中常有很大改变，故事结局往往与最初的想法不同，如托尔斯泰创作安娜·卡列尼娜就是这样。创作还要受作者艺术技巧的限制，他本来想写一个非常美好的人物，但是他自己的技术有限，思想水平有限，道德修养有限，他写出的那个形象不一定就如他心里想写的那个形象那样美好。新批评派认为大多数读者的共同看法也不足为凭，因为读者因人而异，对作品也就不能作出最公正的评价。因此，新批评派认为作品的意义只能摒除作者和读者的参与，客观地从作品本身来分析，即由作品的语言、肌质(texture)修辞等等来决定。例如他们提出文学本身是一种语言形式，应该对作品的文字字义进行分析，从纵的历史和横的环境的交互作用中来探究字的含义、文字之间的相互作用和文字所包含的隐秘关系。如《红楼梦》中多次写到"水"，就包含"洁净"（女人是水做的）、深情（柔情似水）、时光流逝（似水流年）、界限（迷津冥河）等多重含义。

第三种方式，结构主义分析。结构主义是把一个作品放在很多作品当中，撇开具体现象，找出其本质联系来寻找意义。例如俄国批评家普洛普就曾在他的《民间故事形态》一书中将俄国民间故事分析为三十一种功能。他指出民间故事常常写到国王送一只老鹰给主角，老鹰把主角带到另一王国，或是公主送一只戒指给伊凡，从戒指中出来几个青年，把伊凡带到另一王国，或是法师送给伊凡一艘船，船把伊凡带到另一王国……总之，人物是可变的变数，被带到另一王国是不变的常数，说明民间故事总是从"邪恶出现"达到一个"万事化解"的结局，这就是这类结构所展现的意义。

第四种方式，叙述学方式。小说家主要不能依靠色彩、音符、线条、节奏来表现，他惟一的手段就是语言文字，就是叙述。同样题材和主题的作品往往在审美价值的创造上相去甚远，很重要的原因就在于叙述的技巧。叙述学专门研究作者如何向读者呈现一个艺术世界，并将读者引入这一世界，他们特别强调通过作者、叙述者、人物和读者的关系，还有叙述角度、叙述次序及频率、叙述距离和见事眼睛等来发觉作品的意义。

第五种方式，心理学分析。弗洛伊德的精神分析学提出由于生活太艰难，太多不能满足的欲望，太多失望的痛苦。减轻这种痛苦的办法之一就是"原欲的转移"，把潜意识的本能冲动转移到不会被世界所挫败的方向上去。艺术就是"拒绝欲望的现实与满足欲望的幻想之间的缓冲地带"。根据他的说法，人既不是超凡入圣的英雄，也不是绝对卑鄙的歹徒，每个人的内心都充满着盲目、黑暗、无意识的冲动。面对客观现实，他的生的力量可以创造人间奇迹，他的黑暗欲望也能毁灭一切。日是有种永远生活在冲动和压抑中，挣扎于无法解脱的自我矛盾中的痛苦的生物。这种分析方法不仅重视对于潜意识的分析，而且还注意对于掩盖在表面文本深处的潜本文的发掘。

对作品诠释的方式的确是多种多样的。由于读者不同，时代社会不同，所用解读方式的不同，对一个作品的诠释就不同。这就构成了解读作品时诠释的多样性。

第二节 诠释循环与过度诠释

那么，诠释是不是永无止境，完全随意的呢？这里首先有一个诠释循环的问题。所谓诠释循环，就是说读书的时候，你要理解一句话，必须把它放在整个文章的脉络中来了解，才有意义。孤立地解释一句话或一个字往往是不准确的。但是，要了解整个篇章，又必须先了解每一句话，每一个字的意思。这是一个悖论：要了解每一个字在一篇文章中的具体含义，必须先了解其语境，也就是全篇的意思；但是，要了解全篇的意思，又必须先了解每一个字，每一句话的意思。换句话说：要了解局部，必须先了解整体；要了解整体，又必须先了解每一个局部。这样一种诠释的矛盾，在理论上称为诠释循环。这也就是中国考据、训诂学中所说的："推末以至本，探本以求末"。"推末以至本"是说：我们在认识事物的时候，要从最末尾、最表面、最细微的地方入手，寻根问底，找到最根本的东西。而这个最末尾、最表面、最细微的东西，又必须放在一个整体的语境中，才能够穷尽地理解它的意思，这就是"探本以求末"，所以，这是一个难解的悖论。我们只能是：一方面了解局部的；另一方面探索整体的；再从对整体的了解，返回来看那局部的是不是跟我们原来了解的一样。这样地循环往复，才能对事物有正确的理解和诠释。由于诠释循环，我们可以看到对事物意义的认识是在螺旋式地不断前进发展的。

那么，这样的诠释循环是不是有一定的限制呢？例如说《红楼梦》是一部自传体小说，是一部宣传佛家思想的小说，是一部宣传宫廷秘史的小说，是一部讲阶级斗争的小说……应该说这是自由的，永无止境的，但是不是就没有限制呢？有没有诠释的无限性呢？1999年，西方诠释学界，有一个关于诠释有没有最后界线，有没有"过度诠释"的争论，争论的结果出了一本书，由北大学生翻译的，题目是《诠释与过度诠释》，诠释到底有没有"度"可循？有的人一直坚持诠释是没有"度"的，也无所谓"过度"，只要他个人有这种感受，他就可以这样解释。他情绪好的时候，是这样解释；他情绪悲哀的时候，也许是另一种解释。但也有人不同意这种说法，他们认为诠释还是有一个"度"的，越过这个"度"，诠释就不再有效。什么是这个"度"呢？什么东西决定了这个度？讨论的结果大家公认一点：诠释作品时，还是有一个公认的"度"，超过了这个"度"就是"过度诠释"。这个"度"不在于作者想写什么，也不在于读者的意图。"度"，应存在于作品本身，即作品的语言本身所能接受的限度。作品都是语言写成的，这个语言大家都有公认。比方说，"我吃了饭"这句话，你不能解释为："我没吃饭"。所以，语言本身是有限度的。最后的限制，这个"度"就在于作品本身语言文字所能允许的范围。但也有人在辩论：那也不一定呀！语言文字本身也在变呀！比方说，"表叔"的原意是"父亲的表弟"，样板戏《红灯记》唱词里有："我家的表叔数不清，没有大事不登门"，"表叔"的意思，指的是革命同志，是带着联络图来联系工作的革命同志；后来，"表叔"的意思又变了，特别在香港。《红灯记》里有一段唱词，问那个新来者是来干什么的？他说，"我是卖木梳的，要现钱"，这是暗语。后来，在大陆与香港刚刚通商的时候，有些香港人对大陆人看不起，觉得他们很土，到了香港，就为赚钱，又没有发财的眼光，只会"要现钱"！所以，有些香港人就把这类低层次的商人叫做"表叔"。可见"表叔"这两个字的意思在不断变化。语言文字在变，诠释的范围也就随之在变，而且是没有止境地变，因此，诠释可以是无"度"的。这当然也有一定道理，可是作为一本书来说，整个语言运用的变化恐怕不会变得那么厉害。例如《红楼梦》，你说它是阶级斗争的历史也好，什么什么的历史也好，都可以说。可你不能说这是一本侦探小说吧？你硬说这就是一本侦探小说，恐怕别人也不能接受。这就是诠释的"度"，过了这个"度"，就是"过度诠释"。

第三节　互动认知与双向诠释

上面我们谈到的文学作品理解和诠释的五种方式都属于逻辑学认知方式。这种逻辑学认知方式，认同主体世界与客观世界的分离，认为客观事物与主体无关，一般说来，是一种内容分析，通过"浓缩"，即归纳，将客观事物的具体内容抽空，概括为最简约的共同形式，最后归结为形而上的逻各斯或黑格尔的绝对精神，再通过"演绎"，发展为不同的具体形式。从这种方式出发，每一个概念都可以被简约为一个没有身体、没有实质、没有时间的纯粹的理想形式，即一个概念。一切叙述都可以简化为一个封闭的空间，在这个固定的空间里，一切过程都体现着一种根本的结构形式，所有内容都可以最后概括为这一形式。如上所述，许多文学作品的叙述都可归纳为：原有的"缺失"过渡到"缺失得以补救"或"缺失注定无法补救"，最后或成功或失败这样一个结构。许多这样的叙述结构结合成一个有着同样结构的"大叙述"或"大文本"，体现着一定的规律、本质和必然性。

互动认知与此不同，它认为主体和客体并非截然两分，客体并无与主体认识完全无关的、自身的确定性。主体和客体都是在相互认知的过程中，发生变化，重新建构自身，共同进入新的认知阶段。正如苏东坡的一首诗所说："横看成岭侧成峰，远近高低各不同；不识庐山真面目，只缘身在此山中。"身在庐山，就肯定不知道庐山到底是什么样子。只有站在庐山之外，离得比较远来看它，才能了解它的全貌。所以，在理解和诠释一件事物时，我们应看到主体的位置，主体的移动和主体的心情对客体的解释都会有影响。那么，我们在讨论对话的话语和对话的方式时，就要观照由于主体的变化而引起的客观事物的变化，同时也要观照由于客观事物的变化所引起的主观认识的不同。

因此，互动认知与逻辑学认知不同。它研究的对象不是形式，不是从具体事物升华而来的归纳和演绎，而首先是具体事物，是一个活生生地存在、行动，感受着痛苦和愉悦的身体，它周围的一切都不是固定的，而是随着这个身体的心情和视角的变化而变化。因此，这种认知方式研究的空间是一个不断因主体的理智、激情、欲望、意志的变动而变动的、开放的、动态的空间。从这种认知方式出发，人们习惯的深度模式被解构了：中心不再成其为中心，任何实体都可能成为一个中心；原先处于边缘的、零碎的、隐在的、被中心所掩盖的一切，释放出新的能量；现象后面不一定有一个固定的本质；偶然性后面不一定有一个必然性，"能指"后面也不一定有一个固定的"所指"（即所谓"能指漂浮"）。例如我们过去认为历史的确定性应是不成问题的，但从双向诠释的认知方式看来，历史可以解构为"事件的历史"和"叙述的历史"两个层面：前者指发生过的真实事件，如某年某月日本投降，这是无法改变的。但真实事件被"目睹"的范围毕竟很小，我们多半只能通过"叙述"来了解历史，而叙述的选择、详略、角度、视野都不能不受主体的制约，所以说"一切历史都是当代史"，也就是当代人（包括过去某一时代的"当代人"）所叙述和诠释的历史。

原来相对固定的"大叙述"框架消解后，各个个体都力求发挥自身的特点和创造力，于是，强调差别的要求大大超过了寻找共同点的兴趣。意大利著名思想家和作家恩贝托·埃柯在1999年纪念波洛尼亚大学成立900周年大会的主题讲演中提出，欧洲大陆第三个千年的目标就是"差别共存与相互尊重"。他认为人们发现的差别越多，能够承认和尊重的差别越多，就越能更好地相聚在一种互相理解的氛围之中。

在差别的相互作用中求得发展有各种复杂的途径，其中特别重要的就是"他者原则"和"互动原则"。总之是强调对主体和客体的深入认识必须依靠从"他者"视角的观察和反思；也就是说由于观察者所处的地位和立场不同，他的主观世界和他所认识的客观世界也就发生了变化。因此，要真正认识世界（包括认识主体），就要有这种他者的"外在观点"，要参照他人和他种文化从不同角度对事物的看法。有时候，自己长期并不觉察的东西，经"他人"提醒，往往会得到意想不到的理解。这种由外在的观点所构成的"远景思维空间"，为认识的发展提供了广阔的可能性。从自我的观点来阐释他者，再从他者的观点来阐释自我，这就是"双向阐释"。自经济、科技全球化时代提出文化多元化问题以来，如何推进不同文化间的宽容和理解成为学术界十分关注的热点问题。以"互为主观"、"互为语境"、"互相参照"、"互相照亮"为核心，重视从"他者"反观自身的理论逐渐为广大理论界所接受，并为多元文化的发展奠定了重要基础

在这种情况下，中国，作为一个最适合的"他者"，日益为广大理论家所关注。正如法国汉学家弗朗索瓦·于连所说："中国的语言外在于庞大的印欧语言体系，这种语言开拓的是书写的另一种可能性；中国文明是在与欧洲没有实际的借鉴或影响关系之下独自发展的、时间最长的文明……中国是从外部正视我们的思想——由此使之脱离传统成见——的理想形象。"[①] 他还写了一篇论文，题目就是《为什么西方人研究哲学不能绕过中国？》[②]在

---

① 弗朗索瓦·于连：《迂回与进入》，杜小真译，三联书店，1998年，第3页。
② 见《跨文化对话》第5辑，上海文化出版社，2000年，第146页。

美国，著名汉学家安乐哲(Roger T. Ames)和著名哲学家大卫·霍尔(David Hall)合作写成的三本书陆续出版，引起了不小的轰动。第一本《通过孔子而思》(*Thinking Through Confucius*)通过当代哲学的新观念对孔子思想进行再思考；第二本《预期中国：通过中国和西方文化的叙述而思》(*Anticipating China: Thinking through the Narratives of Chinese and Western Culture*)，在与中国思维方式的比照下，强调西方思维方式重在超越、秩序和永久性；第三本《从汉而思：中国与西方文化中的自我，真理与超越》(*Thinking from the Han: Self, Truth & Transcendence in the Chinese & Western culture*)则集中讨论了自我、真理和超越的问题。重要的是这些著作大都不再用主客二分的方式把中国和西方作为对立或孤立的双方来研究，而是如弗朗索瓦·于连所说："我不认为能够把书页一分为二：一边是中国，另一边是希腊……因为意义的谋略只有从内部在与个体逻辑相结合的过程中才能被理解"。也就是说，中国或西方文化都不是一成不变的，它必然根据"个体"（主体）的不同理解而呈现出不同的样态，因此，理解的过程也就是重新建构的过程。这种新的认知方式从根本上动摇了西方中心论的基石。

这些理论的新发展同时也深刻地改变着西方比较文学研究的方向。比较文学这一学科虽然已有近一个世纪的历史，但过去多局限在以希腊和希伯来文化为基础的西方文化体系内，对非西方文化则往往采取征服或蔑视的态度。自全球化时代提出文化多元化问题以来，这一情况有了极大改变，比较文学和比较文化研究迅速突破了封闭的西方文化体系，进入西方文化与非西方文化相互参照的范围。这种急遽变化不能不使一些过去对非西方文化不重视、不理解，也无准备的西方学者感到困惑，甚至使一些仅局限于西方文化体系的比较文学教学和研究机构陷于停顿，引起一片比较文学危机的惊呼。其实，这只是就封闭的、以欧洲中心论为核心的旧式比较文学而言，如果将新兴的比较文学定义为跨文化和跨学科的文学研究，那么，这种比较文学显然正在全世界勃兴。一些敏感的比较文学家早已看到这一点，并将其研究方向转向异质文化的文学研究。如两次连任国际比较文学学会会长的美国著名学者厄尔·迈纳（孟而康）最新的名作《比较诗学：文学理论的跨文化研究札记》就是以东西方诗学互为语境的研究为核心的；由国际比较文学学会主编的九卷本《世界比较文学史》原来只包含欧美文化而号称"世界"，现在不仅加进了《东亚比较文学史》一卷，而且在现代、后现代的一卷中加进了中国和其他非西方地区的现、当代文学内容。

如果说过去的中国比较文学往往着重于用西方理论模式单向地研究中国文学现象，虽有很多缺陷，但也取得了重大成就，那么，在互动认知和双向诠释被广泛认同的今天，以跨文化、跨学科文学研究为己任的比较文学学科必将获得空前发展。西方学术界原来互不相干的三个学术圈子：汉学研究、理论研究、比较文学研究正在迅速靠拢，并实现互补、互识、互证，进行着对接受、影响、诠释等方面的全面刷新。

第四节 翻译在比较文学中的地位

无论是接受、影响，还是诠释，只要是在异质文化中进行，对绝大部分人来说，就一定要通过翻译。在异质文化之间文学互补、互证、互识的过程中，语言的翻译是非常重要的，它不仅决定着跨文化交往的质量，而且译作本身形成了独特的文学体系，也是比较文学研究不可或缺的一个重要组成部分。

一般说来，翻译是指把一种语言的作品转换成另一种语言的创造性劳动。近来翻译被理解为人们交往的一个组成部分，不一定只存在不同语言之间。凡"发出者—接受者"模式都可理解为

"原语—译语"模式,两者之间都有一个编码和解码的过程,因此也可看作一个翻译的过程,如将诗歌词汇"翻译"成舞蹈词汇等。我们这里所讲的翻译仍然沿用古老的定义,即从一种语言转换成另一种语言,特别是从一种文学语言转换为另一种文学语言。

从一般翻译来说,自1420年意大利佛罗伦萨行政长官莱奥纳尔多·布鲁尼发表《论正确的翻译》和1530年马丁·路德发表《论翻译书》算起(当然还可以上溯到古罗马西塞罗《论演说术》和贺拉斯在《诗艺》中关于翻译的意见),西方关于翻译的讨论已有数百年的历史;如果从我国魏晋时期关于佛经翻译的讨论,如谢灵运的《十四音训叙》(约431年)算起,翻译研究的历史就更长了。

由于翻译是不同民族文学之间交流的必由之路,以跨文化文学研究为己任的比较文学理所当然从一开始就十分重视翻译研究。30年代前后,翻译研究已发展为比较文学的一个自成体系的被称为"译介学"或"媒介学"的不可或缺的分支。在当前的文化转型时期,翻译更是保存并发展世界多元文化,促进各民族文化和谐共处的当务之急。又由于过去比较文学的范围多限于欧美文化系统内部,语言的转换相对来说比较容易,而今比较文学面对世界多种文化系统,在异质文化之间文学互补、互证、互识的过程中,比较文学的翻译学科不能不面对语言差异极大的不同文化体系,文学翻译的难度大大增加,关于翻译的研究随之成为比较文学学科当前最热门的话题之一,甚至有学者将其重要性提到空前未有的高度。英国学者苏珊·巴斯奈特(Susan Bassnett)在她的新著《比较文学》中甚至认为:"女性研究、后殖民主义理论和文化研究中的跨文化研究已经从总体上改变了文学研究的面目。从现在起,我们应该把翻译研究视作一门主导学科,而把比较文学当作它的一个有价值的,但是处于从属地位的研究领域"①,足见一些西方学者对翻译的重视。然而不能不指出这里存在着一种概念的混淆:比较文学所从事的并不是一般的跨文化研究,而是跨文化的文学研究,我们所谈的翻译也不是一般的翻译而仅指文学翻译,因此,对比较文学学科来说,翻译永远不会有巴斯奈特所说的那样的颠倒。

长期以来,关于文学翻译的讨论连篇累牍。首先是翻译是否可能?人类的语言都是由各种符号组成,这些符号既是随意选择的,又是非常固定的。人们只能在固定的语言形式中表达意义。即便是某些简单的,似乎是中性的词语,在某一文化语境中也会被赋予特殊的文化历史涵义。例如我们常说"事不过三"、"三思而行"、"吾日三省吾身"、"三过家门而不入"等等。"三"字在汉语中,含有一种极限的意思,一旦译成英语的"three",这种意味就消失了。事实上,翻译的过程不能不是一个用一种语言对另一种语言进行重新排列、组合,乃至切割的过程。在这一过程中,原文和译文之间不可能完全吻合。拙劣的译文往往只能传达信息,恰如电影说明书之于电影,而属于文学之所以为文学的那种"文学性"或"文学肌质"则消失殆尽。因此,德国诗人海涅曾说他用德语写的诗被译成法文后就像"皎洁的月光塞满了稻草"。

然而,我们对绝大部分世界文学的理解都不可能不依赖翻译。例如千千万万不懂俄文的读者同样对《安娜·卡列尼娜》和《罪与罚》产生共鸣,他们从这些作品所受到的感动并不亚于大部分用他们自己的语言所写成的作品。另一方面,同样真实的是这些小说的译文不能不从原文所属的俄国文化的某一层面孤立出来,以至许多典故和意味浪费了,遍布全书的风格也淡薄了。事

---

① Susan Bassnett: *Comparative Literature*, *A Critical Intriduction*. Blackwell Publishers, 1993, P. 160.

实上,从陀思妥耶夫斯基《罪与罚》的译文中,我们也许可以体验到他激烈而紧张的特色,但那种俄国式的诡谲,他的叙述者声音中的嘲讽与有意的含糊却很难在译文中表现出来。

英国学者罗纳德·诺克斯(Ronald Knox)把长期以来关于文学翻译的讨论归结为两个问题。第一个问题是以何为主?文学翻译是译出大体的意思还是逐字翻译?第二个问题是译者是否有权选择任何文体与词语来表达原文的意思?这两个问题实质上是一个问题。看来:从严格的逐字翻译——忠实而自由地重述——完全模仿——再创造——变化——解释性的对应……可以排成一个连续性的光谱,译者只能根据两种语言的特点,自己的聪明才智和兴趣爱好在其间选择。英国著名批语家德莱顿1697年在出版他译的维吉尔作品时,曾在序言中说:

> 我认为应在意译和直译这两个极端之间进行,尽量接近原文,不要失去原作的优美。最突出的优美之处在于用词,而他的词又总是形象性的。有些这样的词语译成我们的语言之后仍能保持其高雅,我就尽量把它们移植过来。但是大部分词语必然要丢掉,因为这些词语离开原来的语言就失去其光彩……在我掌握了这位虔诚的作者的全部材料之后,我是使他说这样一种英语,倘若他生在英国,而且生在当代,他自己说话就会使用这种英语。①

显然,德莱顿所采取的是一种折衷的说法。事实上,在这一连续的光谱中,无论从哪一点出发,都可产生精彩的译文,德国诗人荷尔德林在他生命的最后阶段翻译希腊悲剧作家索福克勒斯的作

---

① 转引自庄绎传编:《通天塔——文学翻译理论研究》,中国对外翻译公司,1987年,第49页。

品就是逐字逐句用希腊式的德语来翻译的。他着意于使译文尽量接近于原文的语言，从而有意识地造成一种异国风味，为自己的母语增添新的表现潜力，使其得到进一步发展。曾被列为德国翻译理论最佳著述的《欧洲文化的危机》的作者鲁道夫·潘维治(Rudolf Pannwitz)曾经指出这种潜力的发挥对于一国语言的发展极为重要，他认为"必须通过外国语言来扩展和深化本国语言"，而"翻译家的基本错误是试图保存本国语言的偶然状态，而不是让自己的语言受到外来语言的有力影响"[①]。著名的文学理论家瓦尔特·本雅明(Walter Benjamin)认为："在一切语言的创造性作品中都有一种无法交流的东西，它与可以言传的东西并存。"译作者的任务就是要通过自己的再创造将这种"无法交流的东西"从原著语言的魔咒中解放出来，要做到这一点就不能不同时突破自己语言的种种障碍，促使其发展。他把原著比作一个圆，而译作则好比是这个圆的切线，仅仅在一点上与圆相切，随即在语言之流的王国中，开始自己的行程。也就是说，译作属于译者的语言世界，这一语言世界与原著所属的另一语言世界相交汇，之后，译作的语言世界将不断向前发展而将已经固定的译作抛在后面。经过一段时间，有生命力的原著又需要有新的译作出现。因为，每个时代都是通过染上了当代成见的三棱镜来观察文学的，这些成见包括时代的变化，也包括不同文化之间的关系的动态发展。一部经典之作必须在新情境中呈现新的面貌，而原来的译作是无法跟原作共同延伸扩展的，因此一部真正有价值的作品就注定要不断被重译。当然，也有一些人从完全相反的另一端着手，如伊兹拉·庞德就对古典汉诗进行了完全自由的再创造，结果是开创了一代美国意象派诗歌。

---

① 转引自瓦尔特·本雅明《译作者的任务》(Walter Benjamin, *The Task of the Translator*, New York: Schoken Books, 1968, pp. 69-82)。

总之，翻译是一个非常复杂的问题。它不仅是不同文化接触的中介，而且也反映着不同文化之间极其深刻的差异。跨文化文学研究为翻译研究的进一步发展开辟了十分广阔的前景，并使之成为接受、影响、诠释的一个不可或缺的重要组成部分。

第八章　比较文学视野中的诗歌、小说、戏剧和文类

　　诗歌、小说、戏剧是文学创作和文学欣赏的主要门类。它们主要通过抒情、叙事和表演而显出各自的特色，同时又有千丝万缕的交叉和联系。

第一节　中西诗歌比较研究

　　诗是心灵、情感和思想的高度结晶，它凝练、集中又富有音乐性。关于诗的比较研究，要求具体、细致、逐字逐词地精雕细琢，同时又要顾及与之有关的语言、心理、哲学、民俗、历史与艺术等广阔的文化领域。

　　诗歌，要求高度集中地概括与反映社会生活，要求饱和着作者丰富的思想感情和想象，要求语言精炼、形象特别集中并具有一定的节奏韵律。诗在各种文学体裁中出现得最早，它可以分成叙事诗和抒情诗；也可以分成格律诗和自由诗；或按是否押韵分为有韵诗和无韵诗(散文诗)。这些是诗歌的基本特征，中西诗歌都是一致的。

　　但是，中国和西方，在语言文字、历史传统、文化背景等众多方面均有较大的差异，因而在中西诗歌中也存有不少的差别。

　　首先从诗歌的历史传统来看，西方最早的诗篇是叙事诗，作

为欧洲文学开山之作的荷马史诗是典型的史诗,圣经中的"雅歌"是西方最早的爱情诗,也是叙述苏罗门与苏拉密女相爱过程的故事。在以后很长的时间内,叙事诗一直处于欧洲诗歌史中的主要地位,人们的诗学观念也主要是建立在叙事诗的创作实践上的。大家熟知的亚里士多德的《诗学》,主要就是以叙事性的史诗与戏剧语言而不是以抒情诗为基础的,因此,强调模仿并着重冲突、结构、情节与人物个性的描写等等,这成为后来西方叙事诗传统的重要特点。

中国诗歌的传统是以抒情诗为主。中国的第一部诗歌总集《诗经》在中国文学史上是以"含蓄蕴藉"的写实抒情而著称的,中国第一部文人创作的诗集《楚辞》,也充满了强烈的抒情性。后来,这一传统得到进一步增强。中国的诗学观念也特别注重抒情和韵律等问题,始终强调"情景交融"、"神与物游"、"物我合一"、"物我两忘"等问题。

其次从社会文化背景来看,影响西方文学发展的三大外在因素是希腊神话、基督教教义和近代科学,尤其是神话和宗教,无论是希腊的多神教或是基督教的一神教,都使西方诗歌的题材及主题中有一个高踞其上或蕴藏其内的,或明或暗的主宰宇宙的神。从《荷马史诗》到《被缚的普罗米修斯》,从《神曲》到《浮士德》,直到华兹华斯倡导的田园山水诗及浪漫诗人拜伦等人的作品中,我们都会或多或少地看到神的惩罚与人的受难,人与神的冲突或上帝与撒旦的冲突,现世的生活与死后"彼岸世界"等内容,这一切成为西方诗歌中因袭已久的题材和主题。

中国文化建立在儒道两教的基础之上。发轫于北方的《诗经》,体现着重人事、求进取的儒家"诗教"传统,体现着"诗可以兴,可以观,可以群,可以怨;迩之事父,远之事君;多识于鸟兽草木之名"(《论语·阳贺》)等内容。而肇源于《楚辞》的南派则驰骋想象,崇尚虚无。但同西方相比,都不是真正超世的，都没有西方诗歌中如影随形的"彼岸天堂"、"万能上帝"或"绝对观念"等二分的对立观念。中国源自上古的"天人感应"与"天人合一"等观念使中国诗歌，多的是写人与自然的默契和现实人生情怀等，并呈现为物我合一和情景合一的主要形式。《诗经》305篇，无论是写民事民风的"国风"，或是祀神祀祖的"雅"与"颂"，扬统治者承天受命的宗法思想或对王朝政权衰落的不安和忧虑。其间并无西方诗歌中常见的"神"的观念。屈原《离骚》写的是君臣，《孔雀东南飞》写的是夫妻，母子与婆媳，杜甫的"三吏三别"写的是统治者与人，以及历代诗人的诗集中，往往占其大半的赠答酬唱的作品，如建安七子、李杜、韩孟、苏黄等，均为集中叙友朋乐趣的诗作，他们之间并非人与神，或神与魔鬼的冲突，而是现世中的人与人和人与物的关系。同样，在中国诗词中，对空间的观念，在无数描写自然美和表现对自然的怡趣的作品中，正因为没有西方诗歌中的神的观念，也没有如弥尔顿《悼亡妻》，或白郎宁的《展望》等作品中似乎具有地理真实性的"天国"及其空间，因而才能达到物我合一与情景交融的境界。

　　中西诗歌中因文化背景不同而产生的差别，还显著地表现在同为写爱情题材的诗歌中。中国传统的伦理道德观，使爱情受到道义责任的约束，而不像西方成为至高无上的"绝对"；中国没有宗教神念，因而也不视之为圣灵赋予结合的一种外在标志。西方爱情诗大半写于婚姻之前，因而赞颂人体美、申诉爱慕情的居多；而中国爱情诗则大半写于婚姻之后，而尤以写惜别悼亡的作品为最佳。可以说，西方爱情诗最长于写"慕"，莎士比亚的十四行诗，雪莱的和白朗宁等人的短诗是"慕"的胜境。而中国爱情诗最善于写"怨"，从《卷耳》、《柏舟》、《迢迢牵牛星》，到曹丕的《燕歌行》、李白的《长相思》、《怨情》，李清照的《声声慢》，陆游的《钗头凤》，辛弃疾的《祝英台令》等，均可视为

"怨"的胜境。

可见，由于中西文化背景与历史传统的不同，使中西诗歌在内容、情趣、美感、主题、题材等各方面，都呈现为各具特点的差别。朱光潜说："西诗以直率胜，中诗以委婉胜；西诗以深刻胜，中诗以微妙胜；西诗以铺陈胜，中诗以简隽胜。"[①]有一定道理。

更值得注意的是中西诗歌的语言、形式及其美感等，因语言文字的不同而各有显著的特点。语言文字是文学借以存在的物质材料与手段，大家熟知的"文学是语言的艺术"、"语言是文学的第一要素"等说法，都突出了语言文字对文学的直接作用。而文字的音、形、义三要素，则对中西诗歌的节奏音律、诗体形式和叙事抒情等特点的形成都有密切关联。

汉语中一个汉字就是一个音节，故音、形统一而成为汉诗的基本单位，汉诗中的每行诗句的字数就同它的音节数一致。因此，汉诗就以每句的字数来组成四字一句的四言诗、五字一句的五言诗、七字一句的七言诗以及数不限的自由诗等，并由此再演变出四句一首的绝句、八句一首的律诗等格律体和句数不限的古体诗及自由体等诗体。

而西方诗歌，如英诗因其每个词汇既有一个音节的，又有两个或多个音节的，故而音、形的统一只能靠音节，于是音节就成为英诗的基本单位。一行诗句中含一个音节的叫单音步，含两个音节的叫双音步，余类推直至八音步。其中尤以四音步和三音步相间的四行诗为最常见的英诗诗格。因此，英诗的诗体形式也不像汉诗是论句而是论行。因为英诗中以音节为基本单位，所以，其每行不一定只容一句，又因为诗句未完可以再来一行叫"跨行"。所以每个诗节（Stanza）所含行数的多少，通常就成为决定

[①] 朱光潜：《诗论》，三联书店，1948年，第73页。

诗的形式之一大标准。于是，英诗的常见形式就有：

每个诗节两行，并都押韵的双行诗（Couplet），还有三行体、四行体、五行体、七行体、八行体、九行体、十行体、十一行体、十四行体等。此外还有十八行体、二十行体。和我国古体诗行数不拘的情况十分相似，如弥尔顿的《愉悦者》是一百五十二行，和白居易的《长恨歌》为一百二十句，同样不受行数或句数所限。

汉字都有声调。平上去入四个声调，如 ma，按拼音可以读为：妈、麻、马、骂四声，分别称为：阴平、阳平、上声、去声，前两者称为平声，后两者称为仄声，声调不仅使汉诗有声音的高低，而且还有上下和长短之别。如《玉钥匙门法歌诀》所说："平声平道莫低昂，上声高呼猛烈强，去声分明哀远道，入声短促急收藏。"[①] 故而使汉诗不仅产生音的高低抑扬，而且还产生音节长短的对照，从而形成了中国格律诗特有的平仄互协、句法相对的自合节拍特点。如李白的《宿巫山下》：

　　昨夜巫山下，猿声梦里长。
　　（仄仄平平仄）（平平仄仄平）
　　桃花飞绿水，三月下瞿塘。
　　（平平平仄仄）（平平仄仄平）
　　雨色风吹去，南行拂楚王。
　　（仄仄平平仄）（平平仄仄平）
　　高丘怀宋玉，访古一沾裳。
　　（平平平仄仄）（仄仄仄平平）

可见，一句之中平仄对照，两句之间又平仄对仗，使声音按声调

---

① 转引自《古音概说》，广东人民出版社，1979年，第48页。

有节奏地一呼一应,萦回激荡,合于自然,尽善尽美,而中间两联词类相同互为对仗,更增添诗情魅力。

而英诗,则以音节的轻重来决定节拍,并配以长音短音来形成音律。于是就有第一个音节轻短和第二个音节长重的抑扬格,或第一个音节长重而第二个音节轻短的扬抑格,还有扬扬抑格、抑抑扬格,以及不常用的抑抑格、扬扬格、扬抑扬抑格等韵格。如雪莱《云》① 一诗中的末两行就是抑抑扬扬格:(诗行中的直线表示音步,故它是三音步)。

> Like a child | From the Womb| Like a ghost |
> (抑 抑 扬 抑 抑 扬 抑 抑 扬)
> From the tomb | I arise | and imbuild | it again |
> (抑 抑 扬 抑抑扬 抑 抑 扬 抑抑扬)

与此有关的还有押韵。汉诗都押句尾。英诗除押句尾韵外,还有押头韵和押中间韵的两种韵位。又因其词有多节,即有多韵之故,故又出现押单韵、押双韵,甚至三个音节同时押韵等多种方式。所以英诗的押韵方式比汉诗的变化多,这对加强诗的乐感,很起作用。如押单韵则强调押韵的元音与后面的辅音也必须相同,使韵脚有力,被称为男韵(male rime)。拜伦的《路德分子之歌》(*Song for the Luddites*),就是押单韵(男韵)的五行诗体,使诗调激昂并匹配对剥削者、暴君的愤恨与反抗的诗意。又如,押双韵,其重音落在长短二音韵的前一音节,这就使韵脚轻快优美,故又称女韵(female rime)等等,这变化是汉诗所缺,英诗所多的重要区别。

语言文字的不同,还形成了中英诗歌修辞技巧的不同特点。

---

① 见《诺顿英国文学选》,诺顿出版公司,1975年,第1776页。

英文中，声音刚强、含义朴拙的单音词往往源自古英文，而发音柔和含义文雅的复音词则往往来自拉丁文。例如"亲戚"一词，就既有本族语的 Kith and Kith，又有源自拉丁语的 Consanguinity，前者刚直，后者柔和且文雅。这种对比，就产生了诗作中运用选择这两类词汇来形成戏剧性对比的特有修辞技巧。在莎士比亚的名剧《哈姆雷特》第五幕第二场中，哈姆雷特中了涂有毒药的剑即将死去前说：

你倘然爱我，请你暂时牺牲一下天堂上的幸福。留在这一个冷酷的人间，替我传述我的故事吧。①

在原著中，对天堂上的"幸福"一词和"冷酷的人间"这一词组，莎士比亚用了 felicity(幸福)这一拉丁语系的复音词和 harsh world(冷酷的人间)这些本族语词，来表达哈姆雷特对丑恶现实的厌恶和对美好天堂的向往的强烈对照心情。这种写法，是英国诗歌中所特有的技巧，通过翻译，几乎无法表达出来。

汉字的单音节特点，也带来了中国诗词的特有修辞技巧。汉字的音节大部分由前半部的声母与后半部的韵母合成，因此在诗作中运用"双声"与"叠韵"就成为中国诗律上的重要技巧。白居易《代书诗一百韵寄微之》中的"荏苒星霜换，回环节候催"。杜甫《上白帝城二首·其二》中的"江山城宛转，栋宇客裴回"。前者是双声复合词，"荏苒"与"回环"增强了四季日夜交替轮转的诗感。后者是叠韵，"宛转"和"裴回"则加强了描写城墙的蜿蜒和人的依依不舍。这是中国诗词所特有而西诗极少见的。还有，因汉字的音与形，即读音与笔画不像西诗有固定的联系，并且一字多音与一音多字，因而谐音双关语的妙用，则又是一个

---

① 《外国剧作选》(二)，上海文艺出版社，1980年，第353页。

修辞特点。如唐代诗人刘禹锡在《竹枝词二首》之一中,写道:

> 杨柳青青江水平,闻郎江上唱歌声。
> 东边日出西边雨,道是无晴却有晴。

诗中的"晴"字,是"情"字的谐音字,语意双关,表达了热恋中的姑娘对心上人那种若即若离、捉摸不定的态度的担心。

至于迭字与拟声,中英诗歌中都有此写法,只是常用或少用,或早期用得多、后来用得少等的区别。

中西诗歌,还因语法的不同而形成不同特点。以中文与英文为例,汉语没有时态、语态和性数的字形变化,也不必在诗词中如英诗那样非要有主语、谓语和冠词、连接词等,而且诗中的词可以倒置与改换词性。汉诗,由于不拘人称且又省略主词,任何读者都恍然置身其间增添亲临其境之感;由于不拘时态、语态,更使事事紧逼眼前,又词位倒置、词性流动,并可省去连接词等,使汉诗语言文字简洁却又含蕴浓缩丰富,加强了"诗无达诂"和超乎时空任人再创造,再想象的美感魅力。如杜甫的《春望》:

> 国破山河在,城春草木深。
> 感时花溅泪,恨别鸟惊心。
> 烽火连三月,家书抵万金。
> 白头搔更短,浑欲不胜簪。

诗中没有时态、语态,也没有冠词、连接词,使人感到新鲜又亲切;第二句的"春"本是名词,一下变换成形容词(或动词)与上句的"破"字(亦可作形容词或动词)相对,显得简洁而生动;眼前是春光满目却又一片荒凉,对花溅泪,听鸟惊心,更增添感时恨别的情怀；连绵三月不息的战火，难得珍贵的家书，竟使才过不惑之年的杜甫，头上的白发愈搔愈短，以致稀疏得梳不拢了。过去与眼前，景物与深情，都在这四十个字中圆融浑成一个无始无终和无边无际的触景生情的天地。中国抒情诗词中的这一特点，正是现代不少西方诗人(如庞德)想努力掌握但又因语言文字和语法的不同，而至今都难以学到的地方。

因为汉诗中不需数、时态与省略主语的语法现象，能比西诗有更强的无时间性与广垠性的境界，如王维的《鹿柴》：

"空山不见人，但闻人语响，返景入深林，复照青苔上。"正因没有主语，不强调"谁"不见人，才显得山自然的空；也正因不写出是谁在"返景入深林"，才显得山、人声、阳光与青苔都是自然存在，从而创造出一个清幽恬静的天然境界。若译成英语，非得按英语语法添上性数与时态语态等，原诗的美感不是荡然无存就是大受影响。而这种情况，在英诗中则几乎是难免的。即便是"漂泊如云"四字的景象，华兹华斯也得写成："我曾孤独地漂泊就如一朵云"(I wandered as a cloud)，空间和时间就都受了局限。

总之，中西诗歌的上述基本特点，是由中西传统、文化背景、语言文字等多方面差别形成的。这些因素彼此相连，不可截然分开。我们只是为了叙述方便而逐一介绍，事实上它们是组成一个有机整体存在于中西诗歌之中的。

由于中西诗歌比较研究的范围既包括了英、法、德、意、俄、西班牙等欧美各国的诗歌，也包括了中国的汉、藏、蒙、维吾尔等各族的诗歌，还包括了与诗歌有关的语言学、心理学、哲学、民俗学、历史学与艺术等众多学科领域。因此，中西诗歌的比较研究，是一个包容了众多对象与众多层次的复杂研究工程，这就要求我们科学地、辩证地、宏观与微观结合地从事这一研究；与此同时，还应调动多种研究方法，采取多种研究视角，同时紧紧围绕文学研究这个中心。

例如在从事跨学科的中西诗歌比较研究时，应充分注重它的文学性。当研究中涉及心理学、美学、历史、社会、经济和政治等领域的知识并引进其他学科的理论和方法时，难免会陷入对社会学、哲学、宗教学、民俗学、心理学等方面的研究而削弱了对文学自身的探求。文学性这一美学中心问题，必须成为研究的重点和焦点。既要把研究深入到与文学有关的各个领域，作深入与多层次的全方位探索，又要立足于文学并围绕诗歌创作、诗学理论、诗歌史和诗学批评来进行集中的探究，否则，就不再是比较文学研究，而成为其他比较学科的研究了。

日本小泉八云所著的《虫的文学》，在运用与介绍昆虫学的知识时，紧紧围绕日本写虫的故事与诗歌同欧洲的同类作品作比较研究，使人受益匪浅。同样，贾祖璋的《鸟与文学》也是如此。如"杜鹃"这一章，首先就发掘中国古代文学中望帝化为杜鹃的传说，接着探讨中国古诗中因杜鹃鸟啼声拟如"不如归去"而出现的一系列作品中含有的深愁悲怆的意象。又研究了和啼血相关的杜鹃花这一植物及其在中国诗歌中表现的特殊情感。同时，还比较了截然异于中国的日本风尚，即日本人以赏杜鹃为乐事，所谓"凡嗜诗歌人特赏之，倾耳于树林"。他还写诗道："汉人所悲和人欢。"这种紧紧围绕鸟在诗歌与文学中的意象、地位、作用、情趣与意义所展开的比较研究，使之成为一部至今仍有参考价值的文学性、美学性很强的比较文学研究论著，而不是生物学著作。

最后，对中西诗歌比较研究来说，也许更为重要的是既要用宏观的比较文学眼力来把握研究对象，又要用微观的细究来扎实地处理中外诗歌现象。与此同时，还应当平等和综合地运用中外各家理论之长来推陈出新,避免陷入欧洲中心主义或其他中心主义模式的窠臼。唯此,才能符合浩瀚悠久而又自成体系并丰富多样的中外诗歌实际,也才能发扬比较文学之长去获得更加全面与可信的科学认识。中西诗歌比较研究正在发展,它的理论与方法也还在不断完善之中。《管锥篇》中的有关部分和北京大学辜正坤教授的《世界名诗鉴赏辞典》和《中西诗鉴赏与翻译》,都预示着中西诗歌比较研究的艰巨而诱人的前景。

第二节 中西小说比较研究

叙事文体在各民族典籍中都出现得较早(如我国的《春秋》),但作为叙事文体中最重要的类型之一的小说却是各民族文学中发展与成熟得最晚的。戏剧借助于表演,诗歌可以吟唱,小说则是必须借助文字符号,因此,只有当城市出现,市民聚集,印刷术普及时,小说才真正得到发展的土壤和特定的物质条件。

从发展渊源来看,叙事文体可以划分为四类:

一、叙述现实生活中已经发生过的事实,如历史、实录。

二、叙述现实生活中未必发生或不能发生但能用以诠释现实的事,如寓言、故事。

三、叙述纯出于想象,是现实生活中不可能发生也不属于现实世界的事,如神话、童话、神仙故事等。

四、叙述现实生活中发生过或可能发生或纯属虚构的故事,如小说。

世界各民族的叙事文体大都有这四类,而且最后出现的总是小说。小说的形成是吸收前三类文体的特征而发展起来的。

中国"小说"一词,最早见于《庄子·外物》:"饰小说以于县令"。鲁迅认为这里的"小说"是指"琐屑之言"①。《汉书·艺文志》诠释小说一词为:"街谈巷语,道听途说者之所造也",又引孔子的话说:"虽小道,必有可观者焉"。后来关于"小说"的解释变得十分纷纭与此种"小说"观有直接关系。《隋书·经籍志》及《旧唐书·经籍志》所收"小说"与《汉书》大体一样,但又将谈笑应对,艺术器物游乐之类的书收进去。到《新唐书·艺文志》将后人认为是小说滥觞的志怪,人物记载从《史部》归入小说。同时又将陆羽《茶经》、李涪《刊误》等也归入这一类,几成杂著。宋代《太平广记》是一部小说汇集,除了真的小说文体外,收集了后人可以认为是小说的野史、传记等。大抵以神、怪、仙、鬼、报应,奇闻为主。清代纪昀编"四库全书",将小说分三类:"杂事、异闻、琐语",可以说是文体编类中最切合"小说"实际的一次分类了。但唐传奇及宋元以来流传已久的白话小说却没有收在其内。由此可见,古代历史典籍中的"小说"概念和我们今天所理解的小说概念有相当的距离。

中国古典小说可分成文言和白话两大分支,文言小说早熟于白话小说。它形成于唐代,明胡应麟指出:"唐人始作意好奇,假小说以寄笔端"。这种"作意好奇",与晋宋的志怪不一样,是自觉的虚构。古典小说中的白话小说在宋朝才开始形成,在当时被人们称为"平话"。白话小说是当时被称为平话的一种:"小说名银字儿,如烟粉、灵怪、传奇、公案,朴刀、杆棒发迹、变泰之事。""能讲一朝一代故事,顷刻间捏合","真假相半"。②它与唐人传奇一样真正具有小说的性质。但直到清初钱曾《也是园书目》,才较多地收入了白话小说书目。总之,中国"小说"的概

---

① 鲁迅:《中国小说史略》,见《鲁迅全集》第9卷,第5页。
② 吴自牧:《梦梁录·小说讲经史》,《中国历代小说论著选》上,江西人民出版社,1982年,第80页。

念虽含混，但还是逐渐体现出那种"虚构而用以表现现实世界"的本质特征。

欧洲小说也有其发展过程，它的渊源可以直接追溯到古希腊最早的叙事文体"史诗"。古希腊的神话和传说在史诗、悲剧中都留下了明显的痕迹，同时也直接影响到了欧洲小说的产生。中世纪欧洲出现了一种流行的文学形式——传奇，它是用日耳曼语和拉丁语混合写成的故事，最初的形式是韵文，以后逐渐加入散文成分。13世纪后，用散文写的更多，便逐渐发展成为故事小说。最早的传奇，以已经出现的史事为经，而交织了全是出于虚构的内容。包含奇迹、神怪、夸张乃至荒诞不经的事。传奇流行的时间很久，直到《堂吉诃德先生传》才以现实的生活结束了那些"不可能发生的虚构"。

当小说转向写现实人生时，小说的命名也因内容而变化。《十日谈》出现在欧洲时，它被称为 Novel，这是在意大利开始形成的小说，写社会间流传的人世间的事。Novean 正是"所闻"的意思，也接近于中国的"道听途说"。从意大利的 Novean 派生的 Novella 乃至成为英语中的 Novel。Novel 这个词义表明欧洲小说已经结束了从史诗以来的英雄传奇式的文体，从神异的土地走向了平凡的生活。

英国称小说为"Fiction"（虚构），"虚构"是小说的特征，它虚构一个小说世界，一个为作者自己理解而且能取得读者理解的世界，他用这世界来说明现实，抒发情感。韦勒克说："伟大的小说家们都有一个自己的世界，人们可以从中看出这一世界和经验世界的部分重合，但是从它的自我连贯的可理解性来说它又是一个与经验世界不同的独特的世界。"[①] 立足于现实生活的虚构正是中西小说的共同特征。中西方小说的形成过程也有某些类

---

① 韦勒克、沃伦：《文学理论》，刘象愚等译，三联出版，1984年，第238页。

似的地方。如上所述,西方小说从史诗—骑士传奇开始,经历了编年纪事,实录—寓言散文,世态散文—圣经文学(基督教教义),典故等,产生了虚构小说;中国小说则来源于史传—诗骚,经历了寓言散文,世态散文—传奇—佛教文学,形成了白话小说

寓言散文与世态散文在小说发展中的地位是值得重视的。中国古代哲学著作中,有许多寓言故事。虽然出于虚构,有的甚至以非人的器物为主角。它们所体现的丰富的社会训谕与人情味使它们具有浓郁的小说味。如《庄子·涸辙之鲋》中的那两条小鱼就深深识透了人生枯荣与人情冷暖。伊索寓言同样也以哲人的眼光概括了现实世界的问题,那贪得无厌的乌鸦,妒人之有、讳己之无的狐狸,无不是十分深刻的人心的观照。这正是中西小说最早的雏形所提供的小说要素。世态散文提供了最早的表现手段。小说必须具有的要素——人物,在世态小说中得到了真正的刻画。关于"事"的叙述,西方出于史诗,中国出于史传,而对人的叙述却都继承了世态散文的手段。欧洲最早的世态散文,以公元前3世纪泰弗拉斯托斯(Theophrastus)的《性格种种》三十卷为滥觞,它描写了各种性格,如多话、吝啬、多疑等,后来卢奇安(Luciano)的《对话》也有讽刺小说意味,《冥间对话》讽刺的各类哲学家,都很有性格特征。恩格斯称他是古代的伏尔泰。中国可以称为世态散文的应从公元3世纪刘义庆的《世说新语》一类算起。恰如鲁迅所说:"虽不过丛残小语,而俱为人间言动"[①],用简洁隽永的笔墨,寥寥数语,写出各种人物的性格丰采,一语中的,入木三分,这种表现手法,对后来中国小说的人物描写有很大影响。

传奇在中西小说发展史上成为一个必然存在的阶段,也是很值得注意的。传奇偏重于叙述不曾发生过,甚至不可能发生的

---

① 鲁迅:《中国小说史略》,见《鲁迅全集》第9卷,第60页。

事;无视细节的逼真,以超越现实的想象为特征;感情较为单纯,偏重于从理想来识别和判断人与事。中西小说的传奇阶段都体现了这些特征,中西的传奇都产生于封建社会,都属于封闭的、较少变化与交流的社会,人们只是用自己的想象来扩展自己的精神世界。现实生活的贫乏、枯燥使人们追求绚丽,热闹,充满了生气与变化的想象,以此来抒发丰富、热烈而受着限制的感情。欧洲的传奇正是这样继承了神话与史诗,以人生历程中的最主要的冒险与爱情为主,所叙写的世界充满了激越的爱情、狂热的行动与理想中的高尚斗争。中国的传奇则继承了中国记载神仙怪异的散文的特征,以怪异的事件来体现人生境遇,从而总结出人生哲学。它比欧洲传奇更接近现实,但它的想象仍然是美丽的,对现实有突破性的,启发了更深的人生思考。传奇对小说最大的贡献有二,一是开拓了想象中的世界,神话也是一个想象中的世界,但它是一种无意识的虚构,原始精神并没有意识到它自己的创造物的意义,而传奇已经意识到自己的创造,并延伸自己的虚构,使之成为一个完整的虚构世界。唐人传奇构成一个人与鬼魂、妖孽共同相通的世界,而欧洲传奇造成一个与妖龙、异教徒不断斗争的世界。就启迪想象来说,它们对小说发展的贡献是巨大的,拉丁美洲的魔幻现实主义与中国的通俗武侠小说至今还继承了这种虚构特征。

传奇的第二个贡献是给小说提供了一个要素:情节。在小说的形成阶段,"情节"是一个重要标志。这在中国传奇中是十分明显的,鲁迅说:"传奇者流,源盖出于志怪,然施之藻绘,扩其波澜,故所成就乃特异。"[①] "扩其波澜",就是指情节的构成。欧洲传奇继承了史诗与神话,史诗与神话本来就充满了人物的行动,但这只是"故事",并不是作者有明确意图的创造。然而小

---

① 《中国小说史略》,《鲁迅全集》第9卷,第70页。

说的"情节"却是一个明确的、有目的的行动,传奇正是有意识的以复杂曲折而紧密奇幻的情节来吸引读者的。无论在西方或中国,小说的产生都与传奇有不可分割的关系,欧洲由于封建社会结束最早,世态小说兴起,正是对非现实的骑士传奇的否定,而中国却因为封建社会时期长,资本主义长期处于萌芽状态,小说与传奇就并行不悖。

小说的出现,无论中国与西方,都是处于一种对社会对时代的挑战状态,小说的发展确与商业文化的发展,城市的兴起分不开,它是市民文学。在欧洲,《堂吉诃德先生传》以最有力的讽刺结束了骑士文学。《十日谈》又以谈生活中的平凡世事宣告了市民文学的产生,打破了教会与贵族对文化的垄断,"神奇"落入现实,成了笑料,而平凡的生活却提示着真理,小说就此步入现实的道路。中国的白话小说则首先在语言上打破了士大夫的垄断,它用市井小民自己的语言来表现他们自己的生活,体现他们自己的人生观和道德观,向士大夫高雅的生活与情操挑战。

小说是由人物、情景、情节等因素构造起来的,结构的形成几乎已包含了小说的全部。从整体结构来看,中国古典小说结构布局的目的,是把生活中复杂错综地发生着的事件整理为头绪分明的线索,以期明确而饱满地表现主题。要求脉络分明,层次井然,不管情节如何复杂,小说结构有必要使之线索清楚。这种结构方式一方面是受史传的影响,另一方面是保留了口头文学"讲史"的特色,口头文学的听者不可能像小说读者那样重新翻阅,而必须在记忆中使之头绪清楚。因此,在古典小说中,作者不时要加上点明结构的说法,如"花开两朵,各表一枝"之类。

长篇也是这样,《儒林外史》所描述的事件一个个钩挂起来,全靠首尾两部分题旨相同——礼失而求诸野——的插曲钩挂起来,成为一个封闭的连锁结构,完成全部题旨。《水浒》是一种典型结构;每个上梁山的好汉的故事全是独立的,林冲、武松、宋江、卢俊义等每人的遭遇都自成首尾，个人的矛盾也都自有起讫，而诸人上了梁山后，就以几个大战役展开几个大矛盾层次，总是人物众多、林林总总，但矛盾仍是直线式的。《红楼梦》看来跳出窠臼，布局不简单，那是一种典型。它以一个整体结构包含了无数独立的矛盾，这些矛盾有大有小，有主有次，大部分不相纠葛，有些虽思绪相连，但互不影响自己的完整，这种结构形式使细密交织着的生活中的矛盾线索仍一清二楚地呈现出来。

总的说来："大抵中国小说，不得以局势疑阵见长，其深味在事之始末，人之丰富，文笔之生动也。"①

西方小说结构布局与此不同，偏重于将生活中普通的事加以组合，突出情节的吸引力，满足读者的好奇心，吸引读者对主题的思考与想象，作者喜欢将种种线索交错在一起，忽隐忽现。结构的手段不是使矛盾显明，而是使之隐蔽，读者必须各个发掘，才能明白主题的全部内涵。例如在莫泊桑的《项链》中，玛蒂尔达刚因偿还项链而感到自豪，最后伏尔夫人才说明项链原是假的，这使得玛蒂尔达又一次承受心灵的打击——她以十年青春换来的那点保持自尊的牺牲竟是一片空虚，这一线索十分重要，但却一直在隐蔽中。在长篇中，作家们更是有意将矛盾纠葛起来，很快形成复杂矛盾。普莱说："布局之错综伴着新事物或新人物之介绍，或伴着在故事开端时已弄清楚的种种关系中所渐渐产生出来的新动机的介绍，同时并起。"②作家用种种停顿、隐藏、不断制造悬念，来使矛盾复杂化。大仲马是一个被称为"最容易、最炫耀、最夺魂的天然的纺织蜘蛛"。《基度山伯爵》更是一篇结构的巨著，全书中没有一个人物是与矛盾无关的，任何一个人物

---

① 《小说丛稿》，《晚清文学丛钞》，小说戏剧研究卷，中华书局，1960年，第329页。

② 普莱：《小说与研究》，商务印书馆，1935年，第119页。

取消，都会影响情节的发展。

由于对小说结构的审美意义的不同看法，中西小说结构显然是两种不同的类型。

叙述角度是谈结构时不可避免的问题，这一问题虽在20世纪初才提到理论上来，但它早已存在于创作实践中了。叙述角度一方面体现了创作技巧，一方面也体现了宇宙观与历史观。西方小说很早就常用第一人称，这种结构灵活自由，既能胜任对客观外界的观察，又能胜任对内心世界的探索，作家可以任意回避他难以处理的场面，又可以集中表现他能发挥的所长。这种叙述角度在中国早期传奇(文言小说)中也有使用的，但那时多半是用来强调亲身经历，加强叙述的可信性，并没有发现这在结构技巧上的意义。直到沈复的《浮生六记》才真正有了第一人称叙述的小说。中国古典小说受了史传影响，大部分用全知观点。它从一种已知历史全部历程的角度出发，叙述者的认识超越小说中正在进行的事件，不但已知事态的外部世界，而且洞察人物内部的心里动向，这使作者对小说的全部有了一个超越的俯瞰优势。这种俯瞰的角度难免使所见物象平面化，缺乏错落的立体感，然而它的全面笼罩的角度却使得中国长篇小说总有一种高层建瓴的磅礴气势。容量大，人物多，矛盾复杂。

西方小说一般很少从俯瞰的角度出发，大多是随着人物的目光行进，作者、人物、读者处于同一地平线，成一种立体走向的趋势。有的小说不一定用第一人称，而往往采用人物的特定角度来叙述，如奥斯丁的《傲慢与偏见》其实全是伊丽莎白一人的角度。不论从哪个人物观察角度出发，都始终是在同一地平线上，是一种立体走向，这种角度的最大特点是分出了已知与未知的层次，读者可以通过自己的认识、领悟与感受，想象未来的可能，获得透视的能力，而悬念与主题正在此获得透视后的深化。当然，由于失去俯瞰的优势，也影响了小说的时空容量。

应该说，这两种不同类型的叙述角度的局限已为中西小说作家自行突破了，西方几位大格局的作家如巴尔扎克、托尔斯泰，他们在已经形成的叙述者角度和人物角度交织的立体走向之外，也采用了俯瞰式的全面叙述，使小说中的人物与事件不但有内向透视的深浅，也有全局贯联的深度；中国的《儒林外史》与《红楼梦》中也出现了人物的叙述角度，使广阔的俯瞰视野中又加上了立体感，加深了事物、人物的透视深度。刘姥姥看凤姐，贾宝玉看蔷官，小红的思念贾芸都是这方面的优秀范例。

另外，在场景方面，西方小说多以人物对话、氛围、细节描写等构成不同的场景，在其中完成人物性格、心理与行动的塑造。精彩的短篇小说几乎就是在一个场景中完成，以致"截取人生片断"这一概念成了短篇小说的定义。

中国古典小说写场景主要是为了突出行动，而行动的流动并不必界定空间，只是按时间叙述即可。武松鸳鸯楼杀人这一节。武松从飞云浦赶回来，从门口杀到楼梯，从楼口杀到厅堂，最后在墙上题字而去。动作被分解得节奏分明。空间只是动作的舞台，动作的容量大。中国小说动作内容总很丰富，有时并不需要很多的场景描写，只是动作，就可以出现整幅风俗画，秦可卿丧事，并未对丧仪作细微的状物描写，通过动作，这一场豪奢丧事就历历在目。

最后，谈到人物塑造。中外小说都用人物肖像描写，人物系列映衬，人物性格剖析，人物的象征参照等手段。但概括一下，中西小说的人物塑造，确有不同手段。

在中国，封建伦常秩序决定了个人的价值与意义，个人心理，意愿与情操被纳入一定行为规范，个人的思想应与社会地位一致，个人要求不能越出社会允许的范围，这种人的观念最主要的后果就是限制了人的个性发展，同时也限制人的个性表现，但是，千变万化的人心还是无一雷同，就在封建伦理思想的甲胄下，仍然萌动着独立的心灵，只是，社会很难容忍他们的展现。心灵长被封锁，因此，中国小说家较少直接去写内心，他们更大的成就是通过外表，通过动作去写内心——那些深深隐藏着的内心。这种抓住人物的一点行动，定其心理神髓，早在魏晋品藻人物，已透了端倪。王羲之坦腹，刘伶裸形都与人物性格有关。再如《红楼梦》中的薛宝钗，城府极深，是诚是诈，作者不置一辞，但通过种种细节，语言，她那不可告人而自己也不愿意承认的内心却似乎都已为读者所理解。

西方小说重视对内心的探索与发掘，而且常常直接表现人物的思想感情。17世纪，法国的《克利芙王妃》已被认为是心理小说之祖，卢梭、歌德等把更多的抒情和心理描写带到了小说中，使读者可以在人物的心灵世界里遨游，但全写内部世界也不易塑成一个与现实世界息息相关的个性。19世纪的现实主义作家不但写内心，而且也展示人物气质、才能、心智、感情多方面的复杂混合及其过程，并展示人物个性所以形成的社会与生活，通过一个人的历史来揭示时代。俄国人是最善于沉思的民族，俄国小说一出现，西方文学就越过了天真地认识世界表现自我的阶段，而进入深邃的思考，人物的内心世界就展现得更为深广。陀思妥耶夫斯基搜索人的内心已开了20世纪小说的道路，"意识流"、"内心独白"、"心理象征"、"心理时空错位"都是应运而生的创作手段。

第三节　中西戏剧比较研究

戏剧是叙事文学与抒情文学的结合，它以一种摒除作者插入，由人物自己表演的方式出现。戏剧中既有对现实的客观展示，又必然具有人物在现实中所体现的主观内心状态。因为在戏剧中作者绝对隐没，一切要通过人物自己来说话，同时，戏剧又必须具有一个从斗争到结局的明确的行动过程，因此它同时具备了叙述文体的客观性与抒情文体的主观性，正是由于这两种因素偏重的不同，这才有了叙事戏剧与抒情戏剧之分。

中西戏剧的发展有很多不同之处。中国戏剧发展晚于小说，欧洲的戏剧却很早就是一种辉煌的文体了。无论从文学体式还是从表演形式来看，中国古典戏曲与欧洲戏剧的差异都很大，特别是从戏剧理论来看：角色行当、戏剧性格（悲剧、喜剧）、舞台设置、表现手段等，都因舞台物质条件及本民族的文化情感特征的不同而制约着作为文学的戏剧文体。

首先，从文体渊源发展来看，欧洲叙事文体——史诗是最早的文学样式。戏剧文学从它那里获得了"事件"这一元素。同时直接模仿着生活中"人物自我相互对话"的形式，确立了自己的文体特征。并在其创作、演出与理论的发展中，更多地吸取了叙事文体的特征，同时，也反过来影响叙事文体。希腊悲剧与喜剧的形成是与他们当时祭祀的需要分不开的。由于对英雄的悼念而产生了悲剧（Tragedy），由于庆祝丰收而产生了喜剧（Comedy）。这两种不同场合中出现了感情的两极。最早的祭祀形式是一个合唱队唱诵叙事（这与中国戏剧的滥觞类似），"一个有领唱的歌队在一位已故的英雄墓前歌唱死者的事迹。英雄已经死了，这件事实是在最大程度上规定了严肃历史悲剧的结构……这种叙述或哀悼的场面是后期悲剧的核心，其他场面则围绕它而安排。"[①] 后来有一位作家在合唱队里放了一个代言者，直接表演人物的语言和动作，戏剧就出现了。喜剧虽也是祭祀，但在民间歌舞基础上形成，体现了人们自发的纵情狂欢，不具任何肃穆气氛，人们自由地表现属于自己的情感和认识。

---

① D. C. 司徒：《戏剧艺术之发展》，转引自 J. 劳逊《戏剧与电影戏剧的创作理论与技巧》，中国电影出版社，1978年，第19页。

不论悲剧、喜剧,希腊戏剧总是十分明确地表现出"事件中心"的原则,戏剧的一切要素:人物、结构、语言等都是为了把事件尽善尽美地表现出来。希腊抒情诗的存在并不晚于戏剧,但因为只是表现个人的刹那间的情愫,所以不能与叙述神的谱系历史,作出人生哲学思考的史诗或戏剧分庭抗礼。何况前者是个人自发的吟唱,而后者是训练有素的演出者在大庭广众前的表演。相形之下,抒情诗不大被看重,可以说,在希腊文学中,抒情与戏剧不大干涉。

中国戏剧发展较晚,它的舞台演出固然从《踏谣娘》、《参军戏》等有简单情节的歌舞表演发展而成,它的文学剧本有的也是从其他文体演变来的。但中国文学可以说是一个抒情诗的王国,特别是中世纪以后,抒情诗的抒发主体情感的文化特征不但渗透到叙事诗中,也渗透到传奇小说中。唐代《长恨歌》与《长恨歌传》被视为叙事诗与传奇的代表作,从其中主观性感受与客观性叙述两者的比重就可以看出抒情在叙事文学中意义的重要了。叙事诗后来加强了人物直言部分,发展成为可以表演的一种说唱文学"诸宫调"。在主体感受与客观事物展现这两方面仍保留有抒情诗特色。这是中国戏剧的前身。从此,抒情文体的性质成为中国古典戏曲的不可或缺的因素。中国戏剧虽然也用于酬神,但主要不是为祭典,而是为娱众。如何使群众更乐于欣赏接受,这才是主要的审美要求。中国古典戏曲要求在戏剧中"七情具备"。这不但是人生的本来面目,也是剧作者提供给观众以引起情感共鸣的手段。为了使观众在情感上有扬有抑、有奋进也有休息,剧作者便要在剧本中进行感情的调配,有"冷场"也有"热场",有"文场"也有"武场",有"悲场"也有"欢场"。这种在一出戏中着意于戏剧感情变化的要求与希腊是不一样的,后者严格区分悲剧、喜剧中绝不相同的情操及其美学价值,不能随意相混。中国剧本不以"悲""喜"分类,虽然剧作中也充满了丰富的各种感情典型。

中国古典戏曲接近抒情文体。它主要通过写情来直接展现人物内心世界，展现社会中的人际关系，以及人物内心对外部世界的观照。然而戏剧人物的心理状态只能通过外化的语言和动作来表现。有时戏剧也用其他手法来显示人物的内心与表示客观的评论。古希腊的歌队、川剧的帮腔，都是作者安排的代言人。他们代表作者对正在进行的事件作评价与挖掘。抒情化了的中国古典戏曲，主要的文学功力不是用来写那推动事件进展的动作及其过程，而是写人物在特定境遇中的心情。愈是主要人物，就愈要全部展现自己的内心。观众正是在人物的自我展示中来检验作者是否准确地表现人物的特定境遇的。金圣叹认为《西厢记》、《赖婚》一折的精彩之处，正在于每个人物都准确地表现自己心境，而观众正从那里感到身临其境。抒情成了戏曲手法的要领。

欧洲传统戏剧，重心是动作。早在戏剧产生时，亚里士多德就认为："悲剧是对于一个严肃、完整、有一定长度的行动的模仿"。[①]现实生活原是充满了永远延伸的不断继续的动作，戏剧要把这一延续不断的长河切断而且集中横连，使之合成为共同表达一个主题的动作组合，那么，动作又根据什么原则被择取出来组合在一起呢？亚里士多德最早提出要有一个"转变"。悲剧的动作早就规定了是令人恐怖震栗的事件——往往是英雄受难。受难是指一种破坏或令人痛苦的动作，然而必有转变：英雄或由幸福变成不幸，或由不幸转成幸福，总之转变是戏剧的重要元素。亚里士多德不重视性格，他说："不是为了表现'性格'而行动，而是在行动的时候附带表现'性格'"。[②] 这一理论常遭到后世的非难。莎士比亚以他塑造人物的丰富经验为基础，提出性格与动

---

① 《西方文论选》上册，第57页。
② 同上，第59页。

作的不可分割。《哈姆雷特》虽然具有更复杂纠葛的戏剧动作，但戏剧的动作中心——复仇——却完全决定于这个人物的性格与意志。莎士比亚时期，戏剧"第一次认识了性格的流动性"[①]，戏剧中性格从此获得了地位。

西方这种对性格的重视，与中国戏剧从情感去认识性格不同，相反，他们从动作表象中去探索性格。一切外部动作都可以看成是内在活动的征兆。斯坦尼斯拉夫斯基进一步通过潜台词来理解动作意义，再涉入人物的精神世界："潜台词能够表现剧中人物的性格，能够表现剧中人物对其他剧中人物所发生的事件的态度。而通过这一点也就表现出作者和演员对所发生的事件和剧中人物的观点和态度。"这种理论，使剧本不再像古典悲剧那样追求巨大事件及动作的连贯性，而可以从平常琐事来展现内心世界。这就与中国古典戏曲要求展现内心世界的法则有所契合了。然而这种契合仍有不同特点：中国古典戏曲是直接诉诸感情来揭示内心世界的，而欧洲传统戏剧仍不脱"动作是戏剧基本元素"的观念，一切的心理、愿望与感情都仍要诉诸动作。

其次，戏剧总是必须具有一种矛盾，形成冲突，并导致高潮。西方戏剧理论家劳逊把戏剧冲突总称之为"意志的冲突"，把外部行动的冲突与内部意识的冲突结合在一起。他认为人物对其周围事物的有意识思考或潜意识活动都能使他产生一种需要，这需要便是意志。意志在与外部现实碰撞时就会发生冲突，或是行动冲突，或是思想冲突，或是情感冲突，都是意志冲突。这比亚里士多德提出的单纯的行动冲突更适合后来发展的多种样式的戏剧，如契诃夫、梅特林克、布莱希特的戏剧等。中国戏剧也有冲突，但其重点却不在上述的意志冲突。所谓重点，是指作家最

[①] 劳逊：《戏剧与电影创作理论与技巧》，上海电影出版社，1978年，第31页。

能发挥才情而演员最能发挥演技的地方。中国戏剧家的重点总是落在抒情上。抒情偏于独白，因此总有大段优美的唱词，西方用以显示冲突对立面之间的对话和动作常不是主要的（三岔口等动作剧除外）。《窦娥冤》的戏剧动作是十分强烈的——谋杀、枉审、伸冤等，这些都是双方很激烈的冲突。但戏剧的重点却是窦娥临刑前的悲愤的控诉。《捉放曹》也是简单地处理了曹操杀吕伯奢一家的动作冲突，重点却是陈宫在这件事后引起的强烈的内心冲突的抒发。欧洲传统戏剧的冲突形式并不如此。不论是什么性质的冲突，舞台上都要求以公开的表面化的形式出现。剧作家重在如何辨别生活表象中的冲突实质，而且使多种矛盾能集中表现一个主题。冲突是相互关联的，冲突解决是集中的。易卜生总是如此深刻地抓住冲突表象下的本质，他发现每个人都有与客观现实搏斗的意志，而这些人际关系就意味着社会的冲突。他的剧本中每场都展示一次冲突。《群鬼》中只有五个人物，相互之间形成五组冲突：阿尔文太太与牧师，阿尔文太太与儿子欧士华，欧士华与女仆吕嘉纳，吕嘉纳与她的父亲，吕嘉纳父亲与牧师。每一个动作都紧凑地推进着冲突，使之公开化，每一组冲突都有横向联系，而最后以孤儿院烧毁，牧师与吕嘉纳出走结束了全部冲突。契诃夫则以另一种形式展示冲突。他的冲突进展是隐含的，甚至最后的解决也是隐含的。他揭示了人与社会之间的不可克服的矛盾，矛盾并不一定形成公开的冲突形式。《万尼亚舅舅》中的冲突并非逐渐形成的。在一天之间一个寂寞烦闷的庄园来了三个人：庄园主人教授和夫人叶琳娜。外加来治病的医生，于是生活起了波澜。相爱、相恨、妒忌、觉悟、期望……一系列感情冲突，全在生活中展开来。虽然这些都是令人烦闷压抑而隐含地进行着，然而那仍然是冲突。既不像易卜生剧作那样形成公开形式，又不像中国戏曲那样充分展现自我抒情。

第三，与冲突一起出现的是高潮的起落。戏剧中一切的行动

第八章 比较文学视野中的诗歌、小说、戏剧和文类

都向一个方向推进，最后达到高潮，高潮回落，冲突解决。高潮往往是全剧最紧张的一点，也就是观众寄以最大期望，而且达到最高兴奋点之所在。当动作处于较平衡状态时，观众就期待下一个动作，这种期待就是戏剧的魅力。当被观众期待着的动作出现时，一方面符合观众的思考，一方面又出乎观众的意料，使观众已有的认识取得新的理解，这高潮的处理就是成功的。在欧洲，完成这种期待必须是动作的全部结束。一切的动作趋向同一目的，动作不断展开引导观众逐渐进入一个自觉认识冲突形势的环境。观众对形势有了解，最后的期待也更明确。在《社会栋梁》中，易卜生逐步揭示博尼克已经被行将败露的事实真相逼到没有退路了，观众知道真相必将揭露，因为要揭露真相的人楼纳与约翰决心极大。但楼纳出于爱护，约翰出于要洗刷自己被玷污的名誉，其间还有分歧矛盾，因此揭露的结局还要看作者最后的统一。观众的期待就在既合情理又出人意料中得到满足。在中国古典戏曲中，人物一贯自我表白，甚至自己行将推出的行动也都早就说明，如《窦娥冤》中张驴儿要去杀蔡婆，在羊肚肠中下药，就早为观众所知。《盆儿鬼》赵大杀死杨国用，把骨殖烧成盆儿，这也都事先表白了。观众几乎不依靠动作表现就能了解形势。戏剧引导观众所经历的似乎不是对事件认识的过程，而是一个对感情认识的过程。观众知道赵大要去杀害杨国用，杨国用知道自己死到临头，先悔恨惊恐、婉转哀求，最后不甘束手就死，反抗诅咒。这一段复杂而曲折的剧情带着强烈刺激性的感情——几乎使这个小小的人物高大起来，十分吸引观众。这种将观众情绪猛烈地推进达到兴奋点，观众的期待就得到了满足。著名戏剧家李渔虽以结构排场著称，但也十分注意以情感的冲突转变来满足观众。《风筝误》的《惊艳》一折，观众早知新郎误以为新娘是丑女，只要一见新娘，一切矛盾解决，而且最后是一定可以见到的。于是剧作者就在新郎种种不愿见新娘的感情上用力，新郎的激情推得愈高，喜

剧的效果就愈大。所以李渔要求"务使一折之中,七情俱备",①人物要求经历多种情感,在情感的起落上满足观众的期待。这正是中国戏曲以感情构造高潮吸引观众的特点。

可以说,欧洲传统戏剧的观众由于不知而期待,中国观众由于已知而期待。不知而期待要求戏剧出人意料,而已知的期待要求戏剧入情入理。引起中国观众情绪震动的是情绪高潮——用欧洲传统戏剧理论来看,这常是情绪的静止发泄——而不一定是动作冲突高潮。《捉放曹》的情感高潮在主要动作冲突之后,《空城计》的情感高潮在主要动作冲突之前,因此它就不能符合欧洲传统戏剧理论所规定的高潮的上升与回落的规律。可以说,情绪的每一次上升和回落都可能引起一次高潮。因此一个剧本常常用高潮迭起的办法来不断吸引观众。例如《西厢记》中白马解围当然是一次大高潮,但不断有《赖婚》、《拷红》等,也都是一个个高潮。欧洲传统戏剧中也有每幕、每场迭起的高潮。《社会栋梁》中楼纳与约翰带着新的作风与气派突然地闯了回来,冲破这充满旧舆论的社会,这是高潮,楼纳与博尼克的一次谈话揭示了旧的冲突,形成新的形势,也是高潮。博尼克在面临社会奖誉前的所作所为又是一次高潮。最后他的觉悟是总的解决。但这些高潮上升都不形成回落,而是阶梯式上升,最后才回落解决冲突。这与中国戏曲是不一样的。

第四,关于戏剧结构。中国戏曲结构崇尚单纯,线索以明白简单为主,矛盾随起随结,不牵枝蔓,不存暗线。李渔《闲情偶寄·曲论》是戏剧理论中最重结构的,他多次提出:"头绪繁多,传奇之大病也。《荆》《刘》《拜》《杀》之得传于后,止为一线到底,并无旁见侧出之情。三尺童子,观演此剧,皆能了了于心,

---

① 李渔:《闲情偶寄·大收煞》,见郭绍虞主编《中国历代文论选》下册,中华书局,1963年,第26页。

便便于口。以其始终无二事，贯串只一人也。"① 中国古典戏曲以抒情歌唱为主，每一种感情都放大尺寸，节奏必慢，抒情性必然影响复杂的戏剧性，因此线索总是单线进行。又由于叙事文体传统特征总是按时间顺序展开事件进程，戏曲中每一个动作的安排就成为这主脑线索中的一个环节结。《窦娥冤》从窦娥七岁被卖演到她死后父亲为之雪冤为止，线索极简单，而每一情节无不顺序而下。《赵氏孤儿》写屠岸氏与赵氏两家矛盾，程婴混迹于二者之间，本应是十分复杂的矛盾，但全剧以孤儿将生开始，写他如何得以存活，长大如何报仇，情节全在这条线上展开，这就是所谓线状结构。

西方戏剧结构与此不同，早在古希腊悲剧时期，由于时间的制约，多半在冲突已经形成时开始戏剧行动，而过去的事件——冲突的成因则通过多种手段来表达。这时原来已发生的事件只能作为戏剧中要交代的线索出现，正在进行的冲突又往往不随时解决，形成悬念，各点悬念又成线索，最后各种矛盾都似众渠入河，形成总的高潮。这样，即便是脉络很简单的事件也是可以构成网状的矛盾冲突。《俄狄浦斯王》中就要解决老王被谁杀了？婴儿被谁抱走？科林斯王为什么不是奥狄浦斯的父亲？这在未明真相之际，是各自独立的问题。而这些问题各由仆人、牧人、报信人一一解决。就线索而言是自成起讫，然而它们之间的不可脱解的网状联系就构成这个惊心动魄的大悲剧。这种将冲突推进、悬而不决是古典主义浪漫主义戏剧的古老法则。戏剧必用横向之间的勾挂来使剧情顾盼生姿，摇曳多采。正如莱辛所说："自然中的一切都是互相联系的，一切事物都是交织在一起，互相转换，互相转变的。但是，这种无限纷纭复杂的情况，只是无限精神的表现。有限精神为了享受到这种无限精神的表现，就必须取

---

① 李渔：《闲情偶寄·减头绪》，见《中国历代文论选》下册，第13页。

得一种能够给原来没有界限的自然划出界限的本领；必须取得一种能够选择一种可以随意转移自己注意力的本领。"[1] 他要求以理解和鉴别自然的能力去驾驭材料。这里既承认事件的纠葛连绵，又承认它的个体存在。莎士比亚的戏可以说大都是矛盾多元的，线索之间各有环节相扣，而每条都走向统一方向。《仲夏夜之梦》、《威尼斯商人》、《错误的喜剧》等都是多线矛盾而归于同一题旨。

易卜生的《社会栋梁》是相当成功的网状结构的范例。作品中六个主要人物就组成了六个冲突，而且六组人物中也有六种不同的亲和力。戏剧开始时，这几乎是六个秘密，博尼克为什么和贝蒂结婚？博尼克怎么度过经济难关的？楼纳与约翰为什么到美洲去？约翰到底干了些什么？博尼克为什么收养楼纳？博尼克的船厂究竟在干什么？这一系列事件的答案就是博尼克的一生行径。六个虽似独立而实有联系的线索，互相交错，归总为博尼克窃取社会声誉与个人利益的行动。这许多矛盾在楼纳与约翰从美洲回来时一起展开，过去的旧矛盾在人物相遇中，终于逐步揭开，但马上又展开了新的矛盾：博尼克不愿为约翰洗刷，他想谋害约翰的阴谋又与他在船厂的阴谋连在一起。最后，博尼克在楼纳敦促下坦白了过去的丑行，解决了旧矛盾；而贝蒂阻止了船舶的启航，又解决了新矛盾。戏剧中每一个动作都是形成冲突不可缺少的步骤，而任何一步推进都决定着全剧矛盾的最后解决。每一场的高潮都是推进，高潮之间有着几条线索的关联。这种从矛盾已经形成处入手，将先行事件变成矛盾线索，与《俄狄浦斯王》一样属于网状结构。

中国古典戏曲因为是线状结构，直线形式给了它在时空安排方面以很大自由，更由于在家庭演出，不受剧场时间制约，一部

---

[1] 《汉堡剧评》第70篇，见《西方文论选》上卷，第433页。

剧作常有四十几出。这在实际演出中确有困难,后来往往只能摘其精要。而那些独立完成一种感情的一幕又往往得以满足观众。因此,中国古典戏曲反而保留了许多结构精彩的折子戏,而不大演全剧。这种风气,反过来又使作家放松了对整个剧本结构的注意,特别是明代传奇。欧洲传统戏剧则在任何时候都必须是完整的,而现代戏剧的特征是一方面不脱离现实生活表象,一方面强调意识与心理因素,它所包含的冲突同时包含心理与社会两方面。在急遽发展的社会中,人与人的关系日益复杂,作家用以表达这复杂的题旨的现实素材,就需要更为复杂的网状结构了。

最后,还有虚拟与写实的问题。戏剧文学受到舞台设置的影响,必须与演出条件相结合。早期戏剧,无论中外,都受到舞台局限,但处理的方法却不完全一样。欧洲的戏剧恪守"真实显现生活"的法则,舞台所见都符合现实生活的时空逻辑,在有限的空间中来处理时间。同时,也忠实地用可见的动作来表现生活的实况,有技巧地回避那无法展现的事件或动作。尽管英雄时代有许多富有神话色彩的传说史迹,但剧本却总是只把观众可以相信的事物呈现在观众眼前。诚如贺拉斯说:"不必让美狄亚当着观众屠杀自己的孩子,不必让罪恶的阿特鲁斯公开煮人肉吃,不必把普洛克涅当众变成一只鸟,也不必把卡得木斯当众变成一条蛇。你若把这些都表演给我看,我也不会相信,反而使我厌恶。"[1] 但莎士比亚的舞台上也充满了神仙、幽灵、下毒、谋杀等等为贺拉斯所不允许的事件,莎士比亚在他同样狭小而简陋的舞台上演出了许多不同样式、不同情感的惊心动魄的事件,但他的确还是严格地只表现与生活现象一致的动作。在西方传统戏剧中,演员在物质条件许可下,要求尽可能逼真。他们的场景按照舞台上所能提供的布景来构思,有惟妙惟肖的森林、居室、街

---

[1] 《西方文论选》上卷,第106页。

道、山头、城堡、阳台……等等，在舞台表演上，他们必用可以取得的真实道具，以便在演出上造成真实感。总之，欧洲传统戏剧在物质条件不断改善下逐渐走向严格的现实主义道路。

在中国传统戏剧中，与欧洲传统戏剧中追求的"真实感"相对的是其"涵虚性"，这种"涵虚性"是中国美学的民族特征。在中国舞台上，"真实再现"这一法则的体现十分微妙。总的说来，真实感是相当淡薄的，演员与剧作者都十分理解"舞台"是一个非现实的空间，这种理解就决定了剧本表现的风格特色。如在绘画中，水中之鱼，是没有水的，只能从鱼的悠然活泼中感到水的存在；风中之柳，是没有风的，只能从柳的飘拂摇曳中感到风的存在，不用实的背景，而从虚涵的背景中更好地体现了主要事物的形象。这就形成了剧本中自由的时空观念。戏剧文学本应在一定的空间范围来反映时间，中国古典戏曲却根据叙述文学特色，按照时间顺序来决定空间的位置。例如人物在行走时念道："蓦过隅头，转过屋角，来到……"，事实上这全非舞台上所见到的，空间就这样随着台词的叙述而变化。这种空间的自由变化，大大扩展了为舞台空间所局限的构思，人物可以倏忽千里之外，在社会的、自然的、历史的、现实的世界中自由驱驰。但空间仍然存在，存在于人物的感受中。如《汉宫秋》第四折，汉元帝站在咸阳坂上，设想回去后悲凉地穿过宫院的景象。这是尚未出现的行动，是存在于想象中的事件，但通过元帝的独白，使人如身临其境，感情所至之处，无论是虚、是实，都能使人感到真实。虚涵的手法不但使虚无的空间通过联想而似存在的实境，还可以使已在的实物"虚化"为想象中的其他事物，如桌子变成山，椅子变成门，或者明明放着桌椅而演员可以使观众认为是一无所有的荒野。这种依凭个别事物使之千变万化固然是表演艺术的一部分，但也影响了文学剧本，不少作家在这里取得幽默效果。例如南戏《张协状元》中，贫女到庙里，就有一个演员扮演一扇门，而且还唱道:"独自只作得一片门,"贫女打在他背上,他就说"蓬、蓬蓬",这扇"门"的憨厚幽默正是作者隽妙的构思。虚化的手法也是用来烘托表演中心的。人物在独白时,其他人物都"虚化",他们不能表演,他们已经不在观众眼内了。中心人物象特写镜头一样占满了观众的视觉注意。

总之,中西戏剧既有相同之处,又是十分不同的。近世以来,中西这两种不同的表演风格正在互相渗透,中国戏曲渐趋真实地表现时空,而欧洲戏剧正力求突破舞台时空,如布莱希特根据梅兰芳的经验所创造的、强调观众与舞台保持距离的"间离效果"。他坚持认为新戏剧应接受、吸取东方戏剧的经验。

第四节 中西文类比较研究

文类学(genre),也译文体学、风格学、体裁学。在研究文学和文学史时,有时按时代来分类,如"先秦文学"、"唐宋文学"、"现代文学"、"当代文学"、"文艺复兴时期文学"……有时按地区来分类,如"北欧文学"、"东欧文学"、"东北作家群"、"解放区文学"、"国家区文学"。文类学的研究对象则是按组织和结构所形成的特殊的文学形态来分类。

文类也就是文体,它在传统文学中有两层意思:其一是指"体裁"或"体类",所谓"文非一体,鲜能备善",如诗、赋、史传……其二是指"体派",所谓"文以气为主,气之清浊有体"。指文学作风、风格,如"元和体"、"西昆体"、"李长吉体"、"巴罗克"、"流浪汉小说"……文类学所研究的就是除时间、地点等外在因素之外,如何按照文学本身的特点来对文学进行分类,以及各种文类的特点及其相互关系。

文类的划分是很困难的,正如瑞士学者施泰格(Emil Staiger)所曾指出:

> 古代以来，体裁(文类)模式增加了上千倍，……一种体裁理论如果要对每一种具体的模式都能行之有效，仅就诗歌而言，它就必对民谣、歌、赞美诗、颂、十四行诗和格言进行比较，追溯每一种体裁的一、二千年的历史，然后再像寻求最小公分母那样找出这些抒情诗的共同特征。可是，这些共同的特征只会是些无关紧要的东西。而且，一旦出现了一位新的诗人，他带来一种迄今未有的新的模式，那么，刚找到的共同点顿时又会化为乌有。[①]

但是，尽管如此困难，施泰格仍然认为，只有当每一种文类都有一种公认的模式时，这种文类理论才有意义。他相信，虽然"每一种真正的文学作品都包含各种体裁的成分，只是程度和方式有别，然而，恰好正是这一定的比例的差别才造成了体裁在历史的演变中，各具姿态，互不雷同"[②]。

那么，这种"各具姿态，互不雷同"的东西是什么呢？亚里士多德认为，这就是"模仿的媒介不同，所取的对象不同，所采的方式不同"。他是从戏剧出发来研究文学理论的，认为文学艺术就是进行模仿。叙事作品所用来模仿的媒介是叙述语言；抒情诗(酒神颂)用来模仿的媒介是节奏、歌曲和韵文；悲剧和喜剧则交替地使用这三者。悲剧所模仿的对象是"比我们今天的人好的人，喜剧则是模仿比我们今天的人坏的人"。抒情诗"用自己的口吻来叙述"，史诗"时而用叙述手法，时而叫人物出场"，戏剧则"可以使模仿者用动作来模仿"。亚里士多德已经鲜明地用模仿的媒介、对象、方式将文学分为史诗(叙事作品)、抒情诗、戏剧三大文类。他还谈到"史诗纯粹是用韵文，而且是用叙述体；

[①] 《比较文学研究资料》，北京师范大学出版社，1986年，第291页。
[②] 同上。

就长短而论，悲剧力图以太阳的一周为限，或者时间不起什么变化，史诗则不受时间的限制"。因为长达一万五千六百九十三行的《伊利亚特》，一个白天朗诵不完第二天可以接着念，悲剧必须在一定的时间内演完。另一方面，史诗的情节可以延续较长的时间，戏剧的内容则比较集中，后来西方戏剧的"三一律"，规定剧中时间应以一昼夜为限，即由此发展而来。

但是亚里士多德并未提出一个清晰的划分界限，他自己提出："悲剧具备史诗所具有的各种成分"。后来歌德在他的《西东胡床集注释》中提出一种设想，他认为文学有三种自然形式，即"清晰叙述"、"充满激情"和"个性活跃"，而这正是与史诗、抒情诗和戏剧相对应的三种形态。其实，在写作方式上，除了歌德提到的"叙述"、"抒情"、"通过活跃的个性"来表达外，还可以有"说理议论"、"详细描写"等。这些不同的写作形态往往结合一起，例如一部好的小说往往也不缺乏激情的抒发、活跃的个性，以至雄辩的议论、繁富的描写。当然不同的文类可能有所侧重，但用写作的自然形态来界定文类分野显然也有很多缺陷。

歌德以降，文类的区分越来越细，划分文类的标准也更趋繁杂：

有纯粹按形式来划分的：如有节奏和韵脚的是"诗"，用对话并可演出的是"戏剧"，无韵脚而又不能演出的是"小说"。诗又可按形式分为五言诗、七言诗、十四行诗、律诗、绝句；戏剧则有独幕剧、多幕剧；小说又有长篇、中篇、短篇。但这并不能概括所有文类，还有散文诗、诗体小说、戏剧等大量"中间文类"。

有按作品预期效果来划分的："唤起怜悯和恐惧"的是悲剧，唤起憎恶和蔑视的是讽刺小说或讽刺剧，激发读者感情的是诗，引起观众惊恐不安的是恐怖电影，使读者怀有伤感情绪的是伤感小说，让读者和作者一同进行侦破和逻辑分析的是推理小说……

但是由于读者和观众的接受屏幕不同,美学趣味各异,能引起某些人恐惧、怜悯和感伤的不一定对另一些人产生同样的效果,这就使这种分类标准失去了严格的科学性。

有按创作时作家的心理状态来分类的:如席勒在他的名著《素朴的诗和感伤的诗》中,把诗分成两类,第一类,创作时,诗人存在于一种"自然的素朴状态中,由于人全部能力作为和谐的统一体发生作用,结果,人的全部天性不在现实的本身中表现出来,诗人的任务必须是尽可能完善地模仿现实"。反之,在文明的状态中,由于人的天性,这种和谐的状态只不过是一个观念,诗人的任务就必须是把现实提高到理想或者是表现理想。席勒认为这"两者之间的重大差别是十分明显的",而且"无论形式是抒情诗或史诗的,戏剧的或描述的……我们的感受都将是经常一样的"。[①] 当然,最普遍的划分标准,是按题材分类。如教育小说、田园小说、政治小说、军事小说、乌托邦小说等等。按题材分类,可以至于无限琐细。韦勒克认为单纯按题材分类是一种也可以用于社会学或其他学科的分类法,不是文学分类所应采取的。他强调说:

> 我们认为文学类型应视为一种对文学作品的分类编组,在理论上,这种编组是建立在两个根据之上的:一个是外在形式(如特殊的格律或结构等),一个是内在形式(如态度、情调、目的等以及较为粗糙的题材和读者观众范围等)。外表上的根据可以是这一个,也可以是另外一个(比如内在的形式是"田园诗的"和"讽刺诗的",外在形式是二音步的和平达体颂歌式的);但关键性的问题是接着去找寻另外一

---

① 《西方文论选》,第490~491页。

个根据,以便从外在与内在两个方面确定文学类型。①

这"另外一个根据"就是内容和表现方式的结合,例如"流浪汉小说"之所以能成为一种稳定的文类就不仅因为它以写流浪汉生活的内容,而且在表现方式方面总是依靠比较松散的结构和不断变化的场景;推理小说不仅以侦破为内容而且总是通过悬念的构造,逻辑的剖析,细节的端倪,凶手的识别来表现;哥特式恐怖小说(Gothic Novel)则总是遵循缜密的结构,少不了神秘的冒险,荒废的古堡,活动墙壁、秘密通道,荒林奔逃等等,这些文体都是根据内容与表现方式的结合来界定的,是众所公认的独立的文体。

加拿大著名文学理论家弗莱(Northrop Frye)进一步以主人公在作品中的地位作为区别文体的标准。他认为主人公在本质上绝对优于他人的是神话;不是本质上而是程度上优于他人的是浪漫传奇(Romance);优于他人,然而不能优于环境,优于命运的是悲剧史诗;主人公与他人地位相当,不相上下的是喜剧现实主义;主人公低于他人,成为嘲笑对象的是讽刺作品。他进一步以这一标准来划分小说文类,指出在浪漫传奇中,虚构世界总是高于经验世界;在讽刺小说中,是虚构世界低于经验世界;反映现实生活的历史小说则往往是虚构世界与经验世界相等。

以上划分文类的各种标准都有某一定道理,但是正如乌尔利希·威斯坦因(Urich Weistein)所说:"因为历史上的一切事物均有其相对性,实际上,在各种体裁之间要划一道截然的界限是做不到的,真正纯粹的原型永远不会出现。"尽管如此,威斯坦因同时认为:"从比较文学的角度研究文学的人将会发现,与时期、潮流和文学运动等概念一样,体裁(文类)这个概念也会开辟一个

---

① 《文学理论》,第264页。

极其富有成果的研究领域。"①

遗憾的是，威斯坦因教授本人在进行一系列深入的文类学研究之后竟得出结论："在远东国家中，迄今为止还没有按照类属对文学现象进行过系统的分类！"固然，中国古代曾经是文史哲不分，中国的戏剧和小说很晚才成为文类学关注的对象，但要说"迄今为止还没有按照类属对文学现象进行过系统的分类"则不是事实。

早在两千多年前就已经成书的我国第一部诗歌总集《诗经》，已经对诗歌进行了风、雅、颂的分类，这种分类的标准有人说是在教化作用上的不同（风：言一国之事，系一人之本；雅：形四方之风；颂：美盛德之形容），有人说是音乐曲调上的不同。无论哪一种理解，都不能否认这是一种文类的划分；赋、比、兴的分法也应该理解为按照不同的艺术功能对于诗的分类，所谓"赋"，指的是"敷陈之谓也"，"比"指的是"喻类之言也"，"兴"指的是"有感之辞也"。显然这是以表现方式为准，对诗进行分类剖析。

东汉班固撰写的《汉书·艺文志》已经按照诗歌的不同风格把赋分为"屈原赋"、"孙卿赋"、"陆贾赋"和杂赋四类，前三类，每类都包括若干风格相近的赋家和作品，"杂赋"类又按体制和题材分为"客主赋"、"行德及颂德赋"等十二种。谁也不能否认这是一种文类学的划分。

魏晋南北朝以后，我国文学与学术的分野日趋明晰，文学批评著作也发展起来。曹丕的《典论·论文》第一次展示了文体研究的层面。他提出：

> 夫文本同而末异，盖奏议宜雅，书论宜理，铭诔尚实，

---

① 《比较文学研究资料》，第278页。

第八章 比较文学视野中的诗歌、小说、戏剧和文类

诗赋欲丽。此四科不同，故能之者偏也；唯通才能备其体。

曹丕把当时流行的文体分为八类，铭、诔、诗、赋都是文学体裁，他用"尚实"和"欲丽"分别概括了这四种文类的特征。在这个基础上，陆机的《文赋》把曹丕的八类四科扩大为十类："诗缘情而绮靡，赋体物而浏亮。碑披文以相质，诔缠绵而凄怆。铭博约而温润，箴顿挫而清壮。颂优游以彬蔚，论精微而朗畅。奏平彻以闲雅，说炜晔而谲诳。"陆机强调了诗歌表现感情的内容特点，形式方面则强调其色彩丰富（绮），声调铿锵（靡）；他指出"赋"的特点是铺叙事物，它的评价标准则是清明鲜豁。他还强调了"箴"的抑扬有致清新有力；"颂"的从容洒脱，文采华茂；"铭"的高度简洁而有丰富内容；"诔"的抒发感性而悱恻动人；还有"碑"的朴实真切，富于文采。陆机所列的十类文体中，至少以上七类应属文学范围(即所谓美文)。这里包括了抒情文、叙事文、韵文和散文。陆机显然是按照不同文体的功能(如"缘情"、"体物")来分类的。

稍后于陆机，出现了挚虞的《文章流别集》四十一卷和《文章流别志论》二卷。(按《隋书经籍志》记载)。前者是一部按十一类文体编排的文章总集，后者则是专论各类文体的特点、源流和代表作的专著。所为"各为条贯而论之，谓之流别"。可惜两书均已亡佚，但从存于《艺文类聚》和《太平御览》的残篇中仍能窥见其体例，如：

> 颂，诗之美者也，古者圣帝明王，功成治定而颂声兴。于是史录其篇，工歌其章，以奏于宗庙，告于鬼神。故颂之所美者，圣王之德也，则以为律吕。或以颂形，或以颂声，其细已甚，非古颂之意。昔班固《安丰戴侯颂》，史岑为《出师颂》、《和熹邓后颂》，与《鲁颂》体意相类，而文辞之

> 异，古今之变也。扬雄《赵充国颂》，颂而似雅，傅毅《显宗颂》，文与《周颂》相似，而杂以风雅之意。若马融《广成》、《上林》之属，纯为今赋之体，而谓之颂，失之远矣。（《文心雕龙·总术》）

全书体例，大约类此：先讲某种文体的定义，其形成的来由，有哪些代表作，再讲其历史演变，发展趋势，与他种文类的区别。这应是中国文体论的一部扛鼎之作。

继《文章流别志论》之后，《文心雕龙》成为我国文类研究的一个高峰。《文心雕龙》首先从形式入手，按有韵和无韵把文体分为"文"和"笔"两大类。刘勰说："今之常言，有文有笔，以为无韵者笔也，有韵者文也。"（《文心雕龙·序志》）《文心雕龙》共有文体论二十篇，前十篇论"文"，包括"明诗"、"乐府"、"诠赋"、"颂赞"、"祝盟"、"铭箴"、"诔碑"、"哀吊"、"杂文"、"谐隐"。后十篇论"笔"，包括"史传"、"诸子"、"论说"、"诏策"、"檄移"、"封禅"、"章表"、"启奏"、"议对"、"书记"。其中每一篇都是根据"原始以表末，释名以章义、造文以定篇、敷理以举统"的内容来逐步论述。也就是说先追溯某一文体的起源和演变，解释其名称和含义，选出有代表性的名称阐述其写作原理和方法。这样，就继"文章流别志论"之后，为中国文体研究创立了一较为完整的体系。

《文心雕龙》在文类学上的重大贡献，不仅是沿曹丕、陆机、挚虞的传统，总其大成，以"功能"为标准，建立了三十四种文类的系统，更重要的是他在这个系统之外，创造性地提出了"体性"的新的研究层面。他在《体性》篇中提出，由于"才有庸儁，气有刚柔，学有深浅，习有雅郑"，也就是说，才智有平庸或杰出，气质有刚强或柔婉，学问有深有浅，习染有雅有俗，作者根据不同的情性、知识和习染进行写作就形成了文章的千变万化，各不相同，所谓"各师成心，其异如面"。例如"贾生俊发，故文洁而体清"，贾谊才高，雄姿英发，所以文章高洁清雅；"长卿傲诞，故理侈而辞溢"，司马相如高傲狂放，文章不免虚浮夸饰；"子云沉寂，故志隐而味深"，杨雄沉静深思，故文章隐晦深沉；"子政简易，故趣昭而事博"，刘向简朴平易，故文章事理丰富而简明易懂；……刘勰一连举了十二位著名诗人、散文家为例，说明"才、气、学、习"所形成的个人才情气质如何决定了他们写作的不同风格。刘勰把这些复杂多样的风格归纳简约为"八体"："总其归涂，则数穷八体：一曰典雅，二曰远奥，三曰精约，四曰显附，五曰繁缛，六曰壮丽，七曰新奇，八曰轻靡。"又可以分为相对的四组：

一、典雅和新奇。典雅指引经据典，风雅蕴藉；新奇指"槟古竞今"，标新立异。这是以继承传统和创新的程度为标准来划分的。

二、壮丽和轻靡。壮丽指立论卓越，体制宏伟，文采辉煌；轻靡指"浮文弱植，缥缈附俗"，也就是文辞浮华，飘忽无根。这是从内容与表达方式的结合来考虑分类。

三、远奥和显附。远奥指文章深沉不露，内容玄思深奥，显附指情理浅显，易于接受。这也是从内容和表达方式的结合来考虑分类的。

四、繁缛和精约。繁缛指喻众辞多，文采华丽（"博喻酿采，炜烨枝派"），精约指"核字省句，剖析毫厘"。这一组似着重于形式，但"博喻""剖析"仍与内容有关。

刘勰认为文章的变化都在这范围之中了："文辞根叶，苑囿其中。"（《文心雕龙·体性》）刘勰根据作者个性气质形成的不同风格，总结出八体，四组相对的文体风格，对我国文类学，甚至世界文类学都是一个重大贡献。

由此可见，中国完全不是"还没有按照类属对文学现象进行过系统的分类"，恰恰相反，在中国源远流长的文学传统中，不仅对文学现象进行过多种详尽的分类的尝试而且对于如何分类和分类的意义及标准也进行过长期研究。形成了系统的理论。当然由于中国的文学发展是从抒情诗开始而且长期以抒情诗为主，又由于儒家"文以载道"的传统的影响，各类应用文体如论、说、碑、奏之类占重要地位，因此，中国的文类学在研究诗词歌赋等文学文体却直到现代才成为文类学研究的对象，这不能不说是中国文类学的一个很大局限，但不能因此就否认中国文类学的存在；正如始于希腊的西方文类学一向着重于模仿生活的戏剧和叙事文体，对于抒情诗则缺少丰富细致的文类学研究，也不能因此而否定西方的文类学的存在一样。事实上，中国的文类学家如刘勰，他不仅探索了划分文类的多种标准，而且还界定了各种文类的定义(如"诗者，持也，持人情性"，"乐府者，声依永，律和声也")；研究了各种文体的区别(如"风雅序人事，颂主告神")；研究了各种文体的相互关系(如"乐词曰诗，诗声曰歌")；探讨了各种文体的渊源(如"赋送歌赞，《诗》立其本，铭诔箴祝，《礼》总其端")等等；他还论及各种文体的变化，比较分析了各种文体的作家作品。中国文类学显然是一个不容抹煞的客观存在。

第九章 比较文学视野中的文学理论

由于世界已经进入信息时代，人们的眼界日益开阔，交往日益频繁，世界文化正在走向综合，人们已不再满足于自己的理论只适用于地球一隅，而要求它能解释全球各种不同体系的文学现象。一种文学理论，如果它是普遍的，就不仅要能解释西方文学现象，而且要能解释东方文学现象。韦勒克于1970年就曾经提出从国际角度建立全球文学史和文学学术的理想。他认为："比较文学本身就是从国际的角度来研究一切文学，并认为一切文学创作和经验是统一的。"[①] 首先，文学创作是统一的，因为人类有着共同的体验形式——欢乐和忧伤，希望和绝望，离别和聚合，生与死爱与恨，祸与福等等；也有着共同的生命形式——个人与个人，个人与社会，男人与女人，人与自然，人与历史，人与命运等等。尽管内容千变万化，但这些共同的形式却在全部世界文学历史中反复出现；其次，文学经验是统一的，因为任何一种文学都必须回答"文学是什么"（文学的本体），文学存在的价值（文学的功能），文学存在的特殊形式（文学的方法）以及诗人的"感受方式"、"诗意境界"、"语言意象"的特点等等。正因为"一切文学创作和经验是统一的"，从全球角度来探索文学的共同特点和规律才成为可能。

[①] 韦勒克：《比较文学的名称与性质》，见《比较文学研究译文集》，第144、145页。

然而，又没有哪一种文学能够把文学的各个层面都完全体现出来，而往往只能着重体现它的某一层面。例如中国古代的文学理论和美学几乎都以抒情诗为主要根据。中国戏剧的发展和成熟较之抒情诗要晚一千多年，元明戏剧可以说就是千百首诗歌的汇集，小说也处处留有诗歌的痕迹。西方文学理论却一开始就以史诗和戏剧为主要对象。因此，中国文学理论着重讨论情感的抒发、诗意的领悟、诗的音质、节奏等等，而西方文学理论一向集中于讨论故事的布局结构、对主客观世界的模仿、剧情和角色的塑造等方面。正是在这种意义上，著名比较文学学者、美国哈佛大学比较文学系主任克劳德·纪延（Claudio Guillen）才强调说："只有两大系统的诗歌互相认识，互相观照，一般文学中理论的大争端始可以全面处理。"①

当然，由于术语、概念、欣赏习惯、心理结构、哲学体系的不同，不同文化系统中的文学理论的比较研究是比较文学中最困难的课题，以至有些西方学者认为："只有在同一文化系统中，才能找到那些有意无意共同支持着的共同元素"②，在不同文化体系中进行理论的比较几乎是不可能的。但是，正因为困难，企图从不同文化体系中找到共同的文学理论因素，探讨不同文化体系的文学如何从不同角度来回答文学的基本问题，才是当前比较文学研究最有意义、最激动人心的课题。

第一节 中西诗学关于文学存在方式的探讨

研究文学理论首先碰到的就是文学作品的"存在方式"问题，也就是文学的"本体"，文学是什么的问题。

---

① 转引自叶维廉：《比较文学丛书·总序》，东大图书公司，1985年。
② 威斯坦因：《比较文学与文学理论》，印第安那大学出版社，1973年，第7页。

从中国来说,"文学"二字虽是见于诸子百家,如荀子《非相》:"将论先志,比举文学邪",墨子《非命》:"凡出言谈由文学为之导也"。但真正具有一般公认的文学意义的"文学"二字是从南北朝宋代范晔(398—445)的《后汉书·文苑传》开始。他在《文苑传赞》中说:"情志既动,篇辞为贵"。前一句是从内容来说明文学是由感情和心志的活动所生;后一句是从形式来说,要求文学要有一定的篇章结构和辞藻之美。梁代萧子星作《南齐书》,更进一步立"文学传",指出:"文学者盖情性之风标,神明之律吕也。蕴思含毫,游心内运,放言落纸,气韵天成;莫不禀以生灵,迁乎爱嗜"。这里,"情性之风标","蕴思含毫,游心内运","禀以生灵,迁乎爱嗜"指的是内容;"神明之律吕,放言落纸,气韵天成"指的是形式。前者与《毛诗大序》所说的"在心为志,发言为诗,情动于中而形于言",《礼记乐记》所说的"诗、言其志也,歌、咏其声也;舞,动其容也"一脉相承;后者则与《说文解字》:"文,错画也,象爻文";《文雅·释诂》:"文,饰也";《释名·释言语》:"文者,会集众采以成锦绣,会集众字以成词谊,如文绣也";相呼应。

在西方文学中也有类似的说法。例如著名的罗马诗人贺拉斯(Horatius,公元前65—公元8年)在他那篇《诗艺》中就曾强调:大自然"使我们能产生快乐的感情,又能促使我们忿怒,时而又以沉重的悲痛折磨它们,把它们压倒在地上,然后,她又使我们用语言为媒介说出它们心灵的活动"。他同时也强调要"文辞流畅,条理分明",要使表达能够"尽善尽美"。[1]

魏晋南北朝时期,由于玄学的兴起,儒家哲学思想"定于一尊"的崩溃,特别是由于佛教的传入,中国文学理论有了极大的发展,对于"文学的存在方式"也产生了全新的见解。魏晋时人

---

[1] 《西方文艺理论名著选编》,北京大学出版社,1985年,第98、99页。

企图从更高、更概括的普遍性形式来说明"文学是什么"的问题。他们指出文学艺术要以具体有形的艺术形象来寄托无形无象的"心"、"神"。谢灵运在他的《佛影铭序》中首先提出艺术的要义就在于"象形"和"传心"。王融在《皇太子哀策文》中说:"寄灵心于万象,增恋恋于国都",提出"心"和"象"的问题。刘勰在《文心雕龙·序志》篇中,系统地谈到文学应是将作者的心志寄寓于物象的一种表现:"文果载心,余心有寄"。他又在《神思》篇中提出:"神用象通,情变所孕",是说心神通过形象而得以表现,在《比兴》篇中提出"拟容取心"即模拟事物的容貌以寄托作者的情思,都是指通过具体个别来表现一般,通过有形来表现无形。

中国历代文论中反复阐发的"形"与"神"、"情"与"景","一"与"万","隐"与"秀"也都与文学的这一存在方式密切相关。

"形似"和"神似"是中国传统画论和文论中的一对重要概念。从文学方面来说,"形似"指具体形象的刻画,如刘勰所说:"自近代以来,文贵形似,窥情风景之上,钻貌草木之中。"(《文心雕龙·物色》)《诗眼》曾解释说:"形似之意,盖出于诗人之赋,萧萧马鸣,悠悠旆旌是也。古人形似之诗,如镜取形,灯取影也。"[①] 相对而言,"神似"指通过具体形象对抽象的,难于捉摸的内心精神特征的摹写。我国文论一向强调"以形写神"、"形神兼备",要求做到"意得神传,笔精形似"(张九龄:《宋使君写真图赞并序》),即通过逼真的外形特征来表现内在的精神实质。

"情"和"景"从另一个层面谈"心"与"象"的问题。王国维曾指出:"文学中有二原质焉;曰景,曰情。前者以描写自

---

① 转引自许文雨编:《钟嵘诗品讲疏》,成都古籍书店,1983年,第54页。

然及人生之事实为主，后者则从吾人对此种事实之精神的态度言。"情和景的关系应是情中有景，景中寓情。如王夫之在《姜斋诗话》中所说："情景虽有在心在物之分，而景生情，情生景，哀乐之触，荣悴之迎，互藏其宅。""神于诗"者，应是"妙合无垠"。这种"妙合无垠"的境界可以是"景中情"，也就是王国维所说"无我之境"，"我之情"不以"我"的面目出现，而以"物"的面目出现，亦如王夫之在《古诗评选》中所说的"语有全不及情而情自无限者"，如贾岛的"秋风吹渭水，落叶满长安"。也可以是"情中景"，一切景物都带上作者的主观色彩，客观景物被主观化了，如王国维在《人间词话》中所说："以我观物，故物皆着我之色彩"。如杜甫的"感时花溅泪，恨别鸟惊心"，"花"、"鸟"都显示出诗人的主观色彩，而不再是以客观的景物来表现内在的思想感情。

刘勰在《文心雕龙·物色》中提出"一言穷理"，"以少总多"的问题，也就是要以"个别"概括"一般"，从具体的"有限"中来表现抽象的"无限"。如苏轼的诗："谁知一点红，解寄无边春。""一点红"是具体的"有限"，"无边春"则是抽象的"无限"。这和唐末司空图在《二十四诗品》"含蓄"一品中所说的"浅深聚散，万取一收"；明代谢榛在《四溟诗话》中所说的"以数合而统万形"都是一致的，都是讨论在独特的"个别"中概括更广泛的"一般"的问题。

"隐"、"秀"也是刘勰提出的一对特殊概念。《文心雕龙·隐秀》篇说："情在词外曰隐，溢目前曰秀。""隐"应是在具体的"描写层次"之上的"言外之意"，故刘勰说："夫隐之为体，义生文外，秘响旁通"，"秀"指的则是具体的描写层次，是外露的，可见的，故"秀以卓绝为巧"。它的作用是以具体的物、象、容、貌引导读者，触发读者去感受那在广泛联想中方能领会的心、意、情、志。可见"隐"与"秀"所讨论的是具体的语言形象和言外的"秘响旁通"。

总之,"形"与"神"、"情"与"景"、"一"与"万"、"隐"与"秀"都是从不同角度强调通过艺术形象反映思想情志,这一文学的实质,亦即文学的"存在方式"。

西方文学理论也认为通过个别形象反映一般情思正是文学的特点。例如巴尔扎克就曾说过:"艺术作品就是用最小的面积惊人地集中了最大量的思想"①,又说"(演员)只用一种表情就传达出一个史诗场面的全部诗意"。黑格尔在他的多卷本《美学》中更是强调真正艺术的独创性产生于"艺术家的主体性"与"表现的真正的客观性这两方面的统一",他强调:艺术家作为主体,"必须使自己与对象完全融合在一起,根据他的心情和想象的内在的生命去造成艺术的体现"。黑格尔又以歌德的《牧羊人的怨歌》为例,指出"作者的心",是"凝聚的,紧缩的。为着要使旁人的心可以了解它,于是把自己反映到完全有限的外在的情况和现象上去"②,"牧羊人的愁苦怅惘的心情,流露于几笔关于纯然外在的事物的描写,它显得是沉默的,发不出声音的,但是他的极端凝聚的深刻的情感仍然在无言无语之中透出声响来"。黑格尔把这首《牧羊人的怨歌》称为"最优美的短歌","最美的例子"。③

由此可见,西方文论与中国文论一样,都是把文艺的根本性,或文学的"存在方式"归结为:以有限的客观具体形象表达无限的主观的抽象情思。用中国文论的概念来说,这就是"神用象通"、"拟容取心"、"以形写神"、"情景交融"、"万取一收"、"秘响旁通";用西方文论的概念来说,这就是"以最小面积'集

---

① 巴尔扎克:《论艺术家》,引自《古典文艺理论译丛》第10辑。
② 黑格尔:《美学》,商务印书馆,1979年,第366页、369页。
③ 《美学》第1卷,第367页。

中'最大量的思想",就是给内在的精神世界寻求真实的外在形象。使"极端凝聚的深刻情感"在"纯粹外在的事物描写中","发出声响"。

但在这些基本的相同中又有不同之处。例如中西文论都强调艺术文学的特点就是要"使一般的东西外观为特殊的样式","从个别形象'表现'内在心灵的需要"。如何才能实现这一过程呢？中国文论强调的是自内而外的"虚静",陆机在《文赋》中讲艺术构思时,首先强调的就是："其始也,收视反听,耽思旁讯"。李善注说："收视反听,言不视听也。耽思旁讯,静思而求之也"。"虚静"也就是"静观"。朱熹说："不虚不静,故不明,不明故不识。若虚静而明,便识好物事。虽百工技艺做得精者,也是他心虚理明,所以做得来精。心里闹,如何见得？""虚静"的目的是为了自内而外地,不受干扰地纵情想象万象万物,做到"神与物游","意静神旺",正如苏轼在《送参廖师》中所说的：

欲令诗语妙,无厌空且静。
静故了群动,空故纳万境。

也就是说必须"虚静",才能自内而外地驰骋想象,纵观万物,以至"洞观肌理",而"幻出奇诡"。西方文论强调的则是由外而内地寻求能以表现"内在心灵需要的"特殊个体"。黑格尔把这种"特殊个体"称为"情境"。他强调说：

情境一方面是总的世界情况经过特殊化而具有定性,另一方面它既具有这种定性,就是一种推动力,使艺术所要表现的那种内容得到有定性的外现。特别是从后一个观点看来,情境供给我们以广阔的研究范围,因为艺术的最重要的一方面从来就是寻找引人入胜的情境,就是寻找可以显现心灵方面的深刻而重要的旨趣和真正意蕴的那种情境。①

黑格尔用了很多篇幅来讨论如何找到这种能显现心灵、能引人入胜的"情境",并认为这种一定的情境可以进一步推动或深化内容的外现。

由于这种重点在由内而外的追求"虚静",与重点在由外及内的寻找"情境"的不同,西方文论在求真方面作了详尽的论述。黑格尔在他的《美学》中认为艺术作品的客观性并不决定于它是否符合外在的历史的细节,而且指出:纯然外在的客观性不能揭示内容的完满的实体性,艺术家就不应致力于此,但他所强调的仍是通过心灵的活动把自在自为的理性的东西从内在世界揭发出来,使它得到真实的外在形象。是"真正的客观性",是"本身轮廓鲜明的具有定性的现实"。因此他认为:艺术家之所以为艺术家,全在于他认识到真实。而且把真实放到正确的形式里,供我们观照,打动我们的情感。黑格尔并且进一步强调这种真实的外在事物应该是"清晰的"、"透明的",应该"完完全全"地把内心的情感与情欲"真实而鲜明"的表现出来,而不应只是"隐约地加以暗示"。他认为:"最高尚最卓越的东西都不是什么不可言说的东西,认为诗人在作品里所表现的之外,还有较深刻的东西那是不正确的,作品就足以见出艺术家的最好的方面和真实的方面。"② 与黑格尔的思路相类,西方文论中无论是主张文学反映社会现实的模仿理论或是强调文学反映作家心灵或灵魂的表现理论,无不强调这种反映的真实,例如约翰逊(Samuel Johnson)称赞莎士比亚的戏剧为"人生的镜子"③,歌德在《少年维特

---

① 《美学》第1卷,第254页。
② 黑格尔:《美学》,第352、369页。
③ 转引自刘若愚:《中国文学理论》,联经出版公司,1982年,第89页。

的烦恼》中说:"如果你能将如此活生生,如此温暖地存在你心中的东西,抒发在纸上,因此它可能变成你灵魂的镜了,正如你的灵魂是无限之上帝的镜子一样"。①这里,镜子的意象都是指真实而完全的反映。

中国文论则用很多篇幅讨论"不似之似",讲究作诗"贵乎同不同之间;同则太熟,不同则太生",须能"近而不熟,远而不生"(《四溟诗话》)。这里讲的"同"和"不同"指的就是与客观实在的"同"与"不同",也就是"真"与"不真"。太真了,缺乏韵味,太不真了,又觉生疏,因此关键在于真与不真之间。中国文论总是避讳太实太真,而强调"不涉理路,不落言筌","不著一字,尽得风流",追求在含蓄中得到直觉的感悟,而不是在清晰、透明的真实中呈现无余。叶燮认为:

> 诗之至处,妙在含蓄无垠,思致微渺,其寄托在可言不可言之间。其指归在可解不可解之会。言在此而意在彼,泯端倪而离形象,绝议论而穷思维,引人于冥漠恍惚之境,所以为至也。(《原诗》下篇)

正因为中国文论最重视的不是"清晰透明"的外在真实而是含蓄无限的内在的感悟,所如王维往往把不同季节的桃杏、芙蓉、莲花同画一景,甚至在《卧雪图》中画了雪里的芭蕉。这种时序的错乱,违悖客观真实并不为世所诟病,反而传为美谈;王士祯说他"九江枫树几回青,一片扬州五湖白;下连用'兰陵镇'、'富春郭'、'石头城'诸地名,皆辽远不相属",这种空间的不符实际也无关大局,因为"大抵古人诗画,只取兴会神到,若刻舟缘木求之,失其指矣"(《池北偶谈》)。即是关于"镜子"这一意象

---

① 转引自刘若愚:《中国文学理论》,联经出版公司,1982年,第95页。

的应用，在中西文论中，其意义也迥然各异。如上所述，西方文论中镜子的比喻是用其反映之逼真。中国文论中镜子则取其空幻不真，不偏不倚，而能容纳"万景七情"。严羽在《沧浪诗话》中所说的："其妙处莹彻玲珑，不可凑泊，如空中之音，相中之色，水中之月，镜中之花"，一连四个比喻显然都是强调空幻不真，才有"韵外之致"。惟其空幻，以至于"无我无物"，才能接纳"万景七情"。这和西方文论中强调如实反映的镜子意象是很不相同的。

但是，事物总是在不断发展的。从进一步发展了的中西文化来看，人们对于文艺的本体，对于文学特殊的"存在方式"的认识，越来越靠近，但其侧重点和表现形式则各不相同。如果说黑格尔仍然坚持形式的和内容的两分法，仍然强调"情境"就是能以之揭示内心世界的"真实的外在形象"，就是"具有定性的"外在"现实"，那么以现象学为哲学基础的法国美学家杜夫润(Mikel Dufrenne)和波兰美学家英加登(Roman Ingarden)则强调认为："作者全力以赴的不是描写或模仿某一预先存在的世界，而是唤起一个他所再创造的世界。"这个"再创造的世界"或称为"创境"(Created World)，在现实世界中并不存在，它是现实世界的一种扩展。英加登指出：这样一个"表现出的对象"(Represented objects)既不能"与真正存在的真实对象的存在特性(Ontic character)视为同一"，又不能认为它"毫不具有现实的特性"。① 它只是"现实的扩展"而不是非现实的。刘若愚对这个问题曾有独到的解释，他指出：

……"世界"是指"实在的"或时空的世界，包含自然

---

① 杜夫润：《现象学与经验美学》，1974年英译本第177页；英加登：《文学艺术作品》，1973年英译本第218页。

世界与每个人所生存的人类社会或文化世界，外界与自我的交互作用构成每一个人的经验世界或生存世界。在创造的过程中，作者探索他本身的"生存世界"，以及在他的想象中的其他的、可能的世界，而从这种探索中，他创造出一个境界，那是以字句结构表现出来的。这个"创境"在现实世界中并不，且永远不存在；它最初存在于作家的意识中，而一旦被创造出来，则可能地存在于时空之外，让读者的意识再加以创造出来。如此，从一件作品的字句结构中呈现出来的境界与作家的"生存世界"并不一样，后者只不过为作品的创造提供机缘（occasion）而已；那是他的"生存世界"与创造经验融合而因此变质。[1]

总之，在杜夫润和英加登看来，文学的本体或存在方式，就是从字句结构中呈现出一个与作者的"生存世界"和客观的"时空世界"都不相同的"创造出来的世界"。这个创造过程是一个语言化（Verbalization）的过程，它包含对作为艺术媒介的语言的种种可能性的探索，与独特字句结构的创造。英加登进一步把这个文学本体分成四个层次来研究：第一个层次是语音层次（Word sound），即语言的声调形成。第二个层次是"意群"，或译"意义单元"（Meaning unit），即这些语音所形成的意义。第三个层次是"图式化的各个方面"（Schematized aspects），或译"系统方向"即由各意义单元所表现出来的事态和意图所形成的各方面的关系，及其可能的发展。也可以理解为一种框架。第四个层次是"被表现的客体"。（Represented objects），或译"客体所体现的世界"即客观事物在作品中存在的样态。英加登认为这四个层次是任何作品都必有的，但还有另一个层次仅仅出现在伟大作品

---

[1] 刘若愚：《中国文学理论》，第308页。

之中,这就是所谓"形而上的品质"(Metaphysical Qualities),即崇高、悲剧性、恐怖、动人、莫名、超凡、神圣、罪恶、悲伤、无法形容的幸福的宁静,以及怪诞、妩媚、光明、和平。这些品质不是对象物的特性、品性或精神状态,但在环境和事件中表现出它们的存在。

英加登之所以把文学本体分为这样一些层次,就是为了在不确定之中来寻找确定。正因为上述形而上的"品质"是最不确定的层次,英加登并不把这一层次看作文学本体的必要组成部分。他认为第三、四个层次所合成的"被表现客体",其系统方向和存在样态都是客观存在的,但却留有大量空白,要由读者运用自己的想象去填充,因此这一层次常因人而异,是又确定、又不确定的。而"语音"和"意群"则大体属于确定的范围。

以英加登为代表的这种文学本体论与中国文论中的文学本体论更为接近。

中国文学本体论也常把文学作品分解为不同的层次,这种分解最早可以追溯到《易经》的《系辞》。《系辞下》在谈到"乾坤"时曾说:"其称名也小,其取类也大,其旨远,其辞文,其言随物屈曲而各中其理也。"(《周易·系辞下第八》)韩伯康注曰:"托象以明义,因小以喻大。"司马迁第一次用这句话来评论屈原的《离骚》,说:"其称文小而其指极大,举类迩而见义远。"(《史记·屈原贾生列传》)后来刘勰在《文心雕龙·比兴篇》中又沿着司马迁的思路再次提到这句话。这句话原意当然不只是谈文学,但却在中国文论中产生了深远的影响。按这句话的内容可以分为五个层次:名、类、旨、辞、言。"名"指"托象以明义"中的象,即外在的物象;"类"指事类,即物象所包含的事实;"旨"即抽象的含义;"辞"是辞章文饰;"言"是能准确表现的语言。显然"言"、"辞"属于语音和意义单元的层次,"名"、"类"属于被表现客体的层次,"旨"则表现一种形而上的抽象做文章的层次,《易传·系辞传》又进一步提出"书不尽言,言不尽意"、"圣人立象以尽意"。明确提出"言—象—意"三个层次。王弼在《周易略例·明象》中解释说:

> 夫象者,出意者也;言者,明象者也。尽意莫若象,尽象莫若言。言出于象,故可寻言以观象;象生于意,故可寻象以观意。意以象尽,象以言著。故言者所以明象,得象而忘言;象者所以存意,得意而忘象。……是故,存言者,非得象者也;存象者,非得意者也。象生于意而存象焉,则所存乃非真象也;言生于象而存言焉,则所存乃非真言也。然则,忘象者,乃得意者也,忘言者乃得象者也。得意在忘象,得象在忘言。故立象以尽意,而象可忘也,重画以尽情,而画可忘也。

这一"得意忘象","得象忘言"的命题对于中国文论有极其深远的影响。

我国发端于唐代,兴盛于明清的"意境说",就是在"言—象—意"三层次的基础上的一种新发展。唐代著名诗人刘禹锡说:"境生于象外"(《董氏武陵集记》),释皎然说:"缘境不尽曰情"(《诗式》)。这里,"言—象—意"被"象—境—情"所代替。其他如"肉—骨—神",以及绘画六法中所讲的"气韵—骨法—形色、构图"等也都与此相类。

从"象—境—情"来看,显然,"境"并不同于"象",也不同于"景"。它产生于"象"外,是"象外之象,景外之景","境"一方面产生于实际存在的"象"和"景";另一方面,它又不同于客观存在的"象"和"景",这就是英加登所说的作为"现实的扩展",它是艺术家所创造的"创境"。这个"创境"由客观的"实景"与作者主观的"幻景"结合而产生。清代画家笪重光在《画筌》中指出:"实景清而空景现","真境逼而神境生"。"空景"和"神境"也就是前面所引刘若愚讲的"作者探索他本身的'生存世界'"和"想象中的其他的、可能的世界"而创造出来的"境界"。这种"境界"存在于时空之外,可以让"读者的意识再加以创造出来"。中国文论很早就强调了这种读者的再创造。如《苕溪渔隐丛话》引《迂叟诗话》说:"古人为诗,贵于意在言外,使人思而得之",也就是宋代梅尧臣所说的"作者得于心,览者会以意"。任何好诗都必须读者能够"会意"。由于读者的"会意"不同,对诗的所得也不同。这就是王夫之在《姜斋诗话》中所说的"作者用一致之思,读者各以其情而自得"。人情之游也无涯,而各以其情遇,斯所贵于有诗"。这和英加登所提出的在"系统方向"与"被表现客体"中留有大量空白,由读者自去填充也有某些相类之处。中国诗论一向强调"言外之意"、"韵外之致",讲求"不著一字,尽得风流","言有尽而意无穷",须有"言外之味,弦外之响",才是第一流作品的境界。这与英加登认为"形而上的品质"应是作品追求的最高标准也相契合。

但是,英加登等人关于作品本体的讨论与中国文论中关于作品本体的讨论却有两点根本的不同。第一,英加登等人的着眼点是在不确定中寻求作品的确定性,力图从变动不居的,因读者"会意"不同而不断变化的作品中找到固定的层次,因此他特别重视不变的语音、意群以及在他看来充满空白和不定点的"被表现客体"层次;中国意境说的着眼点则是在确定中探求不确定,"得意忘象","得象忘言",一旦悟到了那不确定的"形而上的品质",就应抛弃那确定的"言"和"象"的束缚,而"不确定"的获得正是以"确定"的被突破为前提。因此曾经是作为一个重要层次的"言"、"辞",在文学本体的结构层次中逐渐衰减,有时甚至消失。(当然不是说中国文论不再重视"言"、"辞"的锤炼，这里只是说它不再作为文学本体的一个重要层次。）第二，现象学文论强调的是"被表现客体"的空白和不定点；中国文论中"意境"的"境"和"境中之意"却是丰满自足的整体。它能引起一种所谓"二度直觉"，使读者能完整地直接领悟到作者所构造的"境外之意"，而无须对"境"作填补式的分剖。

总之，从古到今，中西文论对于文学的存在方式，即文学本体的解释虽然千差万别，但我们仍能寻找出一个基本的共同架构，那就是刻意运用语言，通过客观世界和作者的主观世界的相互作用营造一个"创造的世界"，这个世界既源于现实世界，又不同于现实世界，它是现实世界的扩展。

第二节 中西诗学关于文学存在理由的探讨

文学存在的理由即文学的功能，这也是文学理论的一个重要方面，它回答为什么要有文学。

美国学者艾布拉姆斯（M. H. Abrams）认为由于对文学的不同要求，也就是对文学功用的不同理解，构成了不同的文学批评模式：

第一种：作品反映世界，模仿世界，让人们认识世界

亚里士多德《诗学》开宗明义第一章就强调一切艺术都是模仿，只是"模仿所用的媒介不同，所取的对象不同，所采的方式不同"。但这里所讲的模仿并不等于机械地反映或"如实再现"。而是一种创造活动。因此，亚里士多德又说：

> 艺术就是创造能力的一种状况，其中包括真正推理的过程。一切艺术的任务都在生产，这就是设法筹划怎样使一种可存在、也可不存在的东西变为存在，这东西的来源在于创造者而不在所创造的对象本身；因为艺术所管的既不是按照

必然的道理即已存在的东西也不是按照自然终须存在的东西……创造和行动是两回事，艺术必然是创造而不是行动。①

模仿与创造似乎矛盾，但亚里士多德所强调的就是要创造性地模仿世界，这种创造性就表现在不仅"描述已发生的事"，而且也"描述可能发生的事"。也就是说文艺不能只模仿偶然性的现象，而且要揭示现象的本质及其发展的可能。亚里士多德关于文学模仿世界的这些理论对西方诗学的发展具有极其深远的影响。17世纪，以布瓦洛（Boileau Despreaux）为代表的新古典主义强调"艺术模仿自然"，稍后的维柯（Giovanni Battista Vico）指出儿童的行动主要是模仿，"他们一般都在模仿自己所能懂得的事物来取乐"。这就必然是诗的活动。"因为诗不是别的，就是模仿。"其后直到车尔尼雪夫斯基的"生活美学"和列宁提出的反映论都认为文学是对客观世界的创造性的模仿或再现。

中国文论也有认为文学的功能在于反映世界的，但这不是一个西方文论所习惯的实体世界而是"道"的世界，"气"的世界。"道"是万物的本原，是能够"变化遂成万物"（《荀子·哀公篇》："大道者所以变化遂成万物也。"）的东西。"气"就是"元气"，"元气"分阴阳二气，二气陶化，"万物生焉"（《达庄伦》）。文学的功能在于显示这种宇宙的原理，所以刘勰在《文心雕龙·原道》中说："故知'道'沿圣以垂文，圣因文而明'道'。"文学（文化）的作用就是把化生万物的"道"加以阐明，并传诸后世。钟嵘《诗品序》说："气之动物，物之感人，故摇荡性情，形诸舞咏。"这就是说宇宙元气构成万物，推动万物变化，形成了艺术（舞咏），艺术因此天生就反映着这种原始的"气"。可见文艺首

---

① 亚里士多德：《伦理学》第6卷第4节，转引自《西方美学史》，人民文学出版社，1963年，第54页。

先反映着这种构成世界的形而上学的"道"和"气"。同时,另一方面,文学也反映着"道"和"气"所构成的形而下的实体世界。例如《乐记》所描述的:"治世之音安以乐,其政和;乱世之音怨以怒,其政乖;亡国之音哀以思,其民困。"《毛诗·大序》也说:"至于王道衰,礼义废、政教失,国异政,家殊俗,而变风变雅作矣。"正因为文学有这些反映客观世界治乱兴衰的功能,所以才成为统治者治国安邦的重要参考。孔子说诗"可以观",郑玄解释说指"观风俗之盛衰",朱熹解释说这是指诗可以"考见得失"。

总之是从《诗》和音乐中听出了道德风尚,风俗民情和政治得失。正因为文学有这种反映社会的功能,孔子才说:"诗可以观"。

可见中西文论都承认文学有模仿或反映世界,提高人们认识能力的功能。所谓"世界"包括客观世界、主观世界、理念世界、道德世界等等。但西方文论谈得最多的是一个具体存在的实体世界,而中国文论所强调的则是一个形而上的、总体的、偏重于道德风尚和抽象关系的虚实相生的世界。而且西方的模仿多少带有人为的、自觉去仿照和创造的意思,中国文论则强调世界在诗歌中的自然流露。美国学者孟而康认为:"'模仿'一词的涵义是极难用东方语言表述的。"西方文论中的"模仿"一词与"创造"、"表现"等意思密切相关而不只是汉语一般意义上的"依照"。但即使如此理解,这和中国文论中讲的"道沿圣以垂文"的"沿"和"垂","摇荡性情,形诸舞咏"的"形",也是很不相同的。

第二种:作品抒发作者情怀,引起读者共鸣,起一种情绪宣泄的作用。

许多中西文论家都认为文学的功能在于抒发作者自己的欢乐或郁积,尤其是后者。亚里士多德在《诗学》第六章中强调悲剧的目的在于使感情得到"净化"或"宣泄"(Catharsis)。韦勒克认为亚里士多德的意思是说"文学的功用在于松懈我们(既包括作者,也包括读者)被压抑的情感;情感的表现就是从情感中解脱。据说歌德就是要借写作《少年维特之烦恼》而把自己从悲观的痛苦中解脱出来的。这种写和读文学作品是为了从痛苦中得到解脱的理论在西方文论中有很多表现。钱钟书先生在他那篇著名的演讲《诗可以怨》中谈到"福楼拜以为珠子是牡蛎生病所结成,作者的文笔却是更深沉的痛苦的流露",豪斯曼(A. E. Housman)说:"诗是一种分泌(a secretion),不管是自然的分泌,像松杉的树脂,还是病态的分泌,像牡蛎的珠子。"①后来,弗洛伊德强调:"一篇作品就像一场白日梦一样,是幼年时曾做过的游戏的继续,也是它的代替物。"②萨特则认为:"艺术创作的动机之一,当然是某种感觉上的需要,那就是感觉到人与世界的关系中,我们是本质的……我们在作品中认出来的,正是我们自己的历史、自己的爱和自己的欢乐。"③ 20 世纪初期的超现实主义把这种理论发展到了极致。布勒东(Andre Breton)1924 年在他的《超现实主义宣言》中提出,文学就是要把人的意识从逻辑和理性中解放出来。1929 年,在超现实主义的第二篇宣言中,他又再次强调作家必须"旋转下降",进入探索自我的隐秘的领域,亦即潜意识的领域。西方马克思主义者特雷·伊格尔顿认为"一切文学作品都包含一个或几个这样的'潜本文'"(Sub Text)。它在作者的意识之外,盲目地反映着作者的"本我"。

总之,这一切理论都是强调文学是作者的自我表现或自我抒

---

① 《诗的名称与性质》,见卡特(J. Carter)编:《豪斯曼散文选》,1961 年,第 194 页。

② 弗洛伊德:《创作家与白日梦》,见《西方文艺理论名著选编》下卷,第 9 页。

③ 萨特:《为何写作》,见《西方文艺理论名著选编》下卷,第 94 页。

发，其对应物在中国文论中就是"诗可以怨"，不管其表现形式有多么不同。"诗可以怨"在中国是古老的传统。《诗经·园有桃》中的"心之忧矣，我歌且谣"，《诗经·小雅》中的"君子作歌，维以告哀"，"作此好歌以极反侧"。作歌就是为了表现自己的"忧"和"哀"，也就是表达自己的感情。刘勰在《文心雕龙·明诗》篇中认为诗的功能就在于"自然"地"感物吟志"，"志"的来源又在于人之"七情"——"喜怒哀惧爱恶欲"感应于外在事物。正如《礼记·乐记》所说"夫民有血气心知之性，而无哀乐喜怒之常，应感起物而动，然后心术形焉"。文艺就是要表现这种外物所引起的喜怒哀乐之情。在《文心雕龙·才略》中，刘勰也用了"蚌病成珠"的例子，说明冯敬通正因"郁结"、"发愤"的结果才写出了《显志》那样的好文章。司马迁更举了大量实例说明了由于外在的失意不平引发了内在的悲哀激愤，进而产生了伟大作品，他说：

> 文王拘而演《周易》，仲尼厄而作《春秋》，屈原放逐，乃赋《离骚》，左丘失明，厥有《国语》，孙子膑脚，《兵法》修列，不韦迁蜀，世传《吕览》，韩非囚秦，《说难》、《孤愤》诗三百篇，大抵圣贤发愤之所为作也，此人皆意有郁结，不得通其道，故述往事思来者。①

这都说明文学是抒写悲哀激愤的结果。叶燮进一步说："诗是心声，不可违心而出，亦不能违心而出。"② "作诗者，在抒写性情。"因此也可以反过来，从诗人的作品中看出他的面目："如杜甫之诗，随举其一篇与其一句，无外不可见其忧国爱君，悯时

---

① 司马迁：《报任少卿书》，见《全汉文》第二十六卷第八页。
② 叶燮：《原诗》，见《清诗话》，中华书局，1963年，第596、597页。

伤乱,遭颠沛而不苟,外穷约而不滥,崎岖兵戈盗贼之地,而以山川景物友朋杯酒抒愤陶情,此杜甫之面目也。"① 这也就是孔夫子早就总结出的"诗可以怨"。

在诗歌抒发作者情志这一方面,中外文论少有差异。如果说有的话,那就是中国文论强调真诚自然,有节制,西方则强调创造和激情。中国文论强调自然流露,认为直觉与领悟比创造和技巧更重要。例如苏东坡就认为只要符合事物的自然之美就是文学和艺术的最高境界,所谓"文理自然,姿态横生"就是此意。他曾自豪地谈及自己的创作原则:

> 吾文如万斛泉源,不择地皆可出。在平地滔滔汩汩,虽一日千里无难。及其与山石曲折,随物赋形,而不可知也。所可知者,常行于所当行,常止于不可不止,如是而已矣。(《自评文》)

苏轼这些论点再次说明了中国文论的强调"自内而外","自然天成"。西方文论则强调想象力的"赋形和创造"。华兹华斯认为想象力不仅有"赋予的能力"、"抽出的能力"和"修改的能力",而且更重要的是有"造形和创造的能力",② 中国文论强调"怨而不怒",要求有节制,有限度。"发乎情而止乎礼义,不及于乱。"总之情感要受"礼义"的约束规范。西方文论则强调"强烈的感情",很少提出对激情的抑制。

第三种:作品对读者起教育作用,提高人的素质。

中国文论一向强调诗对读者所起的重大作用。《诗·大序》早

---

① 叶燮:《原诗》,见《清诗话》,中华书局,1963年,第596页。
② 华兹华斯:《抒情歌谣集·序》1815年版,见《西方文艺理论名著选编》,北京大学出版社,1985年,第61、62页。

就指出，诗可以"正得失，动天地、感鬼神"，"先王以是经夫妇，成孝敬，厚人伦，美教化，移风俗"。诗的第一个作用就是对人民实行道德教化，规范人与人之间的各种关系，对人民实行移风易俗。第二个作用是增加知识，包括自然知识和社会知识。增加自然知识如孔夫子早就指出的，学诗可以"多识于鸟兽草木之名"；增加社会知识如孔夫子所说"不学诗，无以言"，不懂得文学，就不懂得"进退应对"等与人交往之道。第三个作用是一种美化的，缓和了的对执政者的讽喻。如郑玄所说：

> 诗者弦歌讽喻之声也。自书契之兴，朴略尚质。面称不为谄，目谏不为谤。君臣之接如朋友然，在于恳诚而已。斯道稍衰，奸伪以生，上下相犯。及其制礼，尊君卑臣，君道刚严，人道柔顺。于是箴谏者希，情志不通，故作诗者以诵其美而讥其过。

意思是君臣上下之间，碍于礼法，情志不能相通，所以要通过诗歌来拉开距离，用讽喻的办法来进行沟通，这就是所谓"上以风化下，下以风刺上"。[①] 总之是通过文艺形式，自上而下实行道德教化以移风易俗，自下而上反映人民情绪和愿望以沟通信息，以调整人与人之间的关系，这也就是孔子所讲的"诗可以群"。

总之，中国传统文论总是把文学看作非常重要的培养人和维护社会秩序的手段，孔子说："兴于诗，立于礼，成于乐"，又说："志于道，据于德，依于仁，游于艺"。"兴于诗"的"兴"应与"诗可以兴"的"兴"相通，就是要通过文艺的"托物兴辞"，"引譬连类"的作用，通过形象"感发意志"，"陶冶情性"，也就是朱熹注所说的"兴起其好善恶恶之心"，这是儒家"修身"

---

① 《毛诗注疏》，见《十三经注疏》，1815年，第1～5页。

的根本。有了这个内心的"根本",才能自然地按"礼"的要求来规范自己的行为,最后达到乐——人自身和人与各方面的和谐。"依于仁,游于艺"的"艺"不全是指文艺,也包括技艺;即便是技艺,也要"依于仁"。中国传统诗学很少单纯谈文艺的纯粹娱乐和休息功能。

西方文论也有许多篇章和中国文论一样强调文艺的教育意义、认识意义和社会意义。罗马诗人贺拉斯在他的《诗艺》中就强调"寓教于乐","既劝谕读者,又使他喜爱"。他说:"诗人的愿望应该是给人益处和乐趣,他写的东西应该给人以快感,同时对生活有帮助。在你教育人的时候,话要说得简短,使听的人容易接受,容易牢固地记在心里。"后来英国文学理论家锡德尼根据文学对读者的作用,把诗归为三类:第一种诗使人获得慰藉,"他们在带来死亡的罪恶的惨痛中,由之获得那永不捐弃人类的善良(指上帝)的慰藉"。第二种诗着意于传播知识,锡德尼称之为"美妙地传出知识的美妙食粮"。第三种诗,锡德尼认为是"真正的诗人"的产品,这些诗人"确是真正为了教育和怡情而从事模仿的";"模仿是既为了怡情,也为了教育;怡情是为了感动人们去实践他们本来会逃避的善行,教育则是为了使人们了解那个感动他们、使他们向往的善行。"总之,文学的价值就在于慰藉、传播知识、怡情和教育。① 西方文论关于文学价值的论述大多也未逾越这一范围,直到十月革命后苏联文学理论所归纳的文学功能也不外乎思想教育意义、认识意义和审美意义。

综上所述,在回答文学的价值、功能、文学存在的意义时,中西文论在道德教育、认知世界、审美享受等方面都能找到许多共同的层面。但西方文论显然更强调文学的审美价值,即使是教

---

① 锡德尼:《为诗辩护》,见《西方文艺理论名著选编》,北京大学出版社,1985年,第174、175页。

育、劝善，也必须"寓于乐"，通过"怡情"。某些西方文艺理论家甚至提倡"为艺术而艺术"，宣称"艺术的目的是为情绪而情绪"，因此"一切艺术都是不道德的"。而中国文论则多强调文学"刺上化下"以沟通上下的功能。

第三节　中西诗学的哲学基础

从以上的分析，可以看到在回答"文学的本体"和"文学的目的意义"这两个文学理论的基本问题上，中西文论有许多共同的基本点，但也有很多不同的方面。这些共同的基本点说明了文学的共同性质和规律，不同的方面则体现着两种不同文化体系的不同哲学观念。

首先，西方人所面对的世界是一个存在(Being)和实体(Substance)的世界。不论是古希腊哲学家赫拉克利特把世界的本原归结为水、火、气……或是德莫克利特提出物体最终的元素是原子，还是柏拉图提出的"理念"、黑格尔提出的"绝对理念"，不论是物质实体还是精神实体，这都是实体而不是虚空，实体只能由原子组成或上帝创造，或理念外化或模仿而来，总之实体只能来自实体。而中国哲学所面对的世界却是一个充满了无限可能性的"虚空"的世界。中国道家认为天地万物并不是事先安排好的，更不是上帝创造的。一切事物的意义并非一成不变，也不一定有预定答案，而是形成于千变万化的互动关系之中；这就是老子所谓"道之为物，惟恍惟惚"，"惚兮恍兮，其中有象"；"恍兮惚兮，其中有物"。"物"和"象"都是尚未成形的、尚在混沌之中的某种可能性，它尚不存在，但确实具有，是一种"不存在而有"。一旦时机成熟，"时劫一会"，就会在不确定的无穷可能性里，有一种可能性由于种种机缘，变成了现实。新事物就是这样产生的。张载说："虚空即气"，又说："太虚无形，气为本体，其聚其散，变化之客形尔。"气聚而为实体，气散而回归于"无"，"虚"可以生"实"，"无"可以生"有"，"无"是"有"的本源，又是"有"的归宿。这种以"无为本，虚实相生"的宇宙观就产生了从整体功能来把握世界的方法论。

中国传统文化很少将事物分割开来，作各部分的分类考察。认为离开了整体的"部分"就已经失去了作为"整体之一部分"的性质特征。因此中医从不进行"头痛医头，脚痛医脚"式的孤立治疗，而是分虚实，讲辨症，一切都要通过"切、望、闻、问"的总体把握。中医讲的心、肝、脾、肺、肾和西医解剖学上的心、肝、脾、肺、肾是完全不同的。作为中医理论基础的人体经络学说也很难通过解剖或其他科学手段找出其在人体内的定位，因为它不是可见可触的器官而是一种看不见，摸不着，但又确实存在且不断变化的功能。从总体功能出发，就不讲求个体或部分的特性，而强调一事物与其他事物之间的联系："天人合一"、"心物相通"、"情景相生"等等，都是从整体功能出发得出的结论。西方文化则总是把"实体"加以切割分剖，通过分门别类来进一步认识。先是各部分的大小(数)，再是各部分的尺度关系(比例)，然后是按比例构成和谐的整体(秩序、结构)。如霍布斯所说：

> 一般事物的知识必须通过理性，亦即凭借分解而获得……如果有人提出金子的观念，他可以凭借分解而得到固体，可见，重(就是引向地心或向下)等观念，以及许多比金子更一般的东西。像这样，凭借继续分解，我们就可以认识到那些东西是什么。它们的原因最初个别地被认识，后来组合起来就使我们得到关于个别事物的知识。①

---

① 《16—18世纪欧洲各国哲学》，商务印书馆，1961年，第68页。

霍布斯所讲的"更一般的东西"就是可以置换不同内容的形式。正如杜夫海纳(M. Dufrenne)所说:"一个符号意指一个客体,形式则仅意指自身。一个特定的形式可以使自己表现好几种不同的意义。"① 总之,西方认识世界的过程是不断赋予世界以形式,用人类构造的形式来切割现实世界的过程,是分门别类、解剖分析的过程;中国认识世界的过程则是辨认总体,不断领悟综合的过程,西方的整体是由部分而来的整体,中国的部分是由整体而来的部分。

从整体功能、综合、领悟出发,得出的结论往往是宏观、模糊的,常是包罗万象而不够精确明晰,如所谓"太极生两仪,两仪生四象,四象生八卦"(《易·系辞》)。阴阳八卦都是功能性的而不是实体性的,"阳"可以为父、为君、首、为金……并无固定的实体。传统文化的最高境界也是模糊无形的。孟子说:"充实之谓美,充实而有光辉之谓大,大而化之之谓圣,圣而不可知之之谓神。"(《孟子·尽心》)"不可知之"的"神"是最高的,也是最模糊的。由于这种整体功能和对"模糊"的追求,中国哲学主要强调凭借心灵来认识客观对象,而心灵的最深层与客观世界的最深层又原是相通的,这就是孟子说的"尽心,知性,知天"。整体功能不仅包括人类已知部分,也包括未知部分。庄子说:"可以言论者,物之粗也;可以意致者,物之精也;言之所不能论,意之所不能致者,不期精粗焉。"(《庄子·秋水》)正因为处处有无法用"精"、"粗"界定的未知部分,人对世界的认识不可能真正精确而必然模糊。

西方从分析和部分出发必然导致对明晰的追求。人们通过物质工具(科学技术)和精神工具(语言、逻辑)追求明晰,追求把未知变为已知,但人们依靠工具的明晰来认识的世界本身却并不明

---

① 杜夫海纳:《美学和艺术科学的主潮》,1979年,纽约,第71页。

晰。明晰像一盏灯照亮四周的黑暗，但光线照不到的地方依然黑暗。明晰要求在黑暗中扩大明晰的深度和广度，这就会促使人们对世界的认识不断进步。西方文化的发展，从18世纪的启蒙思想家以明晰的理性来评价一切，19世纪黑格尔以明晰的辩证逻辑构筑了他的广阔的思想体系，直到20世纪的逻辑实证主义、现象学、存在主义、解释学、结构主义、科学哲学、精神分析学，都是利用不同的工具企图更加明晰地认识世界。然而人不能不受自身时空和认识能力的局限，面对无边的宇宙，面对深不可测的永无止境地的"精密"度的要求，人们感到追求明晰的结果却仍然是模糊。宗教神秘的观念，无法控制的荒诞意思于是应运而生。

从世界由实体组成的观念，从分析切割，赋予形式的方法出发并始终企图通过各种工具增强对于世界的明晰的认识，这就使西方文化总是把自然作为一个被认知、被探索、被"征服"的对象，这种人与自然对立的基础构成了一系列自我与非我、心与身、意识与无意识、一般和特殊、逻辑和直觉的对立。

从世界本来就是有无相成，虚实相生的观念出发，把世界看作有机整体，"自然"就不是人以外的客体，而是人也包含在其中的整体，穷尽人心，就能知天，天人本是一体。这种体认是超工具的。通过超工具的"体认"所认识的"自然"是不精确的："视之不见其形，听之不闻其声，循循不得其身"（《淮南子·原道》），是超验的模糊。这种模糊与穷尽人心的内省的模糊合为一体。作为中国文化根基之一的阴阳五行学说就是把人与"自然"视为合一的整体，例如"五行"不但指五方、五色、五音、五味，也指五官、五脏、五伦……等等。

以上所谈中西文化哲学基础的差异直接影响到中西诗学的不同。在文学的本体（存在方式）方面，中西文学理论有许多共同点，但中国文学理论强调由内而外地抒发心灵活动，提倡虚静

(静思而求之),主张含蓄无垠,避讳过于确凿和局限的真实,讲究"不涉理路,不落言筌",以自然流露为上;西方文学理论则强调由外及内的对客观世界的感受和理解,看重对外在情景的清晰透明的充分描述,讲求对客观世界的赋形和创造,力求在"不确定"中寻求"确定",对空间进行填补式的分割。在文学的功能(价值和意义)方面,中西文论都重视思想教育意义、认识意义、审美意义,但中国文论处处渗透着道德教化,性情怡养,而西方文论则较多注意自在自为的娱乐和审美。当然这只是就大体而言,交流、变体、个例任何时候都存在,而这些特点又都是处于不断发展、交流、互换的过程之中。这里只是说中西文论的这些差别正和中西文化哲学基础的差异相呼应,因而不是一种偶然现象而是各自体现着两种不同文化系统的特征。

第十章　西方文艺思潮与中国现代文学

西方文艺思潮对中国现代文学的影响为我们提供了一个有关文艺思潮的影响与接受的绝好实例。西方文学对中国现代文学产生过"形成性"的影响,这一点,中国现代文学的奠基者们,从鲁迅到郭沫若、茅盾都从不讳言。

西方三大文艺思潮:浪漫主义、现实主义、现代主义自身发展经历了一百多年,但在五四时期几乎是同步进入中国的;中国文艺界不能不在短短的几年中同时面临、选择、接受西方一百多年来造就的文学成果;加以几千年中国文明在一代文人心中形成的特殊接受屏幕,这就不能不呈现出十分复杂紊乱的局面。一方面是浮光掠影,"主义"杂呈,转瞬即逝;另一方面是丰富多彩,进步急遽,大幅度革新。有意思的是不管多么纷繁,我们仍可以追寻出几十年中国文学发展的基本脉络:浪漫主义——现实主义——现代主义。每种思潮都在文学发展中留下了自己的痕迹。而现实主义吸收了浪漫主义的某些因素,分解了现代主义,与其中的某些合理因素相结合,在中国传统文学的基础上形成了以现实主义为主体的中国现代文学,这一过程与西方文学有不少类似之处,却也有很多不同。

第一节　形成性影响与欧洲现代文学主潮

观察中国现代文学亦即中国"五四"时代以来的新文学的形

成和发展，人们往往会首先注意到一个极其引人注目的现象：中国新文学的创始者们无不接受某些外来的文学思想，应用于其创作实践。鲁迅作为文学家的创作实践主要始于《狂人日记》，但早在此作问世前十一年，他已经在《文化偏至论》和《摩罗诗力说》等激情洋溢的论文中介绍和阐发了西方现代哲人与浪漫主义作家的思想与创作，并以此来呼唤中国现代的"精神界战士"的到来。将相距十多年的论文与小说放在一起，人们不难看出其间深刻的内在的思想联系。可以说，鲁迅在1918年实践了他1907年提倡的思想与文学原则，将理论意识具体化为现实存在，从而为中国新文学安放了第一块基石。与鲁迅的创作实践同时或稍后，郭沫若的创作热情也开始迸发，他的创作灵感首先来自当时他所接触的大量西方哲学与文学作品，即便是蕴藏于他心中的深厚中国文学传统，也是在西方文学的参照、对比和刺激下产生了新的生机（参阅本书第三章"接受的反射现象"）。他自己就曾承认，他的"诗的觉醒"不是来自从小读熟的《诗经》与唐诗，而是来自一首朗费洛的英文小诗《箭与歌》：他在一异于中国文学传统的氛围中实现了自己的文学启蒙。综观他的诗歌创作发展的不同阶段，人们也总是可以发现一些伟大的、具有世界意义的文学巨匠作为他的先导：惠特曼，泰戈尔，歌德，雪莱等。茅盾在作为"文学家"写作他的第一部三部曲《蚀》之前很久，就以其西方文学理论的介绍和批评驰名文坛，而他后来的创作则几乎始终遵循着他原先提倡的路线。陈独秀与胡适，也是以他们对某种西方模式的文学的提倡，而成为20世纪中国新文学的发难者的。胡适紧接着《易卜生主义》的论文，创作了模仿易卜生名剧《玩偶之家》的戏剧《终身大事》，这是理论转化为创作实践的一个例证。

很明显，先于新文学的创作实践并且引导这一实践的是20世纪之始展现在中国新文学创始者面前的西方文学。从总体上看，可以说西方文学为中国新文学提供了一种"形成性影响"。所谓"形成性影响"并非意味着西方文学思潮是中国新文学的形成与发展所依赖的惟一因素。这一概念借自儿童心理学，意谓在人的"自我"或"个性"的形成过程中，幼年时期所受的某些影响形成了幼儿最初的自我或个性雏形，并且制约了它的发展方向。在比喻的意义上，可以说西方文学在总体上赋予了中国现代文学以"形成性影响"，当它已经初步成型，才回过头来自觉地重新审视和调整自己与本传统的关系，因为它发现自己有些得之于先天(传统)的东西不仅是"剪不断"的，而且正是成型的基础。鲁迅谈到他的小说的诞生时曾经认真地说过，他"所仰仗的全在先前看过的百来篇外国作品"，"此外的准备，一点也没有"①。对于此话我们当然不能完全信以为真，但是，如果仅仅从"形成性影响"的角度来看，鲁迅无疑道出了他自己的、同时也是很多中国现代文学作品的起源。

　　本章意在大致勾勒一下在中国新文学形成时期，西方文学对中国新文学的这种"形成性影响"和中国新文学对于这种影响的接受。

　　首先应该对这里所谓的"西方文学"加以界定。"西方文学"是时空跨度很大的总体概念，时间上从古希腊罗马到当代，空间上包括欧美广大国家。准确地说，对中国新文学产生影响的不是这个大总体，而主要是西方"现代"文学，即欧洲工业资本主义制度形成以来的欧洲文学。五四文学家并不想全盘移植西方文学，他们所注意的，主要是强烈地唤醒他们的"现代感"的西方"现代"文学(不是狭义的"现代派"文学)。也许正是这个原因，莎士比亚在五四时代的中国很少被提及，他的光辉几乎为易卜生

---

① 《鲁迅全集》第4卷，人民文学出版社，1981年，第512页。着重号为引者所加。

的光辉所掩盖。这并非由于五四文学家的孤陋寡闻,而是因为他们感到莎士比亚不像易卜生那样具有"现代性"。

其次,既然是形成性影响就主要集中在二三十年代。这一阶段,西方现代文学是以不同思潮或流派的形式出现的。进化论的认知模式使五四时代的人们把不同的文学思潮理解为在时间中不断进步的系列:浪漫主义反抗古典主义,现实主义纠正浪漫主义,然后又有当时的"新"浪漫主义,这一最新思潮由于是"文学进化"链条上最新的一环,因此也必然是最进步者,于是它就成为当时文学家努力追求的目标。他们认为实现这一目标的方法不是抄近路"迎头赶上",而是按部就班地重复西方文学进化的必然历程。因此,在有新浪漫主义的文学之前,我们必须先有浪漫主义、现实主义的文学等等,依此向后类推。这就是沈雁冰乃至田汉这些早期文学提倡者的观点。在他们看来,不同思潮之间的联系与区别是如此明显,以至根本无须为定义它们而煞费苦心。对于他们来说,所接触到的各种西方文学思潮首先是进行创作的原料,而不是分析的对象。为了考察这一创作活动,我们必须一方面重新经历他们的思路,另一方面尽量弄清当时各种概念的明确的内涵。

一般说来,我们可以从三个方面来界定一种文学思潮,即:一、世界观;二、认识方式与思维方式;三、表达方式或运用语言的方式。世界观涉及到特定文学思潮对于世界的基本看法和信念。认识方式和思维方式指观察、感受和思考外部与内心世界的特定角度与习惯。而表达方式则有关语言的运用和本文的构筑。一种典型的文学思潮从理论上说应该是兼有上述三部分而成一有机整体。据此而论,浪漫主义与现实主义的区别不仅是表达方式即创作方法的不同,而且也是认识方式、感受方式和基本信念的不同,不同的文学思潮还包含着不同的时代信息。就总体来看,浪漫主义、现实主义、现代主义是工业资本主义社会的三大主要文学思潮。它们分别包含了资本主义发展的不同阶段的社会信息。在时间上,它们分别属于资产阶级革命和成功时代、自由资本主义时代、帝国主义时代或垄断资本主义时代,以及当今的后工业资本主义时代。18世纪末到19世纪初,资产阶级政治革命(法国)、经济革命(英国)和民族革命(美国)先后完成,资本主义社会制度逐渐确立。与此同时,浪漫主义文学运动迅速勃兴,席卷欧洲。19世纪中期,自由资本主义秩序的巩固与现实主义同步发展。19世纪末,各种现代主义思潮初露端倪,然后在第一次世界大战和十月社会主义革命的催化下臻于成熟。而这时适值中国新文学诞生之际。这个时间值得注意:它表明,中国新文学是在世界性的现代主义文学思潮中诞生的。这一事实对于中国新文学的重要影响,以后我们将会论到。现在则让我们先来勾勒一下对于中国新文学的形成有重大意义的浪漫主义、现实主义和现代主义的基本特征。

　　浪漫主义者力图捍卫的是一些正在遭到资本主义摧毁的基本人类价值:自我,个性,精神艺术,爱美,自然。他们要肯定心灵和自我,否定资本主义的功利主义现实,追求和表现遥远的理想。他们采取有机主义的、整体论的认识和思维方式,认为普遍异化和分裂成碎片的资本主义现实终将被克服,和谐的新世界将会被达到。他们重视想象和幻想,使用隐喻的、神话的语言来主观地表达自己的思想、感情和渴慕。可以说,浪漫主义是对于资本主义现实的第一次主观的批判和反抗。现实主义者为自己提出了另一种任务:分析、理解和表现复杂的资本主义社会关系,揭示金钱这个最大的神秘之物在资本主义社会中的活动机制。在他们这里,分析和理解成为首要任务。他们大多接受机械论的整体观,认为资本主义社会制度是不同部分的组合,要表现它们,就必须进行准确的观察,并通过叙述方式将各种因素组织在一起。在这里,写实的、客观的、自我隐退的语言取代了浪漫主义的主观的自我的语言。可以说，现实主义是"科学地"分析和理解资本主义现实的初次尝试。现代主义者放弃了这种理解的努力，他们具有这样一种基本信念：世界和生活是破碎的，不可理解的，必须弃绝现实，转向内心，在内心中寻求获救的可能。他们像浪漫主义一样关注自我，但却把浪漫主义的自我扩张变成为现代主义的自我龟缩。他们期待个人的获救，却不像浪漫主义那样充满历史乐观主义精神。个人的痛苦、焦虑和渴望成为他们的主题，表达这种心理经验的语言则极为个人化，令人费解。因为似乎只有这样才可以传达独特的个人体验，使之不致被已遭污染，已遭异化和物化的大众语言所吞没。不少研究者都已指出了浪漫主义在资本主义较晚近的历史发展阶段中的继续。实际上，浪漫主义最典型的体现者德国浪漫派早在现代主义问世百年之前就已在自己的作品中触响了很多将要在现代主义文学中反复鸣响的主题。从浪漫主义到现代主义，一条鲜明的思想线索贯穿其间，那就是反资本主义，或者更准确地说，是以文学的方式直接或间接地向资本主义造成的普遍的异化的生存方式提出抗议，并将文学作为个人通往得救的道路。

在欧洲，从浪漫主义经现实主义到现代主义是一个长达百年之久的历史过程。但在中国，它们却共时地展现在中国新文学创始者面前。他们当时接受的进化论认识模式使他们主观上试图先补课，再循序发展。然而时代气氛却使他们从一开始就无法免于当时勃兴的现代主义思潮的纠缠。而且，各种思潮的同时涌入也必然会模糊它们之间的明确界线。这种情况使中国新文学的创始者从一开始就处在不同文学思潮的火力的交叉射击之中。虽然不同作家的个性以及他们各自的先入为主的印象会导致不同的接受倾向，并由此而逐渐形成中国新文学中的流派，但是"不纯"和变形必然始终是这些流派和作家的特征。下面我们将分别论述三种主要思潮的传入和影响。分别，是为了行文上的方便，但是在论述过程中,我们将始终注意不同思潮对于同一个中国新文学作家或流派的交叉影响。正是这种交叉影响造成了中国新文学流派的不纯性。

第二节 西方浪漫主义的传入与影响

欧洲浪漫主义的传入中国当从鲁迅算起。1907年,鲁迅在日本写作长篇论文《摩罗诗力说》,系统地追寻了"摩罗"诗人在欧洲各国的踪迹,并贯之以一条鲜明的线索:"立意在反抗,指归在动作"。文中出现的是19世纪前期伟大的浪漫主义诗人拜伦、雪莱、普希金、莱蒙托夫、密茨凯维奇、裴多菲。鲁迅认为,这些诗人尽管人各不同,"而实统于一宗:无不刚健不挠,抱诚守真;不取媚于群,以随顺旧俗;发为雄声,以起其国人之新生,而大其国于天下。"这些诗人在鲁迅笔下被描写成普罗米修斯式的天神或富于反抗斗争精神的撒旦,他们特立独行,能以个人的"雄声"掀起"巨涛","直薄旧社会之柱石"。鲁迅将这些诗人作为榜样,呼唤中国"精神界战士"的出现,以承担起清除封建社会废墟、建立"人国"的现代重任。由于这一特定的历史需要,鲁迅极力突出的是浪漫主义的某些特定方面:革命与反抗精神,"忤万众不慑"的战斗勇气。而拜伦的怀疑与绝望,雪莱的形而上思想与"爱莫能助的哲学"……概言之,浪漫主义的阴郁和温柔的一面都没有出现在鲁迅的视野中心。与雪莱关系密切的浪漫主义大诗人济慈则因其诗缺少"摩罗"气息而为鲁迅很少论及。鲁迅对于浪漫主义不同方面的"突出"和"忽略"可能反映了"五四"这一过渡时代的历史境况与欧洲浪漫主义时代的历史境况之间的"同中之异":曰同,是因为两个时代从整体上看都是从传统社会转向现代社会的过渡时代。曰异,是因为浪漫主义时代的欧洲各国已经或多或少地跨入了现代资本主义,并且亲身尝到了这一社会制度带给人们的最初苦果，而五四时代的中国尚在现代资本主义的门槛边上逡巡不前，因而知识分子对于现代资本主义的认识也大多仍停留于间接认识的阶段。浪漫主义作为一种过渡时代的文现象，必然是一个有着前后两副面孔的"两面神"：向前，浪漫主义是对资本主义异化存在方式的抗议，这一点上文已经提到；向后，浪漫主义则要反抗各种传统成规对于个性、思想和文学的严重束缚，为现代的自由开辟道路。这二者共同构成了浪漫主义的规定性特征。鲁迅在接受浪漫主义时并非完全忽视前者，但是对于鲁迅以及他的同时代人来说，后者似乎是更为切近也更为重要的。因为当时中国的问题主要仍在于封建传统束缚。因此，虽然鲁迅在写于《摩罗诗力说》之前的《文化偏至论》一文中还在大声疾呼要防资本主义的"至偏至伪"流毒中国，但是随后他就把呼唤以反抗旧传统为己任的"精神界之战士"作为己任了。鲁迅的文学观在中国现代文学对于浪漫主义的接受中奠定了最重要的基石。

鲁迅期待的浪漫洪流到五四时代才真正汹涌澎湃起来。在当时的大量介绍中，浪漫主义的反抗和革命精神仍然是一致的注意焦点：浪漫主义反抗古典主义的压抑，反抗对个性的束缚，追求自由与解放。这种"突出"反映的仍然是五四时代反传统的个性解放和精神解放的普遍要求。年青一代久被压抑的激情一旦爆发，即在西方浪漫主义文学精神中发现了自己的需要和渴望的明确表达。因此，在五四时代，"浪漫主义的风潮的确有点风靡全国青年的形势"[①]。

田汉是"五四"时代谈论和提倡浪漫主义的主要代表人物之一。他接受厨川白村的比喻性说法，认为浪漫主义是青春现象。因此，处于青春时代的他们这一代文学作者和他们心目中的"少

---

① 郑伯奇：《现代小说导论》（三），《中国新文学大系导论集》，第148页。

年中国"必然应该是浪漫主义的。只是,尽管田汉及其同时代人期望浪漫主义,世界却已进入一个不浪漫的时代。在厨川白村的提醒下注意到这一事实的田汉不禁发出这样的疑问:"我们以青春热烈之妙龄,当此圆熟烦闷之时代,这中间能寻出个什么接合点来呢?"①的确,一种文学思潮只有在相对适宜的精神气氛中才能得到相对充分的移植和发展,而当时包围中国的精神气氛对浪漫主义的生长却并非那么有利。因此,与其说田汉期待一种纯粹的浪漫主义,不如说他期待着某种"新浪漫主义",即今天我们用"现代主义"一词所概括的一些东西。他认为,原来的浪漫主义一味执着于空想,而后起的自然主义又一味拘泥于现实,只有新浪漫主义能够"由肉的世界窥破灵的世界,由刹那顷看出永劫"②,因此最为可取,是中国新文学应该致力的目标。而这种新浪漫主义在他心目中是以爱尔兰现代主义诗人叶芝这类作家为代表的。所以我们可以说,田汉已经摇摆于浪漫主义与现代主义之间,而这一"之间"恰恰反映了中国新文学创始者在不同文学思潮的交叉影响之下的困难处境:不可能也不愿意"从一而学"。不过对于田汉这样的充满青春活力与激情的人来说,这一困难并不成为问题。因为他们的目标始终是取法一切可能取法的文学榜样,以创造更新的东西:一个新于东西方固有文学的新文学。他们无须绝对效忠于某位有代表性的大师或流派,以获得思潮或流派的纯洁性。田汉有时以中国未来的易卜生自期,但同时他也大谈波特莱尔、惠特曼、叶芝。在他的戏剧创作中,他同时借鉴歌德的《浮士德》与象征派的梅特林克。因此,如果下定义的话,我们很难说田汉到底是经典的浪漫派还是"新"浪漫派,即早期的现代派,只有一点可以肯定,即:在世界观方面,在认识和思

---

① 田汉:《新罗曼主义及其他》,《少年中国》第1卷第12期。
② 同上。

维方式上,田汉无疑更接近经典的浪漫派:他的热烈和乐观,他对人生意义的追求,他的浪漫人道主义的同情心,他的使命感,以及他对自然的热爱与崇仰,对爱的力量的膜拜,都闪耀着浪漫主义的光彩。也许田汉说得对,他个人的发展阶段——青春时期——与他所置身的历史环境都使他和他那一代人在精神与感情方面倾向于浪漫主义。

西方浪漫主义思潮的影响在以郭沫若为首的创造社作者中得到更为充分的表现。启发郭沫若的文学热情的是那些典型的浪漫主义者,而呈现在郭沫若的文学作品中的也是一个十分典型的浪漫主义理想世界:凤凰在除旧布新的大火中获得永生、获得和谐以及万物的合一,获得爱情欢乐,这些都使人想到诺瓦利斯的寓言中讲到的诗与爱与美的王国的诞生。郭沫若的"天狗吞宇宙"式的自我肯定与扩张,他那横溢的激情,以及他之乐于从历史和神话中吸取灵感并且创造新的神话、新的理想世界,都是典型的浪漫主义特点。当他倾心翻译浪漫主义经典之作《少年维特之烦恼》、《雪莱诗集》与《浮士德》时,他把自我全部浸入本文,"译雪莱的诗,是要使我成为雪莱,是要使雪莱成为我自己","我译他的诗,便如像我自己在创作的一样"。[①]对于那位维特,他当然更有种"同情"。这是一种真正的文学认同,而正是通过这种认同,通过把自己想象为自己所崇拜的伟大浪漫主义作家,郭沫若形成了他基本的文学自我。以后这个自我将发生种种变化,但是其中有些基本气质愈变愈加永恒——那就是浪漫主义的精神追求,是那种不满于有限而追求无限的欲望。然而,即使是在早期,郭沫若也未能免于现代主义的感染:他批评了意大利的未来主义,但是对于德国表现主义却一度十分倾心,因为他发现,他支离破碎的意识只有在表现派的支离破碎的形式中才可以获得最

[①] 郭沫若:《雪莱的诗·小序》,《创造季刊》第一卷第四号。

好的"表现"。

非创造社诗人徐志摩的"诗思、诗艺几乎没有越出过19世纪英国浪漫派雷池一步"[①],尽管徐志摩也译过惠特曼的自由体诗,译过波特莱尔的《死尸》,而且还对学生们讲过未来主义。我们说徐志摩比郭沫若在浪漫主义方面更为典型,是说前者更欲高翔云端,更把"想飞"作为人生的最大愿望。而想飞不过是有限生命对无限永恒之渴求的象喻——一个浪漫主义的象喻。在徐志摩的诗中,表现这种浪漫主义渴望的是一个反复出现的隐喻:"草地里的一个萤火/企慕着天顶星罗"[②]。这个在徐志摩的诗中以不断变化的形式出现的隐喻实际上化自雪莱的名句,"The desire of the moth for the star"(飞蛾对星星的渴望)。欧文·白璧德认为这是"浪漫主义渴望"的最典型的表现[③]。如果开列一份影响过徐志摩的西方诗人的名单,那么人们就可以在上面发现几乎涉及全部英国浪漫派的代表人物:布莱克、华兹华斯、拜伦、雪莱、济慈……。在徐志摩的诗中,人们也经常可以发现与伟大浪漫主义诗人的认同。不过徐志摩所认同的浪漫主义诗人似与郭沫若有所不同,这反映了同一时代不同个性的作家在接受浪漫主义时的不同倾向。如果说郭沫若在诗中创造的是一个灿烂的太阳世界,那徐志摩创造的就是一个带有神秘色彩的自然世界,这里夜莺的歌声使人迷醉,使人忘怀尘世的痛苦。我们可以在华兹华斯和济慈的诗中发现这一世界的理想蓝本。如果可以认为华兹华斯和济慈与雪莱和拜伦分别代表了欧洲浪漫主义的两个方面的话,那么徐志摩与郭沫若就是这两个不同方面在中国新文学中的代表:徐志摩是爱与自然的诗人,郭沫若则是火与理想的诗人。

---

① 卞之琳:《人与诗:忆旧说新》,三联书店,第24页。
② 《徐志摩诗集》,浙江文艺出版社,1983年,第174页。
③ 白璧德:《卢骚与浪漫主义》,德克萨斯大学出版社,1977年,第180页。

五四时代西方浪漫主义的影响不仅体现在众所周知的大作家身上，而且也弥漫于当时一般作者的思想与作品之中。例如，期望以普遍的无所不包的爱来改造世界和人生本是一种典型的浪漫主义理想，而这一理想可以在冰心、叶圣陶、王统照、许地山等一大批五四作家的早期作品中发现。他们都希望以一种极其广大的、但也极其抽象的爱来创造一个光明的新世界，尽管每位作家心目中的爱的原型有所不同：冰心赞美母爱，叶圣陶把爱理解为心心相印，王统照相信包括性爱在内的纯洁的爱。这种爱的福音可以追溯到周作人在《圣书与中国文学》中所讲的使人与人和人与神合一的爱。周作人将欧洲现代文学中的这种泛爱与人道精神归功于基督教传统，因此他希望将基督教传统引入中国，以之作为塑造新文学的重要力量之一。实际上，周作人在这里几乎是无意地追寻着欧洲浪漫主义的源头，因为已经有很多学者指出了浪漫主义与基督教的内在血缘联系，如艾布拉姆斯（M. H. Abrams）。欧洲浪漫主义者向宗教传统寻求支持，周作人则希望为中国新文学输入一种极大地影响了浪漫主义的宗教传统，这其间的相似也许并非仅仅是巧合。

如果深入考虑一下中国新文学接受西方浪漫主义的历史条件，我们可以看到，这一影响的发生是有历史原因的。因为就知识分子的历史处境与历史使命而言，中国新文学创始者与西方浪漫主义者显然有许多共同之处。在欧洲浪漫主义者身后，一个传统的文化已经被资本主义进程碾碎，摆在他们面前的是一个陌生的、功利化的、非人性的资本主义世界。浪漫主义者将自己视为这场史无前例的欧洲文化危机中的诗人—预言家；"他们要以自己的灵视为人类指出新尘世天国的所在。"[1] 与此相似，在中国新文学创始者的身后，一个古老的文明也开始土崩瓦解，呈现在他

---

[1] 参见 M.H.艾布拉姆斯：《自然的超自然主义》，纽约版1973年，前言。

们眼前的是一个业已烂熟的世界性资本主义文化。在这场中国文化的危机中，中国新文学创始者也有着极其强烈的历史使命感：他们要为民族文化寻找超越传统社会与现代资本主义的更好前途。正是这种历史的相似，使中国新文学创始者与西方浪漫主义者的认同具有深层的基础。在此意义上，我们可以说，欧洲浪漫主义文学思潮与中国新文学的内在需要有着本质性的契合。人们不无理由认为，曾经相继席卷全欧的浪漫主义思潮发生近百年之后，终于"波及"中国新文学，在其中获得一段延续。只是这一段延续的时间极其短暂，而且无法保持经典浪漫主义的"纯洁"，免于后浪漫主义思潮的"感染"。而且五四运动落潮之后，中国新文学中的浪漫主义思潮就开始沉入地下，变成潜流了。但是，无论如何，我们也无法忽视从一开始就起了"形成性作用"的西方浪漫主义思潮的影响。

第三节　西方现实主义的传入与影响

在五四时代被称为"写实主义"的西方现实主义文学思潮在中国的传播形成了另一种格局。首先应该强调的是，欧洲现实主义是市场资本主义制度如日中天时代的产物。因为这种高度资本主义化的环境日益迫使人们除去空想的、温情脉脉的面纱，冷静地审视复杂的社会关系和人类生活。而且，这个时代中经验科学的高度发展也日益使对于经验事实的崇信成为时尚。这样的社会生活必然影响文学创作的观念与模式。可以说，在科学的实证信念与当时文学创作的写实要求之间，存在着内在的精神联系：二者都希望呈现给人们一个客观的、由规律支配的世界。由于五四时代的主导概念之一就是"科学"，当时文学作者之希望引进一种现实主义的模式——至少在理论上——是完全顺理成章的。然而，事实上，五四时代的社会尚未成熟到普遍接受科学的信念，因而也没有成熟到普遍接受一种冷静、客观、严格的现实主义的程度。而且，当时的世界思潮趋向也不利于科学意识在中国的植根：前有浪漫主义者，后有现代主义者，他们都集中火力攻击科学在现代社会中造成的肢解和异化。浪漫主义者如诺瓦利斯等人早已指出，科学把整个宇宙的和谐乐音化为了工厂的单调的机械轰鸣。正是为了抵消这种恶劣状况，他们高扬与分析理性相对的综合性"想象力"，以期重新肯定人的"心灵"或"精神"的超越性。尼采等继承浪漫主义传统的现代思想家们则在19世纪末20世纪初把这种批判推向顶峰。受其影响，鲁迅这样的中国新文学创始者从一开始思考文化问题起，就警告人们当心"偏至"，警告不可过分信赖科学和民主。而五四时代的"科学"口号就是在这样一种不利于科学权威建立的情况下提出的。这种情况反映了中国作为一个被迫卷入世界资本主义体系的落后国家的历史两难困境：作为一个正在力图摆脱封建束缚，迫切要求现代化的国家，中国需要科学，因而必须相信科学；但是，目睹帝国主义时代西方科学文化的危机，中国又必须注意科学的可能的有害影响。这一历史困境在文学上的反映则是：现实主义虽然受到提倡，但是其可能的流弊又受到高度的警惕，以致当时的文学作者大都反对一种"纯粹的"现实主义，而强调作者主观信念或思想的重要性。

对于现实主义的最初提倡可能是见于陈独秀1915年发表于他主编的《青年杂志》的《现代欧洲文艺史谭》一文。在这篇文章中，他套用欧洲文学发展模式来解释中国文学的发展：中国传统文学尚处于古典主义和浪漫主义阶段，今后则应进入现实主义阶段。其后，在划时代的《文学革命论》中，他再次明确提出了中国新文学的努力方向："国民文学"、"社会文学"与"写实文学"。与此同时，沈雁冰开始在他接手编辑的，发行量很大的

《小说月报》上呼吁"尽量把写实派自然派的文艺先行介绍"。①周作人则以更有说服力的文章引起了人们,尤其是新文学试作者们的广泛注意。他综合了他所接触到的现实主义文学思想,提出应该建设一种真正的"人的文学"。它包括一个基本世界观——"人道主义为本";一种认识和思维方式——认真的观察,研究和思考;以及一种表达方式——"对于人生诸问题,加以记录"②。很显然,这里显现的是一种现实主义文学观的雏形。五四时期大部分现实主义文学思想皆不出此范围。

很能反映中国新文学创始者们如何理解和接受现实主义文学思想的是1922年左右《小说月报》上开展的关于"自然主义"的讨论。在开始时,很多写实主义的提倡者们并不费心去严格区别现实主义与自然主义。迫使他们注意这一区别的是人们对现实主义的误解和指责,即将现实主义看成是专事客观暴露的文字。这才使"写实主义"(即现实主义另一译法)的拥护者们感到有必要进行区别。这里,沈雁冰的话很有代表性。他认为自然主义"尊重客观","从事批评而不出主观的见解,便使读者感到沉闷烦忧的痛苦,终至失望"③。很显然,问题在于要有"主观的见解",即作者必须提出自己的明确的世界观和人生观,而这正是真正的现实主义力加避免,浪漫主义却极欲表现的!这里又是一个两难困境:现实主义的科学精神要求客观如实的反映或再现,而隐去作者个人的好恶;新文学的创始者们却无法那么超然物外,站在一个客观,中立的立场之上。他们被要求必须介入,必须进行价值选择,即必须宣布一种适宜当代人需要的世界观与人

---

① 沈雁冰:《小说新潮栏宣言》,《小说月报》1920年第11卷第1号。
② 周作人:《人的文学》,《新青年》1918年第5卷第6号。
③ 沈雁冰:《文学上的古典主义浪漫主义和写实主义》,《学生杂志》1920年第7卷第9号。

生观。现实主义及其变种自然主义期待的是一种纯粹的、非价值判断的客观主义,这显然不合中国新文学作者的口味,因为他们的终极关注是充满了"痛苦"和"问题"的人生。是"为人生"和"改造人生"。这就决定了五四时代的写实主义必然是一种人道主义色彩很浓的现实主义。更能引起这些写实主义提倡者注意的是那些"弱小国家"和被压迫民族的文学,而不是福楼拜、左拉这类严格的写实主义或自然主义作家。与后者相比,前者较少一本正经的客观面貌,而较多人道主义的同情与抗争。文学研究会的"描写社会黑暗"的倾向和"血和泪的文学"的提倡,正是这一时代对现实主义的特定理解在思想和创作方面的具体表现。这里我们看到,五四时代的浪漫主义和现实主义正在互相接近和靠拢:五四的浪漫主义由于执著于现实而缺少西方浪漫主义对于宇宙人生的形上思考,缺少充分的神秘感,却突出了反抗、革命精神以及对于现实世界的批判否定;五四的现实主义由于追求明确的世界观与人生观而不想或不能像西方现实主义那样充分客观地"反映"现实,却充满了浪漫的理想和抒情气息。

中国新文学初期的"问题剧"与"问题小说"的创作热潮正是人道主义色彩浓重的现实主义文学观在创作实践中的具体表现。这种"问题文学"既有社会现实问题的描写,也有对这些问题的理想(想象性)的解决,而"解决"大都不出浪漫主义范围。可以说,在新文学创始期,真正的现实主义杰作并不多见。鲁迅的《呐喊》被认为显示了现实主义创作的实绩,但更多的现实主义作品要到20年代后期才陆续出现,其中较有代表性的是乡土小说和世态讽刺小说。乡土小说作家大多受鲁迅影响,如许杰、彭家煌等人。他们的目光执着于自己所熟悉的地方生活,采用客观的写实方法,注重生活画面的描绘和准确的地方色彩,力图呈现中国农村当时的变化中的面貌。而且,乡土小说也开始从讨论"问题"转向塑造人物,这无疑是更加现实主义化的。世态讽刺小说以讽刺的笔调勾勒社会生活，并将作者本人的倾向尽量深藏不露，也体现了作者现实主义的追求。到20年代末期，一些更成熟的现实主义中长篇作品开始出现，如《倪焕之》、《蚀》等，而新文学中现实主义的长篇小说"扛鼎之作"要到30年代才出现，那就是茅盾的《子夜》。在这部小说里，出现了一种回归现象，即回到较严格的欧洲现实主义作家的影响，甚至自然主义作家的影响，如左拉。这似乎表明了现实主义在中国新文学中的成熟，也说明中国新文学正在迅速地突破早期的浪漫主义氛围而具有一种真正冷静、客观的现实主义精神。《子夜》是典型地以工业资本主义生活为题材的作品。换言之，是以金钱为题材的作品，而这种题材的确是现实主义文学创作的基本题材。欧洲现实主义正是与欧洲自由资本主义的高峰同步并行的，资本主义工业社会的运行机制正是现实主义作家的主要关注对象。相反，浪漫主义文学则总是不能忘怀乡村、自然、远古或未来，而对刚刚兴起的资本主义工业城市避之惟恐不及。就此而论，在中国，只有在30年代的上海，适宜于严格的现实主义文学的历史条件才开始充分具备，承认这一点，就不难理解五四初期文学观与创作实践的不协调：在理论上，现实主义得到相当充分的讨论，但在创作上，大部分作品仍不脱浪漫主义气息。

第四节　西方现代主义的传入与影响

前面谈过，中国新文学是在世界性的现代主义文学思潮中诞生的。《新青年》上出现《文学改良刍议》和《文学革命论》的时候，正是西方文学中出现未来主义宣言和达达主义宣言（1916）的时候；鲁迅创作《阿Q正传》的时候正是《荒原》（艾略特）、《尤利西斯》（乔伊斯）、《城堡》（卡夫卡）、《毛猿》和《琼斯皇帝》（奥尼尔）这些现代主义经典之作问世的时候。柏格森与弗洛伊德的名字在此刻也开始逐渐为人所知并发生影响。既然新文学创始者们一开始就力图与世界最新文学潮流保持密切接触，那么，无论当时流行的进化论模式如何要求作家们重复西方已经走过的历程，新文学受现代主义思想气氛的感染都是必然的。沈雁冰从一开始就知道西方文学已经由浪漫主义、现实主义、象征主义一直发展到新浪漫主义。所以，尽管他认为中国应该补现实主义的课，他的目光却盯住了新浪漫主义，以之作为新文学发展应该达到的目标。前面提到的田汉也是如此。而当时所谓的新浪漫主义不过是现代主义初兴时的一个别名罢了。这一概念之下包括的是今天被包括在现代主义概念之下的一切：象征主义、表现主义、未来主义……当时的文学杂志在介绍欧洲19世纪经典浪漫主义作家的同时也在大力介绍欧洲当代的思想家、文学家和各种文学流派：柏格森、弗洛伊德、波特莱尔、梅特林克、霍普特曼、叶芝、魏尔伦、厨川白村，表现主义、未来主义、象征派……前面提到的新文学创始者们对于"新浪漫主义"的羡慕和追求，就是五四时代西方现代主义影响的一种表现。但是在新文学创作之始，现代主义对于多数作者来说还只是一种遥远的呼唤。少数作者偶尔采用现代主义文学的某些表现方法，但还谈不到中国现代主义文学的出现。

直到20年代中期，情况发生了急骤转变；五四运动高潮已过，笼罩思想界、知识界和文化界的是沉闷的政治低压和思想低压。"苦闷"与"彷徨"成为一种流行病。西方现代主义似乎正是在这样一种有利于它的情况下，趁虚而入。第一个象征性的标志就是厨川白村的《苦闷的象征》所引起的普遍共鸣。这本书在极短的时间内，先后相继出现了三个译本，鲁迅的译本因鲁迅当时在文学界的影响而最为流行。他把这本书作为课本搬上了讲台，而且在他动手开译该书时，他知道已经有人译了此书。《苦闷的象征》试图熔现代非理性哲学于一炉而铸造自己文学理论的基础：盲目的生命冲动是人的存在的基础，文学最纯粹地表现这种接受过程，作者求助于刚刚开始发生普遍影响的弗洛伊德潜意识理论。考虑到为该书提供理论基础的两位大思想家柏格森与弗洛伊德当时强大的影响，《苦闷的象征》的确是一本非常当代性的现代主义文学理论。因此，这本重要的书之受到以鲁迅为代表的一大批作家的热烈欢迎和引起强烈反响，显然是一个值得充分注意的意味深长的事件：从浪漫主义的理想之端经过现实主义的理性地面，一直沉入现代主义的"潜意识深海"，一个何其漫长而又迅速的历史过程！

《苦闷的象征》的影响没有长时间地停留在理论层次上。它立刻就被转变为创作实践。几乎就在翻译该书的同时，鲁迅的《野草》中的篇章相继问世。它们的象征主义色彩以及它们表现的潜意识梦境，无疑足以使它们侧身于最优秀的现代主义作品之列。它们的深刻性则使它们远远超越了西方20世纪20年代现代主义高峰作品的水平。与鲁迅创作《野草》的同时或稍后，创造社中的年轻一代正在开始转向法国象征派。王独清浪游于巴黎各酒吧与咖啡馆之间，构思着，从模仿拜伦、缪塞转而模仿魏尔伦、韩波和拉福格的象征主义诗作，他的诗友冯乃超低吟《生命的哀歌》，其中魏尔伦的影响显而易见。在学习象征派诗歌上，创造社另一位年轻的诗人穆木天也不甘落后。但是真正将全部创作生命献给象征主义诗歌创作的是李金发。他师承波特莱尔和魏尔伦，在自己的诗中以奇特的方式表现现代主义文学共同关心的一些主题。写到时间时他说"夕阳之火不能把时间之烦闷／化成灰烬"；写到生命时他说："生命便是／死神唇边／的笑"。其中，现代主义的世界观是一目了然的。李金发的诗的语言极其晦涩拗口，其原因除了他对现代汉语的驾驭能力之外，也许还有他力图传达的独特的现代主义意识。另一位现代主义诗人戴望舒则为象征主义在中国赢得了更大的胜利。他的名作《雨巷》表现了音乐的胜利，其响亮悠长的韵律宛如魏尔伦的《秋之歌》，但其中反映的意念则是现代式的迷惘。

综观中国新文学创始时期受现代主义思潮影响的作品，可能发现一个共同的特点，就是丧失目标、意义和价值标准的苦闷，和返回个人内心甚至潜意识。论者通常把这种现象归结为五四运动的落潮和思想界的低压，然而，人们也许也可以反过来看这一问题：正因为欧洲浪漫主义与现实主义文学思潮未能在一个已经感受到现代主义气氛的时代——五四时代——深植其根，因而未能为新文学的创始者们提供坚强的理论信念，所以现代主义思潮才能在20年代中后期"趁虚而入"，发生强大影响。浪漫主义与现实主义都拥有历史乐观主义信念，相反，现代主义的出发点却是绝望。由于历史条件所限，在五四时期，西方浪漫主义思潮和现实主义思潮都未能充分地实现自己的全部内在可能性；现代主义从一开始就与上述两大思潮共同发生综合的影响。中国新文学创始者们的矛盾处境是历史地注定的：当他们需要乐观主义和坚定的信念时，他们耳边时时响起现代主义的绝望的音乐；但当他们陷于绝望时，他们又忘怀不了浪漫的激情。正因为如此，当鲁迅1926年陷于深度的绝望境地，并用《野草》来表现他这种心境时，他写下了裴多菲的诗句："绝望之于虚妄，正与希望相同"。尽管感染了绝望情绪，鲁迅内心深处仍然沸腾着浪漫主义激情。正是这种不能忘怀的浪漫主义激情，以及为人生为社会的使命感，推动一大批新文学创始者在30年代转向左翼、转向马克思主义。

以上勾勒了浪漫主义、现实主义与现代主义西方三大文学思潮在五四时代的传播和影响的大致轮廓。从共时角度看，三大思潮的影响呈交叉或混融的状态；三大思潮几乎同时涌入，同时对每一位新文学创始者发生"形成性影响"。但是，如果我们换取历时角度来观察，就会发现，浪漫主义、现实主义和现代主义在中国发生影响的先后次序竟然也遵循着它们在西方历史上先后发生的次序：鲁迅1907年就呼唤中国浪漫主义的到来，而中国新文学中浪漫主义直到"五四"期间才蔚为大观；"五四"的高潮与现实主义的介绍、讨论和提倡同步，而出色的现实主义作品则迟于现实义的讨论而出现；现代主义继浪漫主义和现实主义之后得到理论上的介绍，并且在20年代中后期的文学创作中形成一股有力的潮流，而且，就像西方现代主义在30年代开始分化，分别向左转向共产主义和向右转向法西斯集权主义一样，中国新文学创始者中一大批受现代主义影响的人也纷纷投入左翼革命阵营。这一事实说明，历史发展有其内在的因果关系。中国的一代文学知识分子站在自己国家的现代化的起跑线上，试图创造中国的新文学时，摆在他们面前的是似乎可以任意取用的各种不同的西方文学思潮，但是实际取用却绝非任意的，取用者受历史需要的制约，也受当时他们的认识和思维模式的引导。相似的历史需要和历史处境使他们一开始就亲近浪漫主义和现实主义，但是这些思潮又由于历史的压力很快在一定程度上让位于现代主义的影响。结果，中国在短短的时间之内重复了西方文学思潮一百多年的演变过程——一个不完全的，未能充分实现各种内在可能性的过程，一个带着中国现代的历史特点的对西方文学思潮接受的过程。西方文学思潮在中国新文学创始期的形成性影响是不应低估的。是这些影响初步形成了中国新文学的自我和个性。这样说，是为了强调影响的重要性，而不是割断新文学与中国文学乃至文化传统的联系，因为，得之于先天或遗传的东西是"剪不断"的，它们在整个现代文学的血管中流淌，内在地制约着外在影响的接受。

第十一章 跨学科研究：文学与自然科学

第一节 跨学科文学研究与比较文学

跨学科研究(lnterdisciplinary)也就是关于各门学科之间的相互关系和比较的研究。这是一门新兴的学问，只有现代科学技术发展到一定阶段，才使这门学问的系统研究成为可能。长期以来，人们为了认识世界，不得不将各科对象从原来的整体和联系中孤立出来，加以切割和分析，从而建立了各门学科。苏联的阿·德·乌西尔博士把这些学科归纳为三类，即自然科学——研究自然；社会科学——研究人和人类社会；技术科学——研究人的创造物：机器。[①] 各门科学又分为琐细的门类。这种分门别类的研究的确大大促进了人对于世界的认识，然而不可否认，这种从联系中孤立出来的割裂的研究不可能不在某些方面失去了事物原来的面貌特性。列宁曾经指出："思维把一个对象的实际联结在一起的各个环节彼此分开来考察。如果不把不间断的东西割碎，不使活生生的东西简单化、粗糙化，不加以割碎，不使之僵化，那么我们就不能想象、表达、测量、描述运动。思想对运动的描述，总是粗糙化、僵化……不仅对运动是这样，而且对任何概念

---

① 马克思：《1844年经济学哲学手稿》，见朱光潜译文，载《美学》第二期，第12页。

都是这样。"①

由于现代科学的深入发展,人们不断发现过去不曾注意到的,不同领域所具有的共同属性,而且现代科学提供了手段(如电脑)使得对这些共同属性和相互关系的研究成为可能。事实上,自然科学与社会科学正在出现一种整一化的趋势。这种趋势表现为两个方面:其一是研究的综合性,人们开始把孤立、割裂的门类重新联结在一起,把事物的各部分、各方面、各种因素综合起来考察,力求从中找出共性、规律性及其相互联系的结构、功能和方式,从而得出宏观的结论。其二是研究的整体性,世界各种事物和运动过程不再被认为偶然孤立的杂乱堆积,而是有规律、有结构的整体。整体并不等于各个孤立部分的总和,某些性质和特点在孤立的个体中并不能找到,它们只存在于其特定的总体的相互联系之中。因此,不能把动态的、有机的整体仅仅分割为静止的、已死的部分,机械相加来进行研究,必须从作为整体各部分的相互依赖、相互制约来揭示事物的特征和规律。

早在50年代,在讨论比较文学定义和功能的过程中,美国的学者们就已经提出:"我们必须进行综合,除非我们要让文学研究永远处于支离破碎和孤立隔绝的状态。要是我们有志于加入世界的精神生活和情感生活,我们就应该时时把文学研究中获得的见解和成果汇集起来,并把有意义的结论呈现给其他学科,整个民族和整个世界。"② 而比较文学就应该不仅是联系各地区文学的纽带而且是"连接人类创造事业中实质上有机联系着,而形体上分离的各个领域的桥梁"。因此,比较文学被定义为:"超越一国范围的文学,并研究文学跟其他知识和信仰领域,诸如艺术

---

① 《列宁全集》第38卷,第285页。
② 雷马克:(Henry Remak)《比较文学的定义和功能》,见《比较文学研究译文集》,上海译文出版社,1985年,第208~214页。

(如绘画、雕塑、建筑、音乐)、哲学、历史、社会科学(如政治学、经济学、社会学)、其他科学、宗教等等间的关系。简而言之,它把一国文学同另一国或几国文学进行比较,把文学和人类所表达的其他领域相比较。"[①]

第二节 自然科学与人文科学

自然科学研究的是自然(包括自然人体),人文科学研究的是人类社会群体和个人主观意志感情,统称为人文现象。两者有根本的不同。首先是大自然按一定规律变化,这种变化可以重复多次,可以得到验证。例如水加温到100度,即可沸腾而气化;降温到零度,即可凝固而成冰。这一过程在一定条件下可无限重复,如果有人怀疑,可以立即重演,得到验证。人文现象却不可能完全重演,也不可能多次观察,以得到验证。另外,自然科学不以人的意志为转移,对于自然规律来说,人的作用微乎其微。虽然,自然规律也不是一成不变的,它在一定程度上也受到人的主观意识的限制。例如,一方面,对人来说,未知之物是无限的,已知之物只是其中微不足道的一小部分。随着人的知识的增长,人所认识的自然科学及其规律也会不断发展变化;另一方面,自然的呈现是在人类设计的一定实验框架下完成的,没有这种实验框架,自然的某些部分就不会呈现出来。人文现象却绝大部分由人所创造。

目前,特别值得提出的是两种倾向:其一,由于自然科学和人文科学的长期分离,自然科学的目标已经在一定程度上离开了人类的生活理想。过去很多科学家追求的目标是理想和真理,但

---

① 雷马克:《比较文学的定义和功能》,见《比较文学研究译文集》,上海译文出版社,1985年,第208~214页。

是现在，部分科学家不能不为利润而工作。他们不得不依靠资本家的资金来建设庞大的实验室，他们的成果也只能服务于资本家的利益，甚至不能不违背自己的心愿而制造出大规模杀人武器。自然科学离开了人文的目标，离开了为全人类服务的方向，成为少数野心家控制的工具，其发展前景是十分危险的。

其二，由于长期的隔离，自然科学和人文科学之间似乎很难沟通。一部分科学家甚至提出"科学文化"与"人文文化"是两种无法沟通的文化，如《两种文化》的作者斯诺，就持这种观点。他在1959年，第一次提出"科学文化"一词，他认为"人文学者"与"科技专家"虽然"才智相近、种族相同、社会出身差别不大、收入相差不多，但却几乎没有什么沟通"，甚至"他们在学术、道德和心理状态等方面的共同点也非常少"。总之是这两个群体的文化理念和价值观念都产生了严重的差异，彼此不能认同。他举例说，作为一名人文学者而不知道莎士比亚应该很觉惭愧，但不知道热学第二定律却毫无关系；相反，作为科学工作者，不知道热学第二定律，就不合格，至于是否知道莎士比亚则无所谓。正如萨顿所说，有两类人总是让人不愉快的："一是古典学者和文人墨客，他们总认为自己是古代和近代文化的保卫者，他们看不到科学正在他们面前展示出整个完美的世界。二是一部分科学家和发明家更让人不快，他们似乎对人类在五六千年中积累起来的全部美和知识财富一无所知，他们不能领略和欣赏过去的魅力和高尚，并且认为艺术家和历史学家等都是一些毫无用处的梦想家。"[①]

总之，"两种文化"的提出引起了热烈的讨论，人们认识到自然科学与人文科学的隔离所形成的"两种文化"的分裂必将严

---

① 转引自韩建民：《萨顿新人文主义思想主脉》，见《科学时报》2003年3月21日B2版。

重影响人类的未来,因此,跨学科研究越来越被人们所重视。

第三节 系统论、信息论与文学

19世纪源出于自然科学的进化论曾经全面刷新了文学理论、文学批评、文学史,以至文学创作和文学观念的各个领域。1914年,列宁预言20世纪将会出现从自然科学奔向社会科学的更为强大的潮流。事实正是沿着这一方向发展的。系统论、信息论、控制论以及热力学第二定律、熵的观念对于文学的影响绝不亚于进化论之于20世纪的文学。

系统论、信息论、控制论都强调在广泛联系中,把事物作为一个整体来进行宏观的研究。系统论的创始人之一贝塔朗菲指出:"系统就是处于一定的相互关系中,并与环境发生关系的各组成部分(要素)的总体(集)。"① 系统论要求把事物作为某个系统的要素来研究。任何事物必属于某一系统,脱离这一系统必然落入另一系统。而系统的整体功能并不等于它的各个组成部分的功能的总和,整体大于各部分的总和,它具有各个组成部分单独存在时并不具备的功能。任何物质都不是组成它的原子在孤立状态下的性质的机械积累,任何一个生物体的整体功能也不能归结为那些单个细胞性质的简单相加,电子计算机也不是单个继电器开关性能的"积分"。但它们又都是整体的一部分。正是这种部分与整体的对立统一决定着现实世界的生活,这就是作为系统论根本原则的"整体性悖论"。系统论的主要研究对象是抽象的结构和运动形式,它撇开具体内容和特征,抽象出部分与整体之间的关系,将形式分离出来。由于这种高度形式化和抽象化,就有

---

① 贝塔朗菲:《普遍系统论的历史和现状》,见《科学译文集》,科学出版社,1980年。

可能利用数学公式、微分方程、几何曲线等数学手段来进行逻辑演绎推理和大量统计定量分析。因此，从方法论来说，系统论的特点是数学化，也就是量化。系统论的原则和方法应用到不同领域就产生了不同类型的系统科学。例如，研究符号系统的符号学，研究动物和机器内部控制和通讯的一般规律的控制论，研究有利害冲突的双方在竞争中制胜对方最优策略的博弈论等等。

文学研究作为一门科学也可以引进系统论的原则和方法，特别是系统论的普遍联系和有机整体的观念、结构的观念和动态的观念。把文学作为一个普遍联系的有机整体来研究，不但开阔了研究者的视野，而且往往得出一些很有意思的新的结论。例如传统的文学研究方法往往把作家、作品、读者这一有机的信息传播和反馈系统割裂开来分析，或只作线性的单向联系。人们习惯于分析作家的身世、经历、社会地位、政治态度及其在作品中的反映；美国新批评派一度只强调分析作品本文，只分析本文的文学性而与作者、读者绝缘。50年代苏联的文学批评则特别注重作品对读者的思想意义、认识意义和教育意义，这些孤立的单向的研究不能说没有意义，但这些局部的部分功能相加，其总和决不等于作者——作品——读者这一系统的总的功能。从系统论来看，作者在特定的主观和客观条件制约下写出了作品，作品作为一个符号系统，将作者意识到的或尚未意识到的信息传递给读者，读者并不是消极地接受这些信息，而是在特定的主观和客观条件的制约下根据这些信息来进行再创造。将作者——作品——读者这一以作品为中介、构成作者与读者交流的复杂过程作为一个具有多向关系的总的系统来考察，与只限于考察某一局部或局部关系是很不相同的。

60年代西方文学结构主义的盛行，可以说也是将自然科学领域中的系统论引入文学研究的结果。在系统论之前，人类认识世界有两种方法：一种是建立在相似类比的基础上（如甲和乙相似，认识甲的特性，就可推断出乙的特性），另一种是建立在差异分类的基础上(按事物的不同特点分门别类加以研究)，系统论与这两种方法都不同，它把对象看作一个大系统而力图从中找出把各部分联结在一起、构成统一体的密码(code)正是这种密码才使符号具有意义。结构主义者认为人类文化本身就是一组符号系统，而个体的特别行动本身是不会有符号意义的，它必然按照某种"密码"组织在某个符号系统中，结构主义者就是要发现隐藏在各个系统中的这种密码，找出其深层结构。系统论所提供的这种结构的观念为文学研究打开了新的局面，例如，法国的索里欧(Etienne Souriau)认为，戏剧是由六种特殊功能通过五种组合句法构造起来的，这样可以构成《二十一万个戏剧场面》。他正是把全部戏剧作为一个大系统来研究，探索了各种可能性，得出了前人未曾得出的结论。苏联的弗拉基米尔·普洛普(Vladimir Propp)将俄国民间故事作为一个大系统来分析，发现故事中的人物虽是可变的，或是王子，或是市民，或是老百姓，但其功能(即对发展故事有重要意义的行动)总共不超出 31 个，序列也往往是相同的，例如甲外出，乙被要求遵守某项禁令，丙侦察动向，丙了解了情况，丙企图欺骗乙，乙上当帮了丙的忙……其次序也总是按照准备阶段、复杂阶段、转移阶段、斗争阶段、返回阶段、公认阶段来发展。在小说方面，茨维坦·托多洛夫(Tzvetan Todorov)对意大利名著《十日谈》的一百个故事也进行了系统分析。他把叙述结构分为四个层次：最基本的层次是词类，名词代表人物，动词代表动作，形容词代表属性，某一人物做什么动作或具有什么属性，就构成第二个层次——命题。几个命题合成序列(即比较完整的情节)，这是第三个层次。最后一个层次是故事，故事是由多个情节系列构成的。托多洛夫把《十日谈》的一百个故事"解构"，即按以上叙述结构来加以分解，然后"重组"，找出了这些复杂故事的基本模式。美国批评家罗伯特·斯各尔斯(Robert Scholes)进一步提出小说模式；虚构世界与经济世界之间的三种可能关系而构成了整个小说系统的三种模式：虚构世界胜于经验世界是浪漫小说模式，虚构世界等于经验世界是历史小说模式，虚构世界不如经验世界是讽刺小说模式。这些文学研究的新观念都是系统论的结构观念进入文学研究领域的结果。这种着重局部与整体之间的有机联系，在各种关系的改变和运动中寻求模式的方法本身就是一种动态观念的结果，它所研究的对象是运动中的功能而不是线性的因果关系或必然性和偶然性等定性分析的静态描述。

信息论也更新了文学观念。"信息"指的是人们在适应外部世界的过程中和外部世界进行交换的内容。这种交换之所以有价值就是由于它本身的不确定性。如果某一事物对发送者和接受者来说都已确知无误，交换就没有必要，信息也就失去意义。信息可以用不同的编码方式转换成某种信号，通过一定的通道加以传递，信息源——编码器——传输通道——译码器——信宿(信息的归宿)，形成了信息流动的系统。文学艺术家进行创作就是把自己的思想感情变为他人可以接受的信息。文艺欣赏也就是把这些信息按照自己的理解，还原为自己可以接受的内容，达到信息传播的目的。在这一全过程中，作家实际上起着编码器的作用，这种作用有两个层次，第一层次是把来自生活(信息源)的种种感受加上自己的主观变形，或折射转换成信息，在头脑中贮存，这是第一次编码，第二层次则是把已经贮存的各种信息转换为读者可以理解的符号，即写出成作品，这是第二次编码。第一次编码受到作者主观认识能力的局限，第二次编码受到客观表达能力的局限。"传输信道"就是诗歌、小说、戏剧、绘画、雕刻等具体作品本身。欣赏者实际上其者一个译码器的作用，这种译码也有两个层次：首先是将信息译为自己可以理解的意义，如果欣赏者根本不懂得作为信息载体的某种语言，或对于音乐、美术、雕刻全无理解能力,译码就不可能进行,信息流动也即停止。其次理解之后,欣赏者还要根据其文化水平、社会经历、知识积累、审美情趣、个人爱好等的不同,在理解的基础上进行第二次编译,把它变成自己的东西,然后才能达到真正欣赏的目的。从总体来看,这种信息的传播和接受的过程又在一定程度上使客观生活与没有这一过程前略有不同,因而丰富了客观生活,这就是信息传播过程对信息源的反馈。因此,一些伟大的作品往往造就了一代风尚,这在历史上并不乏其例。

信息论将信息分解为多级水平的符号。例如文学作品也可以分解为多极层次:语言(语言层次),语言产生语义(语义层次),语义在人们头脑中形成意象(意象层次),意象与一定文化形态有关(文化层次),文化之上还有形而上的,更抽象的层次(形而上层次),音乐也是一样,音乐的最基本层次是声素结构,声素构成音符结构,音符构成调式结构,调式构成曲式结构,曲式又构成一定的情感结构。既然信息可以分解为多层次,接受者就必然在不同层次上选择自己所能接受的信息。例如不懂英语的读者,英文小说对于他就只是没有意义的音符和字符,他的接受能力在语言层次上就终止了。音乐也是如此,对于完全不懂音乐的耳朵,它对音乐的接受就只能终止于对物理声音的感知。信息论把一切信息的传导(如作者——作品——读者)都作为信息量,进行统计学的定量分析,有人认为这种对文学艺术接受能力的多层次的量的分析也许可能对于争辩甚久而始终无法解释的审美趣味等问题给予科学的界定。

信息论关于"最优化"的原理对于文学艺术有密切关系。文学艺术作为一种信息,它的本质是不确定性,如果一部作品所播送出来的信息全是确定无误的已知的东西,那么,这就是一部无人愿看的陈旧无物的作品,相反,如果这些信息是全新的,与读者原来的"期待视野"全然不同,读者就会感到陌生而不能理解。如何才能在信息的新颖度和可理解性之间,找到一个最优的选择呢?从理论上说,信息论可能通过大规模的、系统的统计数据,在定量分析的基础上对此作出回答。

在翻译问题上,信息论也提供了重要的理论和方法。众所周知,有些作品可以不失原意地翻译成另一种语言,也就是说可以将一组信息编码的符号系统基本上不失原意地改变为另一种信息编码的符号系统,另一些作品则不能。一般说来,小说、神话较易于翻译,诗歌、戏剧则较难。从信息论看来,这是因为语义型信息是易于转换的,而审美型信息则较难。即便是叙事作品(如小说)在翻译时,其审美型信息也是较难传输的。往往故事可以完整地传达,某些微妙的反讽、情趣,特别是风格则很难传达。诗歌中的审美信息远较语义信息为多,因此更难完全传达,诗歌翻译往往只能是一种再创造。目前电脑的翻译也只是语义信息的翻译。审美信息是一种多余的信息量,即相对于语言信息而言,它是在传递相同的信息量的严格需要之外的多余的符号数。这种多余的信息量既不能脱离创作主体,也不能脱离审美主体而存在,它往往是在编码中有所暗示,而在译码时得到不同的实现和充实。要在信息的新颖度和可理解性之间找到最优方案,对于多余信息量的定量分析是很重要的一环。

信息论是一门以数学为基础,以数字为基本表达方式的科学,将信息论引入文学艺术研究就意味着文学艺术研究的数学化或量化,这种数学化或量化是否可能做到并有积极意义呢?马克思本人对于数学是十分推重的,拉法格曾在他的回忆录中记述道,马克思认为,"一种科学只有成功地运用数学时,才算达到了真正完善的地步"。在电子计算机高度发达,各门学科正在走向整一化的现阶段,从已经开始的将数学引入文学艺术研究的初步实践来看,这种研究方法将有广阔的前途。例如已经广泛发展的通过计算机,用统计学的方法进行文体风格和个人艺术特征的辨析就已经取得了可喜的成绩。科学家们通过不同作者用词的频率词长、句长、词序、节奏、韵律、特征词等等的综合分类统计来确定难以描述和定性的不同作者的风格特色，判断作品的真伪。例如通过《红楼梦》电脑多功能检索系统，可以运用统计学的方法对《红楼梦》前80回和后40回的语言风格要素和风格手段进行比较研究。一百二十回《红楼梦》输进电子计算机时，采用的是国家标准总局发布的国家标准《信息交换用汉字编码字符集（基本集）》，该集拥有汉字6763个汉字，分为两级字库，第一级字库含3755个常用汉字，第二集字库含3008个次常用汉字。深圳大学制作的《红楼梦》电脑多功能检索系统在这两级字库之外，还用了240个非常用汉字。在这240个字中只有10个字既出现于前80回，也出现于后40回，余下230个字中，210个字只出现于前80回，只有20个字仅出现于后40回。出现频率在2次至16次之间的生僻汉字只见于前80回的是49个，只见于后40回的是5个。可见前80回与后40回作者的用字习惯很不相同，加以大量统计材料所显示的后40回作者造句用词的"京味儿"及其深厚的北京方言基础都雄辩地说明，《红楼梦》这部书不可能只出自一个作者的手笔，后40回也不可能像最近一些学者推测的，为江南女子杜藏芳所写[①]。利用同一电脑检索系统写成的《试论〈红楼梦〉中的把字句》一文，第一次有可能对这部近代汉语代表作中的"处置式"、"把"字句和"将"字句进行了穷尽性的统计和分析，论证了近代汉语"处置式"的发展以及这两种句式在口语中的消长，及其在前80回与后40回中的不同表现。文章还对《红楼梦》中出现的表行为方式把字句、施事把字句、否定式把字句和不完全把字句等特殊句式进行了具体分析

[①] 参阅《深圳大学学报》（人文社会科学版），1986年第一、二期。

并穷尽其例句，得出了前人不可能得出的结论[1]。看来仅此两例已足以说明信息论、统计学、数学化为文学语言研究所开辟的广阔前景。

第四节 熵与文学

除上述系统论、信息论而外，从热力学第二定律所引出的耗散结构和熵的观念，也逐渐渗透到社会科学和文学研究领域之中。热力学第二定律告诉我们在某一能量转变成另一种能量的过程中，全部能量作功的能力减少了。这是因为能量以两种形式出现：一种是位能如电能、热能、机械能等；另一种是动能，动能由被无秩序的运动所激发的分子所产生，位能可被用来产生动能。例如摩擦生热，这是从较高层次的机械能作功（即释放能量）后转化为较低层次的热能。在机械能转变成热能的过程中，能量消耗了，全部能量作功的能力也就减少了。这就导致了熵的概念。"熵"是混乱程度的测量标准，在一个封闭的体系中，层次较高的、有秩序的位能作功耗散，产生层次较低的、较无秩序的，混乱的动能，这是一个不可逆的（例如热能不可能回复到原来的机械能）、能量愈来愈少终至衰竭的过程，。也是测量混乱程度的"熵"愈来愈大的过程。熵的增大打破了一切秩序，也就是淹没了一切事物的区别和特点而使一切趋于单调、统一和混沌。著名科学家罗伯特·维纳（Nobert Wiener）在他的《人的人类使用法》一书序言中曾经描述说："当熵增加时，宇宙以及宇宙中所有封闭的体系都自然地趋向退化，并且失去它们的特性，从最小可能性的状态移向最大可能性的状态，从差异与形式存在的组织与可区分的状态到混沌与相同的状态。在吉柏斯（Gibbs）的宇宙

---

[1] 参阅《深圳大学学报》（人文社会科学版），1986年第一、二期。

里,秩序的可能性最小,而混沌则具有最大的可能性。但是当整个宇宙趋向衰竭时,(如果真有那么一个宇宙),则有些局部的交界地区的方向与整个宇宙的方向相反,而且其中有一种有限与暂时的趋势,即组织渐渐增加的生命在这一交界区最为得其所哉。"[1] 这就是说从整个世界发展趋势来看,由于能量的耗散,全世界可以"作功"的总能量越来越减少,在这个过程中一切都会变得陈旧、已知、乏味。新鲜的、未知的、偶然的、有特质即按特殊秩序排列的事物越来越罕见,这就是维纳所说的"从最小可能性的状态移向最大可能性的状态,从差异与形式存在的组织与可区分的状态到混沌与相同的状态"。也就是不可抗拒的"熵"越来越大的状态。例如一个人,如果他把自己变成一个"隔离体系",既不摄取食物,又不通过感觉器官来吸收外界的信息,并有所反应,真像庄子所说的那个没有七窍(两耳、两鼻、两眼、一口),因而也就不能"视听食息"的"浑沌"(《庄子·内篇·应帝王》),他的熵就会越来越大,在一片无秩序的混沌中,无动无为,终至静止、平衡、永远衰竭、死寂。

"熵"的观念在美国小说中引起很大反响,最著名的美国作家如索尔·贝娄(Saul Bellow)、厄普代克(John Updike)、梅勒(Norman Mailer)都曾在他们的作品中多次谈到熵的问题,著名的美国后现代主义作家品钦(Thomas Pynchon)的第一篇短篇小说题目就是《熵》,实际上《熵》正像是他后来的许多作品的一个序言。他的作品,如后来的《万有引力之虹》等无不笼罩着"熵"的阴影。女作家苏珊·松塔(Susan Sontag)在她的名作《死箱》中所描写的一切事物都在瓦解、衰竭,趋向于最后的同质与死寂,这种担忧与恐惧在当代美国作家的许多作品里都能找到。

---

[1] *The Human Use of Human Being*, Byre and Spottiowoode, London, 1954, 参见伍轩宏译文,《中外文学》第12卷,第8期。

特别是他们精心描画的那种某件事物或某个人从有生命的充满活力和创造性的运动发展成逐渐走向无力与死亡的无意义重复动作的过程确实令人怵目惊心。而美国作家因此被视为有可能阻止这种倾向的"反熵"英雄。著名社会学家勃拉克默尔(R.P.Blackmur)分析说:"社会的运作趋向于统一化,艺术家是挣扎反抗这种统一运作的英雄,像是在橘子果酱里的挣扎,因为艺术家将统一化的运作视为生命最后的麻痹。麻痹是动力的扩张,但我们宁可相信它是事物的衰竭状态。"① 艺术家可以起"反熵"的作用,因为他们的作品只要不是陈词滥调,就会带来一定的信息,信息就是"负熵",信息打破旧的统一和沉寂,减低了混沌的程度也就是减低了"熵量"。事实上,正是作家刻意创新,不断降低熟悉度,追求"陌生化"的倾向使他们成为"反熵的英雄"。

要防止"熵量"的增加,就必须突破隔离封闭的体系,不断增加信息量,不断与外界交换能量,不断改变主体的结构以适应新的情况。比利时物理学家、诺贝尔奖金获得者普利高津(Prigoging)把时间的不可逆观念引入物理、化学研究,对不平衡态进行了考察,提出了耗散结构的新概念,而过去的经典力学则把所有的物理规律与时间都视为可逆的,不区分过去与未来,没有时间的因素,以为任何时候都可以得到相同的结果。例如氢二氧一任何时候,只要有一定的条件都可化合为水,同样,水也可以再分解为氢二氧一。这是可逆的平衡态。普利高津指出在自然界中大量存在的是参有时间因素的不可逆的不平衡态。例如一滴墨水在水中扩散,冷水已和热水混合成温水,要再回复原样,几乎完全不可能。前一种情况即氢化合成水的情况是宏观上不随时间变化的定态,扰动随时间变化而衰减,就能恢复扰动以前的状

---

① *A primer of lgnorance*, Harconrt, Brace and World, New York, 1967, 参见伍轩宏译文。

态,这种状态就是一种稳定性平衡结构;后一种情况即墨水在水中扩散等则是宏观上随时间变化的动态,扰动随时间发展而增大,怎样也无法恢复扰动以前的状态。整个体系将越来越偏离原来的状态,这就是不可逆的不平衡态。

比较文学的研究不是 A—B—C 的线性演化史,也就是说不是一个随时可以逆转的平衡态,而是一个由于随时加进了外来因素的不可逆的不平衡态。比较文学把文学作为一个有生命力的开放性体系来进行研究。它不仅研究其他文学系统对某种文学系统的影响,即作用于非平衡态的"参数",还要研究新质的产生,革命和突变。不仅研究不同文学间的相互渗透,而且也研究自然科学、社会科学、其他艺术乃至环境和时代的影响对文学的影响,及其所造成的不平衡态,以及这种不平衡态如何打破无序的平衡态而产生新的有序性的不平衡态,这种新的不平衡既继承着原来的旧质,又产生了新质而开始了新的阶段。比较文学要求无论是创作主体还是审美主体都要力求突破自身的封闭,成为一个善于结合新机、释放能量、变成新质的新颖、独创的开放性体系。

从以上的分析,可以清楚地看到,自然科学的新发展对于文学研究是有深远意义的,尽管这方面的研究还正在开始,其远大前程已不容置疑。这是因为作为自然一部分的"人"与自然本身原来就有一致性,科学家们把这种现象称为"数学的和谐",这种和谐在各门学科中都是相通的。例如画家们公认为最佳比例的黄金分割:1 比 1.618,这不仅是画家创造出来的构图原则,也是自然生物的最优选择。植物叶脉的分布,动物身上的色彩和图案,舞蹈演员的肩宽和腰宽、腰部以上和以下的比例,以至数学家为工农业生产制定的优选法,提出配料的最佳比例等等,大体也都符合黄金分割的比例。我们还可以举出无数实例来证明这种人与自然的多样性与共性的统一。况且自然科学与文学研究本身都是人类思维的一种形式，其中本来就有共通之处。因此，研究自然科学的新成就、新方法，并将其应用到文学领域中来，肯定会为文学研究与文学创作打开新的局面，作出新的贡献。

当然这并不是说自然科学能够解决文学研究中的所有问题，相反，作为自然科学主要思维方式的抽象思维，是感性材料的"蒸发"，即抽象和概括。正如马克思所归纳的，人脑掌握世界的方式有四种，自然科学只是其中之一，另外还有"艺术的"、"宗教的"、"实践—精神的"，它们可以互相阐发，但却不可互相代替。[1] 这是我们在研究自然科学与文学之关系时必须十分注意的。

---

[1] 马克思：《〈政治经济学批判〉导言》，《马克思恩格斯选集》第2卷，第103~104页。

第十二章　文学与哲学社会科学

第一节　文学与社会的联系

文学与社会有着千丝万缕的联系。50年代，美国新批评派强调研究本文(text)的文学性，把通过作者经历和意图来了解作品的方法称为"意图谬误"，把通过读者的感受来了解作品的方法称为"影响谬误"，试图把文学研究和周围社会的联系与影响割裂开来，这样做不仅大大缩小了文学的研究范围而且也很难得出合乎实际的结论。因为文学与社会存在着各方面的联系。

首先，可由文学符号再现的客观世界经过作者头脑的选择，或显示，或隐藏，构成了作者头脑中的信息，这些信息组成一个在作者头脑中"召唤"（或构造）出来的世界；这个世界通过作者的写作，形成了作品中的世界；作品中的世界正是作者头脑中"召唤"（或构造）出来的世界的投影或外射。作品中的世界由语言组成，这些经过选择而组合在一起的语言又丰富（或改变）了总的文学符号的贮存库。从"可由文学符号再现"的"世界"，到"作为文字符号贮存库的世界"的改变，就是作品产生、形成，并作用于世界的过程，这是一个从社会到社会的过程。

另一方面，作品的产生有赖于作者运用语言的方式和力量，这种方式和力量一方面决定于他对世界的看法，另一方面决定于写作前他的语言储备、知识水平、文化教养以及对前人艺术成果的汲取和消化。然后，通过语言的力量，创造出作品。同时，作品必须通过读者的语言吸收能力才能对读者发生作用。读者由于其语言储备、知识水平、文化修养、欣赏习惯的不同，对作品的理解、接受水平也各异。一个从未接触音乐知识的人，不可能欣赏交响乐，一个不识字的人也不可能欣赏文学。读者接受作品之后，他必有所反应，在心理、道德、美学各方面发生一定变化，也就是说使他的行动范围所及的世界发生了一定变化。

由此可见，无论是从作品产生、形成，并作用于世界的过程，还是从作者与读者通过语言进行沟通的过程来看，其起点和终端都是作者和读者生活的自然环境和社会环境。像新批评派那样把作品从它所赖以存在的"世界"中孤立出来显然是不符合实际的。

第二节 文学与思想观念

在文学与世界的关联中，关系最密切的当然是文学与思想观念的关系。关于这个问题，过去的理解有两种偏离。第一种是把文学单纯地看作某种思想的图解或形象化；第二种是否认文学与思想观念的关联。

作家进行创作本来有两种不同的方式，这种不同甚至也体现在同一个作家的写作之中。例如茅盾在写《蚀》三部曲时，他的方式是"文思汹涌"，"信笔所之，写完就算"（《从牯岭到东京》），并没有着意考虑要贯穿什么思想观点，但在写《子夜》时就不同了，他说："《子夜》的写作方法是这样的：先把人物想好，列一个人物表，把他们的性格发展以及连带关系等等都定出来，然后，再拟出故事的大纲，把它分章分段，使它们连接呼应。"[①] 这个"想"、"列"、"定"、"拟"、"分"、"连接"、"呼应"

---

① 茅盾：《〈子夜〉是怎样写成的》，《新疆日报》副刊《绿洲》，1939年6月1日。

的过程就是一个自觉地贯穿思想观点的过程。在"文思汹涌"、"信笔写来"的写法中,这一过程并不明显,作家的思想观点往往是自然流露在字里行间。

自觉贯穿思想观点的写法发展到极端就是所谓"主题先行",有了主题思想,再寻求人物故事或题材来加以"表现"。到了"文化大革命"时期,"主题先行"发展到荒谬的程度,那就是:"领导出思想,群众出生活,作家出技巧"的说法。"主题先行"的主张表现在文学批评方面,就是简单地以某种主题思想概括全书,如说《红楼梦》是描写"阶级斗争",《战争与和平》是宣扬不抵抗主义,《威尼斯商人》是攻击犹太人等。这类分析有意无意都是把文学作品作为某种思想的载体,而忽略文学本身的特点和复杂性。

另一方面,也有不少人否认文学与思想观念的关联,认为伟大的作品不一定有伟大的思想。即便是莎士比亚、但丁这样的不朽作家也未必有什么不朽思想。许多名诗、名著无非是重复人的生死和命运无常之类的老生常谈。他们认为把一部作品简化为一句理论性的话,甚或断章取义地对作品加以利用,对于作品的理解都有极大的破坏性,它会使作品本身的艺术结构分崩离析而强套上"外在的价值标准"。况且,思想往往容易过时而作品却有长久的生命力。如易卜生《玩偶之家》所表现的"女子不甘为玩物"的思想现在已不重要,但《玩偶之家》的艺术魅力却始终不衰。可见作品之有价值与否并不一定和作者的思想直接相关。

实际上,文学和专门研究思想观念的哲学有许多共同点,例如,和音乐、美术不同,文学必须,并只能通过语词来表达,哲学亦如此。文学家和思想家所用的语词都不仅要人听到或读到,而且要他们依据上下文进行解释,化为自己所理解之物。也就是说,只有对词语进行解释并理解,文学和哲学才能起作用。这种解释和理解都不完全是主观的,也不完全是客观的而是相互交流和对话的结果,一旦失去了这种实际交流中的平等互动关系,文学和哲学就都会失去其活力,也就是说思想和文学都只能在这种语言的交流中存在。

但思想家和文学家又是很不相同的。首先,思想家强调的是定义的精确、科学的论述;文学家强调的却是想象、比喻和象征。其次,思想家关心的是某种思想的含义,这种含义必须保持严格的一致性,并表现为确定的主张,即表现为知识、见解或信仰等;文学家所关心的却不是思想本身,而是思想的具体化,即致力于表明某种思想如何影响了生活,致力于描写和烘托拥有某种思想的人的举止、行为和感情。文学家引起人们对某种思想的关注而不是对这种思想本身进行论证和分析。再者,文学艺术作品中的"思想"或人生见解都不是哲学著作中那种"冰冷的"逻辑思想,而是情感与理智的结合,带有浓厚的感情色彩和作者的爱憎,这是通过作者的生命而起作用的思想。读者从每一节奏、每一意象中都可具体而隐约地感到作者心灵的活动而自己也受到感动。哲学著作则绝大部分是不掺杂思想家感情成分并力求客观的纯理智的思考。最后,思想家是进行论证,他要求对象接受或拒绝并阐明道理,文学家则不要求读者对其中思想作出逻辑评价,而主要是欣赏和共鸣。

由于近代脑科学的发展,人们已经能区分大脑两半球的不同功能。1981年诺贝尔生理学、医学奖获得者罗亚·渥尔考特·斯佩里关于这一问题的实验是非常有意义的。他证实:"左半球同抽象思维、象征性关系和对细节的逻辑分析有关,它具有语言(包括书写语言)的、理念的、分析的、连续的和计算的能力……在一般功能方面,它主要是分析,犹如计算机一样。""右半球则与知觉和空间有关,处理单项的事物而不是数理的排列。它是有音乐的、绘画的、综合的、整体性和几何——空间的鉴别能力。"① 这一关于大脑两半球的新发现恰恰好为哲学与文学的不同找到了科学根据：哲学和文学是源出于不同脑半球的不同功能的两种不同思维方式的产物。

哲学思想可以离开文学而存在，文学却不可能完全离开哲学思想而独立。首先，文学家是人，是思考着的人，他必然受到某一时代的哲学思想的影响，他也必然对所遭遇的一切进行思考。表现伟大思想的文学作品不一定就伟大，但不可否认，伟大的作品必然在某些方面包含着深刻的哲学思考。在研究某一特定时期，某种思想如何激发人们的行为过程时，文学艺术是很重要的传播媒介，因此，对哲学来说，文学也是很重要的研究对象。

第三节 文学与心理学

文学与心理学在 20 世纪被认为是最有血缘关系的学科。文学家与心理学家都注意观察人的内心世界，心理学的进展总是给文学和文学研究带来新的变化。例如弗洛伊德(Sigmund Freud)精神分析学(Psychoanalysis)的建立就对文学的各个领域进行了全面的刷新。弗洛伊德认为一切心理活动都以潜意识的存在及其活动为基础。潜意识是人类心理最原始、最基本的因素，深藏于人的心理内层，如火山内炽热的岩浆，高度活跃，具有无穷的生命力，为人类精神活动提供取之不尽，用之不竭的源泉，是任何一种意识的最初的胚芽和种子，正如遗传基因包含了有机体日后发育的一切特征。个人心理因素、民族传统精神(心理结构)都以潜意识的海洋作为他们的总仓库。世代相传的民族意识和个人心理

---

① 转引自张尧官、方能御：《1981 年诺贝尔生理学、医学奖获得者罗亚·渥尔考特·斯佩里》，见《世界科学》1982 年第一期，第 47~48 页。

都可分解为潜意识的因素，分藏在各个人的潜意识之中。潜意识在人类意识活动中占有很大比重。如果说意识活动像一座冰山的峰顶，那么，潜意识就是在水平线下的庞大冰山底座。潜意识有它的原始性，它与"继发性思考法则"不同，它不完备，无明确分野，无连贯性，无因果关系，非逻辑性；它是最直接与大脑神经冲动发生联系的分子，因此优先从大脑神经获得能量而最有生命力。潜意识是一片互相渗透牵连的，连绵无穷的"精神内海"，是在人们内心深处运行的火苗，它从人体内的神经组织及与外界生活的相互交往的刺激中得到潜能，时刻想冲破意识的网罗求得自我实现。

弗洛伊德把人的意识分为三个层面，即"本我"（id）、"自我"（ego）、和"超我"（super ego）。"本我"即上述潜意识的冲动，这是一种原始本能，以"快乐原则"为指导；"自我"以维护自我生存为目的，它的指导原则是"趋利避害"；"超我"则是以"道德原则"为规范的一种道德追求。在社会实践中，"本我"势必受到社会习俗和道德责任的制约，形成"超我"对"本我"的尖锐冲突，而"自我"则依据"趋利避害"的现实原则兼顾"超我"与"本我"的要求，权衡轻重，采取行动。"自我"既受到"本我"的无止境地追求快乐，满足欲望的冲击，又为"超我"所压制，不能不时时顾忌到社会、道德的谴责，又为现实世界的客观条件所阻挠，不能不考虑现实性和可能性，以达到"趋利避害"的目的，因此，人的"自我"经常生活在痛苦的矛盾和挣扎之中。

弗洛伊德学说对文学的影响首先表现在对"人"的重新认识上。西方文学作品对"人"的价值的认识有一个演变的历史。在荷马史诗中，英雄人物都是出身高贵、品德优越、聪明睿智、体魄强健、意志坚强、武艺超绝，能战胜一切困难，精神力量与实际能力高度统一的真正的英雄。希腊悲剧开始描写人的崇高伟大常常敌不过命运的拨弄而遭到毁灭；希腊喜剧接触到人与社会的矛盾，表里不一，名实不符，高贵的地位和外表掩盖着渺小卑微的灵魂。中世纪文学在基督教笼罩下更是强调人生而有罪，必须谦卑地作一位受惩罚的上帝的奴仆。文艺复兴时，文学重新歌颂和肯定人性的特征、人的感情、智慧和欲望。18世纪理性主义以启蒙主义的理性和从压抑中解放的个性来对付封建时期的蒙昧主义，浪漫主义则崇尚人的感情和个性的自由奔放，19世纪文学作品的主人公多半是崇高理性与人的感情相统一或相矛盾的产物，他们的"自我"都是挣扎在"本我"和"超我"的严重挤压之中。

弗洛伊德学说在关于人的认识和评价方面引起了极大的震动。在他看来，人既不是充满着高贵理性与感情、超凡入圣的英雄，也不是绝对卑鄙的恶徒，而是充满着自我矛盾的一种生物，他心中藏着一座充满了黑暗、盲目和无意识冲动的地狱，"自我"总是受到冲击和压制。他的生的力量可以创造人间奇迹，但也往往毁于黑暗的欲望而遭到悲惨的命运。在弗洛伊德学说的影响下，作品中的人物在很大程度上世俗化、散文化、非英雄化，充满着病态、畸形、古怪、混乱的特征。人格遭到肢解而丧失其完整性，个人主义的发展加深了个人和社会的对立。

精神分析学表现在文学思潮方面，首先就是超现实主义的兴起。1924年布勒东（Breton）起草第一篇《超现实主义宣言》，要求把人的意识从逻辑和理性中解放出来。1929年，第二次宣言又提出作家应"旋转下降"，进入探索"自我"的隐秘的领域，以便使精神力量获得重生。他们认为"超现实就是纯粹的、无意识的精神活动"。布勒东自己还曾经对在催眠状态中的潜意识的写作进行了试验。他认为理智、道德、宗教都束缚了人的精神和本能需要，只有梦幻和精神错乱，真正摆脱理性的控制和监督，才能进行真正的创作。这种创作受思想的启发，但不受理性的控制,排除美学或道德的考虑,主张只有潜意识、梦境、幻觉、本能才是创作的源泉。他们的诗歌多半表现"无理性认识",实行"无意识书写",即快速地录下脑子里涌现的杂乱无章的一切,躲开意识的监视,追求梦的压缩。他们反对资本主义压迫,否定传统的写作方式,追求超越于资产阶级文明和艺术,超现实主义思潮对欧美文学和艺术发展有相当深远的影响。

由于弗洛伊德学说刷新了对人的评价和认识,它对现代派小说的影响也是很大的。现代派小说家认为写实主义和浪漫主义所依赖的那种理性和逻辑的秩序在很大程度上把世界和人的本相简单化了,也就是歪曲了。他们认为过去小说营造的历时性叙事结构已不可能表现目前已被认识的社会和人的复杂性。著名女作家维吉尼亚·吴尔芙(Virginia Woolf)抱怨现实主义传统经常用编织情节的办法歪曲了生活的一般性质,因为这种历时性叙述的情节不能表现人的头脑在日常生活中每时每刻接触到的千变万化的印象,描绘不出现实生活的复杂性,反而制造了一种假象,似乎生活的发展方式就和他们所编造的情节发展方式一样。在现代派小说家看来,传统的写实主义作家往往把他们高超的技巧和勤奋的创造都用于一些微不足道、转瞬即逝的细节,并把这些细节视为真实持久的现象而不大能揭示人的内心深处闪过的火焰给人带来的信息。现代派作家强调突破传统方法的束缚,为现代社会和现代人的复杂性找到一种恰当的表现形式。意识流的方法就是在这样的探索中形成的。意识流方法强调在理解和描写人的心理和意识时,突出意识和潜意识的交织;注意人的外部活动和内心活动的关系,也就是"自我"与"超我"和"本我"的矛盾及其与外界的抗争。意识流方法特别注意各种因素的相互联系和作用,特别是过去的经验(意识到的或未意识到的)对"感觉的现在"的影响,把现实看作过去经验与现在活动的统一。因为既然人的意识是由有理性的自觉的意识和无逻辑、非理性的潜意识构成,既然人的意识深处存在着一个自发和混乱的"精神内海",潜意识会自己浮现出来和现在的意识与活动交织,这就会形成一种与真实时间不同的,主观感觉中的时间观念,也就是所谓心理时间。意识流方法致力于在作品中表现一种把时间的发展系列在内心中重新加以组织的心理时间。总之,意识流的方法使作品出现了复杂的层次,在一种新的透视的(非平面的)基础上形成了立体的经验结构和叙述结构,为作品提供了一种在复杂的基础上掌握和表现复杂的现代意识、现代感受和现代经验的可能。正是这种意识流的方法使读者有可能进入充满了黑暗与混乱的人的意识深处,使这种黑暗与混乱得到真实的表现,并且不是通过叙述者的中介,而是使读者直接看到人物的内心。这些内心深处的意识有时是清晰的,有时是混乱的,有时符合语言规范,有时则突破了既定的语言的规律。乔伊斯的《尤利西斯》和普鲁斯特的《追忆逝水年华》是成功地、大量运用意识流方法的巨著。前者继承了传统的内心独白的方法,引进了潜意识的混乱,使这种独白发生了质的变化。在乔伊斯的作品中,作为传统小说主要构成部分的行为和动作只起一个框架的作用,主要内容都是意识和潜意识的混乱而无目的的流动,形成一座气象万千的森林,或者说一片纷乱陆离的迷宫;普鲁斯特的《追忆逝水年华》十五卷巨著则是一种主观的自我精神分析,他认为只有意识中的经验才是真正的东西。意识流的理论和实践都是精神分析学说在文学方面运用的结果。

弗洛伊德的心理学说不仅在文学创作方面引起了质的变化,在文学理论和文学批评方面也引起了很大的革新。例如将"情意结"(Complex)的观念引入文学批评。所谓"情意结"(亦称情结)就是一种"潜意识的复合体",是潜意识丛集,并多次表现出来的集结。按照弗洛伊德的学生荣格(Jung)的说法,这就是人类世世代代普遍性心理经验的长期积累的一种沉淀。艺术创作本身就是一个"自主情结"(Antonomous Complex),是一种长期积累的创作欲。要求疏道和发泄潜意识中受压抑的、无法实现的"本我"。在优秀作品中，原形（Archetype）凝聚着人类从远古时代以来长期积累的巨大心理能量，其情感内容远比个人心理经验强烈得多，因此可以震撼人们内心最深处而引起强烈的共鸣。在弗洛伊德和荣格看来，艺术是一条惟一的小径，可见摆脱"超我"和现实的束缚，使幻想通向现实，艺术家通过艺术去缓和自己所受的压抑，把自己转移到希望的幻想生活中去。在文学批评中谈论最多的是"杀父恋母"情结（Oedipus Complex）。弗洛伊德本人对这一情结的发现极为重视，曾把他的墓志铭定为："心理学家西格蒙特·弗洛伊德，伊底帕斯情结的发现者"。这一"情结"的内容实际上是指一种母女和父子之间"同性相拒"的倾向。例如女儿把母亲看作限制她的意志的一个权威人物，母亲的任务便是教育她遵守社会所公认的关于性自由的禁制，在某种情况下，母亲也是她的敌手；在儿子看来，父亲是他们不甘服从的社会势力的化身，父亲阻挠他的意志的实行，妨碍他早期的性快乐和对财产的享用。母子关系则是更为纯真的，不为任何自私的意念所干扰。我国名著《红楼梦》中，主人公贾宝玉与其父贾政之间的紧张和仇恨，与其母王夫人之间的诚挚而较少利害关系的母子之情可以作为一个例证，当然，"杀父恋母情结"是潜意识的。在意识中，它仅表现为某种形式的亲昵、爱抚的愿望以及同性父母不在时的快乐表情。随着年龄的增长和"超我"的逐渐形成，这种意识被压入意识深处。但这个最原始的情结却在文学中不断出现：从希腊悲剧中俄狄浦斯王终于应验了神示，杀父娶母，悔恨得挖出双眼开始，很多文学作品都在不同程度上展现着这一情节。例如，有一种解读就认为莎士比亚名剧《哈姆雷特》中，王子所以犹豫不决，迟迟不采取行动为父报仇，就由于他对母亲的眷恋和同情，不忍立即除去她之所爱而在潜意识中对父亲的死并不真正悲伤；英国著名作家劳伦斯（D. H. Laurence）的名著《儿子与情人》也写了独生子对父亲的冷漠甚至仇恨，以及母子之间的强烈感情和这种感情对于已经成熟的独生子的爱情婚姻的压制和妨碍。台湾学者颜元叔认为中国薛仁贵和薛丁山的故事也是"杀父恋母情结"的一种表现。先是薛仁贵射伤薛丁山，后是薛丁山误杀其父薛仁贵，中间穿插了许多薛丁山与母亲王宝钏相依为命的情节和薛仁贵误以母子之情为男女关系的暗示。这种阐发是否可以成立还有待于进一步分析。

最后，关于"潜本文"的研究也是将精神分析学引入文学批评的一种新尝试。弗洛伊德认为人的生活太艰难了，充满了太多的痛苦，太多的失望，不能没有减轻这些痛苦的办法。这就是"利比多转移"（Libido Displacements）即把本能的冲动，"本我"的欲求转移到不会被外界挫败的方向上去。艺术就是拒绝欲望的现实与满足欲望的幻想之间的缓冲地带。艺术家则是能借助于他的创作使自己的"利比多压抑"，即"本我的压抑"转移到创作中去的人。他和常人不同的地方正是他能在一种幻想的生活中去满足和放纵他的欲望，并把他的欲望铸造成一个崭新的现实——小说世界。弗洛伊德认为艺术家和精神分裂症患者都是突然中断与现实的联系而进入到一个虚幻的世界里去。所不同的只是前者可以找到返回现实的方法，不会被禁锢在僵化的幻觉世界中，而后者则不能。

艺术作品为什么有魅力？就因为其他人和艺术家一样也有苦闷，但他们不能自己制造出如此丰富的幻想世界。因此，作品不但是对于艺术家的补偿同时又是一种社会性的治疗手段和一种使公众摆脱苦闷的出路。总之，作者所创造出来，使自己得到解脱的幻觉世界既是作者幻觉的对象，又是可供读者鉴赏的对象。这样，作品本文就有两个层次：一个是已经构造出来的可以作为对象的本文，另一个是作者的潜意识，这种潜意识是一个潜在的本文，它升华并转移为前一个层次，即已经构造出来的本文。按照弗洛伊德学说,这种"潜本文"肯定是存在的,但分析起来很不容易。弗洛伊德在1924年所写的《从心理分析论诗与艺术著作》中,曾分析达·芬奇所画的圣母像,谈到画中出现的两个婴儿形态的天使,他认为这一幅画的"潜本文"就是达·芬奇本人的"恋母情结"。达·芬奇是私生子,他的父母早就离异,他画圣母,画婴儿、天使都是他对父亲的冷漠,对母亲深情的潜意识的表现。中国当代女作家冯钟朴的许多作品,如《红豆》、《弦上的梦》、《核桃树的故事》都写到一种无法实现的爱情的怅惘和痛苦,其潜本文就是作者经历中所遭受到的未能满足的爱情的伤痛。鲁迅所写的著名短篇《药》,其潜本文之一就是鲁迅由于父亲的死所留下的憾恨,这种憾恨化为潜意识中对中医中药的反感。显然这些作品都是作者痛苦的移位和升华。

综上所述,可见心理学与文学有着极其密切的关系,心理学的进展对文学创作、文学批评各方面都引起了根本的革新。

第四节　文学与社会学

文学和社会是密不可分的。首先,文学是社会的产物,文学所写的内在、外在世界都是社会的一部分。作家是社会的一分子,他占有一定的社会地位,他的思想受到社会思潮的影响和冲击,他期望着得到社会的某种承认或报偿,文学对社会有一定的功能和作用,作者和读者之间,以语言符号构成的作品为中介,相互沟通信息,任何作品都期待着知音,希望达到交流的目的。从历史来看,文学作品的产生总是和某一社会发展阶段相关联。作为媒介的语言本身就是社会的产物,离开了社会就没有语言,语言有其社会性并随着社会的变化而变化。同时文学表现手段如象征、韵律等也都是在一定社会条件中才会产生的文化表现形式,例如蝙蝠在西方世界,以其在黄昏出没的生活习性及其似鸟亦似兽的生理特征，被看作黑暗与魔鬼的象征；在中国，却因蝠、福同音而被视为幸福的记号。总之，文学从各个方面反映社会，但绝不是简单的立竿见影式的反映，如上所述，这种反映有着极为复杂的动态的内容，很多情况下不能从表面文字而要在字里行间、文字背后去追寻。列宁认为托尔斯泰的作品是俄国革命的一面镜子，但托尔斯泰的主要作品并不是从正面反映俄国革命，而是从反面，从字里行间，从革命的影响及其在社会上引起的动荡和不安、变革等方面来进行多方位的动态反映，这和镜子与物的关系是根本不同的。列宁关于"镜子"的说法终究是一种比喻，他强调的是"反映"，多方位的反映，而不是简单的直射。认为文学既不能如镜子那样反映社会，因而全面否定反映论是片面的。

既然如上所述文学与社会不可分离，两者之间的关系就应成为社会学研究的组成部分。实际上，文学作品往往可以最详尽地保存某一时代的生活情趣、社会风习。文学作品是研究食品服饰、风俗民情的宝藏，是研究文化史不可或缺的资料源泉。20世纪以来，社会学与文学相结合的研究题目大量出现，例如《19世纪美国小说中房东与房客的关系》、《20世纪小说中的美国华裔》、《小说中的20世纪农民》、《从中国当代文学看中国当代社会》等。即便是貌似杂乱无章、荒诞无稽的荒诞派、后现代派小说也反映着一定的社会思潮，是值得研究的社会现象。当然，在进行这类研究时，必须善于分析作品中的内容哪些是出自作者对现实的观察和客观的反映；哪些是作者的虚构及其个人欲望的表现；哪些纯系作者偏见。作者从一定社会地位出发而形成的偏见也应是一种社会学资料。

"作家的社会学"考察作家的出身、社会经历其创作实践的影响，研究作家社会地位变化的历史和趋向。作家的阶级出身固然对他的创作有一定影响，但不一定就真正打上了"不可磨灭的阶级烙印"。许多作家背叛了自己出身的阶级，为另一阶级服务，如鲁迅。18世纪欧洲宫廷诗人或写歌颂宫廷小说的作家往往出身微贱，他们不能不歌颂，因为他们以此为生。在欧洲，大部分共产党作家也都不是出身平民。当代美国作家多半兼营商业和农业，或出身中产阶级。大资本家忙于事务和享受，很少参与创作活动，下层人民则受时间和文化的限制也较少从事创作。19世纪俄国重要作家则大多出身贵族，他们有土地、有农奴、有闲。事实上，作家出身背景与他在作品中所表现的思想倾向，有时有关系，有时也并无多大关联。一个作家的言论、看法与活动与他作品的社会寓意也不能混为一谈。在信仰、言论与文学创作之间，在创作理论与创作实践之间都有极大差别。

"读者的社会学"研究不同时代作者和读者之间的互动。一本书的成功、流传、再风行或一个作家的声誉都是一种社会现象。作家的创作一般来说很难撇开他在经济上依存的读者群众。过去的贵族赞助人常常是一个要求作家屈从自己趣味，自己阶级习惯的"横暴苛刻的读者"。经济独立的作者可以在一定程度上摆脱这种干涉和压力，但他终于不能完全不考虑读者的反应和趣味，这种反应和趣味又是变化无穷的。如果说歌德的《少年维特之烦恼》曾经风靡一时，引起一代青年读者的共鸣与模仿，今天却很难再引起同样的热情。30年代中国象征派诗歌和新感觉派小说早已被人遗忘，但近年来似乎又开始风行。这种趣味的变化是否有规律可循呢？这种读者的社会学也是社会学中一个值得研究的课题。

总而言之，文学与哲学社会科学之间的跨学科研究是非常丰富、非常复杂的。以上只是略举一些例子。其他如文学与宗教、文学与语言学、文学与历史学等等课题都还有待于进一步开掘与发展。

第十三章 文学与艺术

文学、绘画、音乐、雕塑……各种艺术都有自己独特的发展历史,有不同的内在结构,有不同的表现方式,但是,无可否认,它们都是人类思想感情的抒发和呈现。因此,无论在西方或东方,各种艺术形式互相阐发的现象都是常见而多种多样的。

第一节 文学与其他艺术形式之间的相互配合与启发

文学与其他艺术形式之间的关系首先表现为各种艺术之间的互相参与和配合。我国最古老的诗歌总集《诗经》所收的三百零五篇长诗、短诗都是可以合乐歌唱的,有的还可配以"舞容"。汉武帝设立了乐府机关,专门收集各地民歌,刘勰论乐府诗歌说:"诗为乐心,声为乐体",也就是说诗是音乐的心灵,声调旋律是音乐的形体。《文心雕龙》的《明诗》和《乐府》两章详细地讨论了音乐和诗歌这种互相补充和配合的关系。在西方也很容易找到这样的例子,例如海涅(H. Heine)和缪勒(W. Muller)就曾为舒曼(R. Shumann)和舒伯特(Shubert)的音乐提供了美丽的歌词,他们的诗因此也比许多更为卓越的诗得到远为广泛的传播。西洋歌剧和中国戏曲中诗与音乐的相得益彰就更不用说了。

在中国,诗和画从来就是互相配合的,诗甚至可以直接进入画面,成为绘画空间的一个组成部分。一幅优雅的图画,题上一首意境幽远的小诗,加上几枚朱印,熔诗书画于一炉,这正是中国艺术所追求的美学境界。西方诗集和小说也常常配以精美的插图。1949年,德国浪漫派诗人和小说家诺瓦利斯(Novalis)的名作《赛斯的新来者》在纽约出版时,同时印有六十幅瑞士画家保罗·克勒(Paul Klee)的自然风景素描,英国批评家斯蒂芬·斯宾德(Stephen Spender)在序言中说:

> 一个奇异的内心世界,一个纯艺术和纯观赏的世界,意象派诗的世界,一个强烈而热情、却又诙谐而细致的想象的世界。印在这里的画……是诺瓦利斯的世界在保罗·克勒的世界里的一种反映。①

当然这并不是说诗画的配合,诗与音乐的配合就一定成功。恰恰相反,许多第一流的诗歌不可能入乐,许多最好的画也并不是诗集或小说的插图,这里只是说明一种可能性。

各种艺术之间的关系不仅表现为互相参与和配合,而且表现为互相孕育和启发,一种艺术从另一种艺术获得灵感是常见的现象。法国诗人马拉梅(S. Mallarme)的名诗《牧神的午后》就是在伦敦国家美术馆看了布歇(F. Boucher)的一幅画后受到启发而创作的;②英国诗人济慈(J. Keats)也是从洛兰(C. Lorrain)的画构思了《希腊古瓮颂》的细节③。曾获得诺贝尔文学奖的T.S.艾略特,在他的名作《诗的春天》中强调说:

> 我认为诗人研究音乐会有很多收获,我相信,音乐当中

---

① 转引自《比较文学译文集》,北京大学出版社,1982年,第121页。
② 参见蒂鲍戴(A. Thibandet):《斯蒂芬·马拉梅的诗》,巴黎,1926年。
③ 参见科尔文(S. Corvin):《约翰·济慈》,伦敦,1971年。

与诗人最有关系的性质是节奏感和结构感……使用再现的主题对于诗,像对于音乐一样自然。诗句变化的可能性有点像用不同的几组乐器来发展一个主题;一首诗中也有转调的各种可能,好比交响乐或四重奏当中不同的几个乐章;题材也可以作各种对位的安排。①

在中国,这种互相启发和给予灵感的现象更为明显。因为中国艺术美学的基础就是:谈诗则"诗言志"、"诗缘情",谈音乐则"情动于中而形于声",谈画则"外师造化,中得心源",无论诗歌、绘画、音乐,其最高境界都不只是文字、线条色彩、旋律节奏表现形式的外在的美,而是在这一切后面的"情"和"心",即所谓内在的"气韵生动"。这样,诗、画、乐之间相互启示、诱发的例子便举不胜举。

第二节 文学与其他艺术形式之间的功能互换

各门艺术之间还常有技巧交换,功能和效果互相取代的现象。诗画的相通互借,古今中外皆然。古希腊诗人西蒙奈底斯(Simonides of Ceos)早就说过:"画为不语诗,诗为能言画"②,达·芬奇也曾称画是"嘴巴哑的诗",诗是"眼睛瞎的画"③。我国诗画论中也有很多类似的说法。例如张舜民《画墁集》卷一《跋百之诗画》就明确提出:"诗是无形画,画是有形诗",南宋孙绍远搜罗唐以来的题画诗,编为《声画集》;宋末画家杨公远

---

① 约翰·赫华德(J. Howard)编:《艾略特散文选》,企鹅丛书版,1953年,第66、67页。

② 艾德门茨(J. M. Edmonds):《希腊抒情诗》,转引自钱钟书《七缀集》,上海古籍出版社,1985年,第6页。

③ 达·芬奇:《画论》,第16章,转引自同上书第6页。

自编诗集，提名为《野趣有声画》，诗人吴龙翰在所作序中更进一步提出："画难画之景，以诗凑成，吟难吟之诗，以画补足。"（《宋百家诗存》卷一九）陆机作《文赋》曾以绘画的美来说明诗歌中的音乐之美（"暨音声之迭代，若五色之相宜"）。南北朝，宋人范晔开始分别宫商，辨识清浊，把音律运用到写作上来。刘勰在《文心雕龙》中也专辟《声律》一章，把"声有飞沉，响有双迭"等音乐技巧引入诗歌创作。

在西方艺术中，一种艺术技巧向另一种艺术渗透，如绘画进入诗歌，叙事进入音乐，雕刻进入绘画等，更是常见。例如布朗（C.Brown）在他的专著《音乐与文学》中就大量分析了音乐与文学的共同因素和互相渗透。他很有说服力地举了很多实例说明美国诗人和小说家艾肯（C.Aiken）所使用的音乐形式的结构。他认为艾肯是历来最成功地利用了音乐的象征和技巧的小说家和诗人。艾肯在他的诗中"让我们听见这种缥缈飞逝的心灵的音乐的全部协奏"[1]。众所周知，T.S.艾略特更是在他的诗中，自觉地、积极地引进了音乐技巧。海伦·加德纳（H.Gardner）认为艾略特获诺贝尔文学奖的名诗《四个四重奏》由四首诗组成，每一首诗都分成五个部分，可以看成是"都有自己结构的五个乐章"。第一乐章"包括陈述和反陈述"，类似于"严格奏鸣曲式一个乐章中的第一和第二主题"。第二乐章"以两种不同方式处理同一主题"，加德纳把它的效果说成是"像听同一旋律用不同的两组乐器来演奏，或者配上了不同的和声，或者听见这个旋律被改为切分节奏，或者被作成各种复杂的变奏"。第三乐章与音乐的类比关系少一些。第四乐章被看成一个"简短的抒情乐章"，然后是第五乐章"再现诗的主题，并有对个别人以及对整个主旨的具体

---

[1] 《音乐与艺术：各门艺术的比较》，转引自《比较文学译文集》，北京大学出版社，1982年，第131页。

发挥，然后达到第一乐章中的矛盾的解决"，而诗中意象和象征的反复出现和不断变化形式又正如音乐中"一个乐句以变化的形式反复再现……或用另一种乐器演奏出来，或转成另一个调，或与另一个乐句糅在一起，或以某种方式转换、变化一样"。①

在各门艺术形式之间，不仅技巧可以交换，功能和效果也是可以交错发生的。尽管韦勒克对于这种交错的功能和效果存有很多保留，但他仍然承认"文学有时确实想要取得绘画的效果，成为文字绘画；或者想要取得音乐的效果而变成音乐。有时诗歌甚至想成为雕刻似的……可以在某种程度上传达类似希腊雕刻的效果：由白色的大理石或石膏引出的那种清冷，那种安宁、静谧以及鲜明的轮廓和清晰感。"他也承认"人们无法否认贺拉斯'诗歌像绘画'的公式所取得的成功……18世纪人们对于作品如画般的效果的沉迷是很难消除的；从夏多布里昂（F.Chateaubriand）到普鲁斯特的现代文学中许多描写含有绘画的效果，能够引导人们看文字背后那些经常出现在同时代绘画中的场景……在我们总的文化传统内，作家确实在自己的作品中表达了古代寓意画的、18世纪风景画的，以及惠斯勒（Whistler）等人印象主义绘画的效果。"韦勒克也承认："我们听一首莫扎特（W.A.Mozart）的小步舞曲，看一幅华托（A.Watteau）的风景画，读一首阿那克里翁体的诗都会感到心情舒畅，精神愉快。"② 当然这种抒畅和愉快由于来自不同的感受（或听、或视、或读）也不可能完全相同，但在"抒畅"和"愉快"的意义上则是共同的。

中国艺术从来就讲究"诗情画意"，以"诗情"作画更是常见。如宋代画院考试时就曾以"野水无人渡，孤舟尽日横"，"踏

---

① 海伦·加德勒：《T.S.艾略特的艺术》，伦敦，1949年，第37、48页，转引自《比较文学译文集》，第126、127页。

② 韦勒克：《文学理论》，第132～134页。

花归来马蹄香"等作为考题。这类考题要求考生按诗作画,将诗的构思改为画的布局。如"踏花归来马蹄香",把嗅觉化为视觉,并不容易。一位考生以夕阳和野花为远景,画出一位书生骑着一匹缓步走来的马,马蹄周围盘桓着几只舞蝶。这样总算动态的时间系列和存在于一定空间的香味都一并体现在二度空间的画的平面里了。当然,这只是一个浅俗的例子。实际上由于中国画所追求的都不是外在的"形似",而是"妙合无垠"、"情景合一"的最高境界。于诗,"诗乃摹写情景之具,情融乎内而深且长,景耀乎外而远且大"(《四溟诗话》),"情景合一而得妙语"(王夫之:《姜斋诗话》);于画,"画到神情飘没处,更无真相有真魂"(郑板桥)。总之,都是要突破表现手段("景"和"相")的有限,而超越于思想感情之无垠。即所谓"函緜邈于尺素,吐滂沛乎寸心"(陆机:《文赋》)。诗要"情溶乎景",就要具备诗的达意传情的功能。正如苏轼评论燕肃的画时所说的:"燕公之笔,浑然天成,灿然日新,已离画工之度数,而得诗人之清丽也。"(《东坡题跋》)

第三节　文学与其他艺术形式之间的思潮汇通

各门艺术的汇通和一致性还表现为一种思潮,或一个流派,如果它是强有力的,就很容易在不同的艺术部门中找到自己的表现和反响。例如:"比较洛兰的风景画和拉辛(J. B. Racine)戏剧中的对话,可以更突出17世纪诗人和画家都主张的形式美概念以及自然的理想化的剪裁。夏多布里昂作品中那详细的描写、诗意深厚的语言和忧郁的情调,都可以在吉罗德·特里松(A. L. Girodet Tricson)、德拉洛歇(H. Delaroche)、大卫(J. L. David)和杰拉尔(F. Gerard)等人的绘画作品中找到印证,他们都为发展那种追求异国情调、追求"没有灵魂的形体美"的浪漫精神作出了一些贡献。要理解韩波(A. Rimband)《灵光集》中的"神秘"一诗那种"晦暗、隐秘和不可解的东西",在高更(D. Gauguin)的画《雅各与天使搏斗》当中就有一把钥匙,而凡高(Van Gogh)作品中那种心理冲突在爱米尔·凡尔哈伦(Emile Verhaeren)的诗中也可以找到。[1]

再举一个更为普遍的例子。韦勒克指出,曾经遍及于欧洲建筑、绘画、音乐、雕刻的"哥特式、文艺复兴、巴罗克、罗可可、浪漫主义、比德迈尔式(Biedermeier)现实主义、印象主义、表现主义,这样一个以艺术风格来表示的分期序列显然影响了文学史家,从而进入了文学中。[2] 根据这样的分类原则,德国的奥斯卡·瓦尔泽尔(Oskar Walzel)得出结论说,莎士比亚的戏剧结构属于巴罗克式,因为他的戏剧缺乏文艺复兴绘画中发现的那种对称的结构,一些次要的角色组合不对称,不同的重点落在戏的不同部分。这些特点说明莎士比亚的技巧与巴罗克的技巧是相同的。而高乃依(P. Corneille)和拉辛却围绕一个中心人物构筑悲剧,并根据亚里士多德传统的悲剧理论将重点分配在戏的各幕,因此他们的戏是文艺复兴式的。[3]巴罗克、文艺复兴式都是涵盖了诗歌、戏剧、绘画、音乐、雕塑等多种艺术形式的重要思潮。

20 世纪以来,这类把艺术文学作为整体来分类和研究的著作很多,除上面征引的《各门艺术的互相阐发》、《音乐与文学:各门艺术的比较》外,还有《从艺术看文学》、《文艺复兴风格的四个阶段:文学和艺术中的演变 1400—1700 年》等。

中国自古以来类似的材料很多,但却缺乏系统整理。目前能看到的最好的研究就是钱钟书关于唐代以来的南、北二宗在绘

---

[1] 参阅《比较文学译文集》,第 129~130 页。
[2] 参阅《文学理论》,第 138 页。
[3] 同上,第 140 页。

画、诗歌、文风、宗教等各方面不同风格的分析。钱钟书指出"中国画史上最有代表性的、最主要的流派当然是，南宗文人画"。他引董其昌《容台别集》卷四说："禅家有南北二宗，唐时始分。画之南北二宗，亦唐时分也；但其人非南北耳。北宗则李思训父子着色山水，流传而为宋之赵干、赵伯驹、伯骕，以至马、夏辈。南宗则王摩诘始用渲淡，一变钩斫之法；其传为张璪、荆、关、董巨、郭忠恕、米家父子、以至元之四大家……"王世贞在他的《艺苑卮言·附录》中也说："吴、李以前画家（北宗）实而近俗；荆关以后画家（南宗）雅而太虚。"《隋书·儒林传》叙述经学也说："大抵南人约简，得其英华，北学深芜，穷其枝叶。"《文镜秘府论》称"司马迁为北宗，贾生（贾岛）为南宗"。假托贾岛写的《二南密旨》则以钱起的"竹怜新雨后，山爱夕阳时"等句为南宗，卢纶"谁知樵子经，得到葛洪家"等句为北宗。《世说新语·文学》第四则有"南人学问精通简要"，"北人学问渊综广博"的概括。总之，钱钟书引用大量材料说明了南北二宗的不同艺术风格贯穿在绘画、诗歌、书法、文章等各个方面。[①]

第四节 文学与其他艺术形式之间的差别

关于各门艺术之间的差别，西方艺术理论作了很多探索。最著名的当然是莱辛的《拉奥孔——论绘画和诗的界限》。莱辛首先是从诗与画所使用的媒介手段不同来立论的："绘画用空间中的形体和颜色，诗用在时间中发出的声音。"[②] 前者是自然的符号，后者则是人为的语言、文字或韵律。从这一点出发，在空间中并列的物体和它们可见的属性是绘画特有的题材；在时间中持

[①] 《七缀集》，第8～10页。
[②] 《西方文艺理论名著选编》，北京大学出版社，1985年，第317页。

续的动作则是诗的题材(当然如上所述,诗中也有如画的静态场景)。因此,莱辛认为绘画长于模仿那些并列在空间的物体,即使表现动态,也要选择哪些"最富于生发性的顷刻,使前前后后都可以从这一顷刻中了解得最透彻。而诗歌则长于描写那些持续于时间的动作"。如果描绘任何物体或任何个别事物,也只是通过那物体或事物在动作中所起的作用,而且一般只涉及它的某一个特点:

> 对于一个事物,荷马一般只取它的某一个特点。一条船在他的诗里有时是黑色的船,有时是空的船,有时是快的船,至多是划得好的黑色船。他就止于此,不再进一步去画一幅船的图画,如果画家想把这幅画里的材料都搬到他的画布上,他就得画出五六幅才行。[①]

换句话说,绘画直接描写事物本身的美,而"诗则把美所引起的热爱和欢欣描写出来":例如荷马显然有意要避免对物体美作细节的描绘,从他的诗里,几乎没有一次偶然听到说海伦的胳膊白、头发美——但是荷马却知道怎样让人体会到海伦的美……能叫冷心肠的老年人承认为她进行了花许多血和泪的战争是很值得的,还有什么比这段叙述能引起更生动的美的印象呢?

其实,莱辛的这些理论并未根本超越亚里士多德的《诗学》第一章。亚里士多德强调"所有的艺术都是模仿,只是有三点差别,即模仿所用的媒介不同,所取的对象不同,所采的方式不同"。西方美学讨论各门艺术的不同正是从"模仿"这一根本点出发的。而他们讨论的对象又多半是史诗、悲剧和情节画,即故事叙事诗、戏剧和表现圣经故事和希腊神话的油画。前者总是表

---

① 《西方文艺理论名著选编》,北京大学出版社,1985年,第319页。

现一个完整的过程，如亚里士多德在《诗学》所说，史诗应环绕着一个整一的动作，悲剧是对于一个完整而具有一定长度的行动和模仿，而情节画则多数带有插图性质，由脱离了形象就失去意义的色彩和线条所构成。这种强调差别的研究又是与欧洲文化传统重分析、求明晰，以人的活动为中心的特点不可分的。

中国的艺术理论也曾重视诗、画的差别，所谓"宣物莫大于言，存形莫大于画"，和上述亚里士多德和莱辛的议论颇相似。中国传统美学对于评论诗和画所采取的标准也有不同。评画时，多以"虚"和与"虚"相连的风格为上；评诗时则往往不能完全离开现实，特别是现实所生成的情怀。虽然王维是大诗人，他的诗和他的画又具有同样风格，而且他在中国画的传统里，无疑占着很重要的地位；但从中国诗的传统来看，中唐以来众望所归的最重要的诗人却是有"诗圣"、"诗王"之称的杜甫。钱钟书根据这种现象总结说：

> 在中国文艺批评的传统里，相当于南宗画风的诗，不是诗中高品或正宗，而相当于神韵派诗风的画却是画中高品或正宗。旧诗或旧画的标准分歧是批评史里的事实，我们先得承认这个事实，然后寻找解释，鞭辟入里的解释，而不是举行授予空洞头衔的仪式。①

的确，在中国艺术理论中大量存在着"诗画一律"，"诗中有画，画中有诗"之类的论述，但对于诗画的区别却谈得很少。这原因大约是中国传统艺术理论的出发点是"表情"，"情动于中而形于外"，利用什么手段是不重要的，只要能达到"情景合一"的最高境界。而艺术理论家们所讨论的对象又多是山水诗和水墨

---

① 《七缀集》，第27页。

画，而不是西方的史诗和情节画。山水诗篇幅短小，所表现的情景也往往只是顷刻之间，很少在持续的时间上展开。水墨画并不复杂的色彩使线条的作用也相对减小。晕染的墨色和具有不同质感的线条对实际的色彩和线条来说已经具有某种抽象意义，可以直接传达内心的感受而有一定的感染力。这种很少研究诗画区别的现象大约也与中国传统的重整体功能，讲求"大象无形，大音希声"，强调人与自然的和谐有关罢。

第五节　文学与其他艺术形式之间的超越
　　　　——出位之思

以上关于文学与各种艺术的汇通与差异都是从传统美学的角度来讨论。如果从当代美学的发展来看，就会发现一种各个艺术门类互相突破、取代，以扩大其表现力的趋势。还在20世纪初，美国新古典主义者欧文·白璧德(I. Babbitt)就已经在他的《新拉奥孔》中对各种艺术类型的彼此混淆而不满，他认为这是浪漫主义所引起的混乱的结果。但在现代派文学艺术中，这种趋势却一发而不可收。T. S. 艾略特在一篇讲演里说"要写诗，要写一种本质是诗而不是徒具诗貌的诗……诗要透彻到我们看不见诗，而看见诗欲呈现的东西。诗要透彻到，在我们阅读时心不在诗而在诗的'指向'。'跃出诗外'，一如贝多芬晚年的作品'跃出音乐之外'一样。"[①] 这种"跃出"一种艺术载体，要求在另一种载体中得到表现的现象。钱钟书称之为"出位之思"，叶维廉则称之为"超媒体"。

批评家约瑟夫·弗朗克(Joseph Frank)对这一现象作了很有创

[①] 见马塞森(F. O. Matthoessen)：《T. S. 艾略特的成就》，转引自叶维廉：《比较诗学》，东大图书公司，1983年，第208页。

造性的研究。他认为:"由T.S.艾略特、庞德、普鲁斯特和詹姆斯·乔伊斯为代表作家的现代文学,正在向空间形式的方向发展。这就是说,读者大多在一个时间片刻里从空间观念上去理解他们的作品,而不是把作品视为一个系列。"① 总之,读者不是像过去那样,一页继一页,一个行动接着一个行动地从作品得到一个完整的印象,而是在读完作品时,需要把作品中所写的各种印象拼合起来,从表现上孤立的片段和一组组词汇,从一个暗示的、集中的情景联系中看到整体。维吉尼亚·吴尔芙的《达洛威夫人》就是一个很好的例子。这本书描写1923年6月里的一天,人们在伦敦的几个区里流连,可以闻到大都市的各种气味,听到公共汽车和飞机的喧声,乞丐的吵闹声,看到商店里的顾客,公园里的游人和大街上熙攘的人群。读者好像和作者一起在几家人家进出,有医生的诊所,还有几家商店。吴尔芙就在这样的时间和空间的限制下描写了克拉丽莎·达洛威和其他几个人物。连接时间、空间和人物的不是延续的时间和思想,而是在小说中不断反复出现的某些象征和意象:议院塔上大钟的钟声、太阳的意象、从莎士比亚作品中摘来的诗句、花的象征、未说明身份的人物等等,这一切综合成总的效果,读者必须善于把这些象征和意象与作品中主要的两个人物联系起来,和这些人物一起在时间上来回移动,才能对作品真正地欣赏和理解。

在现代派诗歌中更是大量运用了这类"并置"和"对比"的方法,正如电影中的蒙太奇(Montage),被摄下来的毫无秩序的片段,经过剪辑,产生了呼应、悬念、对比、暗示、联想等效果,构成一个整体。意象派诗歌大师庞德(E. Pound)所提倡的"涡漩主义"(Vorticism)就是认为,诗人着意捕捉的,是那外在的客观事物转化成或突入一件内在主观事物的瞬间。这种事物

---

① 《文学中的空间形式》,转引自《比较文学译文集》,第124页。

"切断了联想之锁",像两锥光的互相照射,让意象独自出现,读者必须主动运用其想象以探索两者之间的关系。亦即排斥联系语和说明文字,让事物及经验自行演出,以便其中蕴藏的信息透过意象自行传达。如庞德1931年所写的《巴黎地铁车站》:

> 人群中这些脸孔的魅影,
> 湿黑枝头的花瓣。

脸孔、魅影、湿黑枝头、花瓣的并置暗示地铁车站的阴暗潮湿和人群熙攘所造成的一种不真实的幻影的感觉,这种感觉又从花瓣的脆弱和枝头的湿黑反射出来。

再如T.S.艾略特的诗:

> 路灯说
> 四点,
> 这就是门上的号码。
> 记忆
> 你有这钥匙
> 小灯在楼梯上投下一个光束。
> 登吧。
> 床已铺开,牙刷插在墙上,
> 把你的鞋放在门口,睡吧,准备生活。
> 刀子的最后一扭。①

一个个画面的连缀似乎毫无逻辑可言,其实是一种新的自由联想

---

① 艾略特:《大风夜狂想曲》,见《四个四重奏》,漓江出版社,1985年,第28页。

方式。"在这种自由联想中事物仿佛获得了不同寻常的秩序和认识。诗中的路灯似乎是在衡量着时间的过程,每一盏路灯投出光束,照在他自己的意象上,让记忆从其他一般的联系中解脱出来,给意象一种新的合成意义。这些意象全集中于生活中恐怖的扭曲面——种种扭曲的事物……最后一盏灯将说话者带回了白天的秩序——回到现实了——他的住处、责任和真诚马灯般的生活。然而他无能为力,无路可逃,这是记忆最后的痛苦一扭,在诗中比喻成刀子的最后一扭。"①现代派诗歌就这样打破了过去把诗歌看作一个连续时间序列的惯例,而逼迫读者在一个时间的片刻里如欣赏绘画那样从空间上去理解作品,再把它们按自己的方式联系起来。

突破诗歌的形式,取得音乐的效果,也是现代派诗歌所自觉追求的。除了前面谈到的诗与音乐的类似而外,他们还致力于创造"音乐性的诗",也就是真正具有音乐效果的诗。艾略特说:

> 词的音乐可以说是在一个交叉点上:它的产生首先来自与前后各个词的关系,即在那特定上下文中这个词的直接意义与它在别的上下文中所有的其他意义之间的关系,与它的或多或少的联想之间的关系……我这里的目的是要特别指明,一首"音乐性的诗"就是这首诗具有音乐型的声音,构成这首诗的词汇具有音乐型的第二层意义,而这两种音乐型是统一不可分割的。②

这就是说,诗歌借助音乐来表达的可能性不仅在于依照音乐形式

---

① 艾略特:《大风夜狂想曲》,见《四个四重奏》,漓江出版社,1985年,第25页,裘小龙注。

② 《艾略特散文选》,第60页,转引自《比较文学译文集》,第127页。

的原则来组成诗歌结构，如《四个四重奏》按贝多芬作品 132 号《A 小调四重奏》的五乐章格式组成，而且还可以使诗"具有音乐型的声音"。这种声音来源于词义的两重性：一个词一方面在特定的上下文中有特定的意义，另一方面在另外的上下文中又有另外的意义。人们在读诗时，一方面用头脑去理解，一方面根据自己过去的经验用心灵去感受。正如庞德所说，诗的意象就是在一刹那间呈现出"知性的"与"感性的"二者的复合体。这种由词义的两重性所构成的"具体性"与"暗示性"的结合同时作用于读者的"知性"和"感性"，这样形成的意象重复交错地在诗里出现，就获得了一种更深的，扩展的意义，犹如音乐中不同曲调的多次反复变奏，构成了音乐的交响。能具有这种效果的诗也就是艾略特所说的"音乐性的诗"。至于如魏尔伦(P. Verlaine)的《小提琴的呜咽》、爱伦坡(E. A. Poe)的《钟声》或表现一种乐器的音色，或模拟一种乐声，则只是在更明显的较低的层次上取得音乐的效果。

在中国，早在 20 年代初，闻一多就曾提出诗歌的音乐美、绘画美、建筑美，企图从一种艺术中体现出另一种艺术特点，这和中国文化传统中所谓"诗中有画，画中有诗"并不是一回事，这里谈的不是"诗中有画"，而是诗的某些部分就是画。但是这一构想并未在文学创作中获得充分实践，中国现代派诗歌小说始终未能在文学界引起更大的反响。

美国学者玛丽·盖塞(Mary Gaiser)在她那篇很有启发性的《文学与艺术》中总结说："这种以全部艺术为领域，从单个艺术品之间的偶然联系，直到整个文化时期文学艺术作品互相渗透的极为复杂的情形，可以有无数值得研究的题目。研究各门艺术的这种方法也绝不是牵强的。严肃的艺术家和批评家都随时意识到，文学与艺术间存在着'天然的姻缘'，而且几乎毫无例外地承认，这种姻缘本身就包含着构成比较分析之基础的对应、影响和互相借鉴。有时候，艺术家本人就意识到自己的主题、布局、技巧、形式安排和思想的发展方式其实属于另一门艺术的范畴……对于比较学者说来，这一点的意义还在于：文学与其他艺术的关系并不是批评家的臆造，而是艺术家们自己也承认的事实。"因此，尽管西方文学批语泰斗韦勒克对"文学与艺术的关系"的研究现状并不满意，评价甚低，他强调"各种艺术（造型艺术、文学和音乐）都有自己独特的进化历程，有自己不同的发展速度与包含各种因素的不同的内在结构"，但他也承认："它们（各种艺术）相互之间是有着经常的关系的，但这些关系并非从一点出发而决定其他艺术的所谓影响；而应该被看成一种具有辩证关系的复杂结构，这种结构通过一种艺术进入另一种艺术，反过来，又通过另一种艺术进入这种艺术，在进入某种艺术后可以发生完全的形变。"①

---

① 《文学理论》，第142页。

附录：

全球化语境下的中国比较文学

孟庆枢

自从1985年中国比较文学学会成立(我把它作为中国比较文学学科重新崛起和确立的标志)以来，在近20年的时间里比较文学始终是伴随着争论前行，在留下一系列成果的同时也不断留下亟待解决的一些理论问题。最近有的学者援引西方学者的观点认为"比较文学的大势已去"。这位学者认为这与"后现代主义"的产生关系至为密切，因为"从后现代的观点看，事物内部并不像一般所认为的那样有一种本原或本质……同样的道理，文学本身也没有本原或本质"。这位学者批评中国比较文学界"根本而言，它在思想方式上还是完全照搬传统的法国派和美国派研究方法，没有任何新的突破"[①]（这一倾向是存在的，本文亦是针对这一问题，但言过了）。还有的学者疾呼："'比较文化'与'比较文学'研究的观念和方法论问题的提出已经到了十分紧迫的时候了。"[②] 此论并非危言耸听，如果认真地了解一下我国比较文学的发展现状，确实会感到并非言过其实。"多元"似乎是当今学界的表征，但是从比较文学来说，在"多元"的掩盖下，也

[①] 肖锦龙：《当前比较文学的危机与出路》，《外国文学评论》，2002年第3期，第133~140页。

[②] 严绍璗：《比较文化研究中的"原典性的实证"的方法论问题》，《东方文学研究通讯》（北京大学），2003年第1期，第3~12页。

遮蔽着对一些最基本的理论并未取得共识的偏颇。对这一学科的本质、方法论和其他有关重大理论问题都需要深入探讨，只有这样才能促进这一学科的健康发展，使它在建设具有中国特色的社会主义文化中发挥应有的作用。

"比较文学"是一个不断发展、变化的学科，要想把握它的本质就必须从其历史中看其不断变化、丰富的过程，而决不能把它看作是一个一经产生就一成不变的客体，质言之，要在动态中把握它的实质，要把"比较文学"历史化，在发展中完善它的学科定位。如果从宏观上来说，无论"法国学派"还是"美国学派"，它们之间是有相通的东西的。"比较文学"之所以产生，首先是人们对于文学研究的思想观念和方法的革新，认识的飞跃，是人们不满足于就一个民族(国家)的文学来认识文学，不满足于就文学外部和囿于文学自身认识文学的一种超越和突破。同时还应该认识到比较文学的产生是时代发展的产物，而且它的内含与时俱进，在不同国度有独特的内涵。可以说产生于不同国家、不同时代的比较文学担负着特定的历史使命，具有不可忽视的意识形态性。

中国比较文学是在"全球化"时代重新崛起的，它在整个比较文学中是继法国、美国比较文学之后具有代表性的第三阶段的比较文学。把握它的本体性和掌握它的其他特性必须从这一基点出发。众所周知，"全球化有它的不同侧面，它融合和重建的不仅仅是经济，更兼有思维、文化和行为的方式。全球化是变化的因素，它使我们反省自己的传统和行为方式。"[1] 为此，我们有必要从全球化语境来谈中国比较文学。

---

[1] 魏明德：《全球化与中国——一位法国学者谈文化交流》，商务印书馆，2002年，第1页。

一

要了解中国比较文学不能不回顾比较文学的历史。我们先要从"比较文学"的故乡法国谈起，在法国比较文学的提出和形成是在19世纪初至20世纪30年代。诺埃尔、拉普拉斯于1816（或1818）年首先提出"比较文学"这一概念，维尔曼于1828年于巴黎大学首次谈到"比较文学研究"，由于维尔曼、安培、圣伯夫的努力，促使比较文学这一学科在法国初步确立。在回顾这段历史时，我们今天似乎更多地注意了法国学派"影响研究"的方法论，而对其当时的时代背景的一些方面没有给予应有的关注，这不利于对其学科实质的把握。在法国比较文学产生之际，法国文学研究法一般称作"文学史"的方法，以朗松为代表，称作朗松方法，又因以巴黎大学为中心，俗称索尔篷法。"文学史的方法如名字所示，乃是与美学相对的历史方法。是通过文献学的运用，实证的文学研究。"① 法国学派的方法是文献学的历史研究在更高层次上的运用。正如日本学者所说："在这点上与日本和威廉·席勒代表的德国文献学、清朝儒学的考证学派大有区别，其独特的法国学派比较方法产生的基础即在于此。即称作'影响'研究者是也。其中分为接受影响与给予影响，统一为源泉研究，或称命运研究。"②

这种寻根溯源的文学研究，必然超出一国一民族文学的范畴，自然地进入了比较文学领域。置言之，法国学派的比较文学是自然产生的，不是方法论的问题，它的本体论意义亦在于它和

---

① 小林路易：《对比较文学导入的方法的反省》，比较文学と课题，早稻田大学，比较文学研究室编，早稻田大学出版部1970年，第9页。

② 同上。

法国国文学的命运联系在一起。包括日本在内的亚洲国家对法国比较文学学派的导入存在误解。日本学者指出："在日本导入比较文学法国学派时，大概被突出忘却的是，这一学问的研究态度和相同的法国学派的'国文学研究法'有着密切的关联这一面。即使现在(指20世纪70年代——笔者)，在我国把比较文学法国学派仅看作独立一派的文艺学观点的人很多，而把它理解为法国文学研究的一个特殊分野的人却非常稀少。正是这种不切实际的想法，在日本给予法国学派预想以上的华丽，但当美国学派兴起之后，马上顷刻间败北了。"①

除了史的观念促使比较文学在法国产生之外，使它促生的因素还有许多。19世纪是科学技术飞速发展的时代，由于科学技术的进步，有两种意识形成强大的潮流，这就是"综合"意识与同时产生的"寻根"意识。"综合"意识促进形成"世界主义"(在当时的欧洲主要是欧洲中心主义)的概念，而"寻根"意识又恰恰促进民族国家的自觉。这两种看起来相背的观念的撞击恰恰推动了比较文学的产生与发展。为此"世界主义"与"民族主义"同时支撑了法国比较文学。正如有的研究者所说："比较文学之所以首先在法国问世，从某种意义上说，正是比较先进的法兰西民族文化试图向欧洲乃至世界证明自己优越的产物。"② 比较文学创始人之一的戴克斯特曾经说过："研究一国文学史的时候，也不容许忽视综合的观点"，他提出理由有二："(1)国际文学的理想在渐近地形成；(2)三百年来欧洲各国的文学总是相互影响的。"③

---

① 小林路易：《对比较文学导入的方法的反省》，比较文学と课题，早稻田大学，比较文学研究室编，早稻田大学出版部1970年，第9页。
② 陈惇等主编：《比较文学》，高等教育出版社，1997年，第401页。
③ 小林正：《比较文学入门》，东京大学出版社，1950年，第47~53页。

同时进化论的影响对法国比较文学学派的产生不可忽视。达尔文的进化论和斯宾塞的社会进化论对其影响是全面的,连世界上第一本比较文学著作波斯奈特的《比较文学》(1886)也是"根据后期达尔文主义——社会进化论的观点写成的。……他认为比较的意识就是时刻不忘社会发展对文学生长的变动关系。"特别是布隆迪埃的文体学更为典型。"把自然科学的分类用语转到文艺上使用的首创者是布隆迪埃,布隆迪埃吸收进化论,阐述文体的存在、分化、定位、变貌、转移、变形。"① 与此同时,丹纳的实证主义文学理论都为比较文学提供了理论支援。当时新兴的一些自然科学学科也给予比较文学产生注进了活力,如"比较解剖学"就直接启示了文学上的比较研究。

法国产生"比较文学"这一学科时代恰与歌德提出"世界文学"命题一致,我们不妨从欧洲文化背景来进一步窥探"比较文学"产生的原因。"世界文学"是由歌德首创的用语。"歌德在1827年1月15日的日记里写道:'在修哈尔特写法国文学与世界文学的文字'。"同年1月31日歌德又在自己的寓所对秘书爱克曼说:"每个人都应该对自己说,诗的才能并不那样稀罕,任何人都不应该因为自己写过一首好诗就觉得自己了不起。不过说句实在话,我们德国人如果不跳开周围环境的小圈子朝外面看一看,我们就会陷入上面说的那种学究气的昏头昏脑。所以我喜欢环视四周的外国民族情况,我也劝每个人都这么办。民族文学现在算不了很大一回事,世界文学的时代已快来临了。现在每个人都应该出力促使它早日来临。"② 虽然对歌德提出的"世界文学"人们有不同的理解,但是大多数人都不否认它与"比较文学"的概念有着密切的关系。日本比较文学学者小林路易甚至将"世界

---

① 刘介民:《比较文学方法论》,天津人民出版社,1993年,第125页。
② 爱克曼:《歌德语录》,朱光潜译,人民文学出版社,第112~113页。

文学"与"比较文学"比作盾的两面。认为阳面是比较文学，阴面是世界文学。

歌德提出"世界文学"这一命题的19世纪30年代，在德国除了少数作家(如歌德、莱辛)外，许多外国作家也大受德国读者的欢迎。荷马、拜伦、司各特、杨格、莎士比亚、卢梭等作家的作品在德国读者中风靡一时。歌德本人也曾花费很大精力翻译了伏尔泰、狄德罗的作品。同时，由于斯达尔夫人的介绍，歌德的作品已经誉享全欧。《塔索》、《浮士德》在巴黎上演，引起很大轰动。拿破仑在戎马倥偬中还把《少年维特的烦恼》带在身边，这些足可见当时德国文学与其他欧洲国家的文学互相交流之一斑。正是歌德与爱克曼谈及"世界文学"这一命题时，他饶有兴致地谈到了他当时读过的中国传奇《好逑传》等中国古代文学作品。歌德以锐敏的洞察力和感知力意识到他所处的时代是一个开放的时代，在文学业绩上，德国人一方面显示了值得惊叹的才能，另一方面却又被禁锢在狭隘、愚昧和自我满足之中。他提醒人们"必须用另一个本质来衡量自己的本质，必须向别人敞开思想"[①]。歌德站在了时代发展的前端，他的上述论述得到了时代发展的风气之先。

同时，歌德所处的时代又是狭隘的民族主义思想很有市场的时代，为此他的"世界文学"的主张实质上是对狭隘的"民族主义"思潮的有力反驳。1806年，法国在耶拿战役中击败了普鲁士，10月法军占领了柏林，次年拿破仑击败了俄国，于是法、俄、普三国签订了《提尔西特和约》。根据和约的规定，俄国退出了反法联盟，并且承认法国的一切国外占领地。法国以不干涉俄国侵占瑞典、土耳其领土和独霸东欧作为酬答。普鲁士在这场战争中丧失了二分之一的领土，付出了一亿法郎的赔款，还要裁

[①] 转引自小林路易：《对比较文学导入的方法的反省》，第15页。

减军队，拿破仑以被普鲁士侵占的波兰领土组成华沙大公国，并在德国境内建立了威斯特发利亚王国。在这种情况下，德国的民族意识自然被激发起来。文学家们表现出一种激昂的爱国热情，德国民族解放运动广泛展开。费希特(1762—1814)在1807年发表了著名的《告德意志国民书》，号召人民起来抵抗法国的侵略，争取德意志的统一，联邦制也是从这一时期开始酝酿起来的。在德国文学界涌现了一大批爱国歌手。1813年拿破仑在进攻俄国中败北，随之在德国掀起了反对拿破仑占领的解放战争。许多作家从不同政治立场出发参加了反抗外来侵略的战争，形成了"解放战争"文学。这在德国文学史上写下了光辉的一页。但是在这时爱国主义与狭隘的民族主义混杂，狭隘的"民族主义"文学抬头。有批三流、四流作家出于一种盲目的排外主义立场，鼓吹一种闭锁式的排外文学。在他们眼里，惟有德意志的东西才是最优秀的，只要是外国文学作品，不问其进步与否、优秀与否统统予以反对。歌德针对这一点曾作过严厉的批驳。由此可见，歌德的"世界文学"的论述实质上是那个时代开放精神的卓越体现，他是站在时代发展的前端高屋见瓴地预见到了文学的发展(当然还主要是欧洲文学)的趋向。他所作出这一论述的时代与法国比较文学创始者们提出"比较文学"的时间的一致该不是一个历史的巧合吧。

对于歌德的"世界文学"术语的理解至今仍然有很多岐义。"有时指人类有史以来所产生的世界各民族文学的总和，有时指世界文学史上出现的那些具有世界意义和不朽价值的伟大作品，有时根据一定标准选择和收集成的世界各国文学作品集。"[①] 一位日本比较文学研究者认为"'世界文学'作为诸民族的文学特产交易市场，在那里精神财宝可以自由交换、相互理解和促进亲

---

① 见陈惇等主编：《比较文学》，高等教育出版社，1997年，第11页。

善。而且这些特殊之物，在相异的条件下亦存在着普遍性，犹如植物界虽然物种繁杂，但它们都不过是原基植物的变貌而已。歌德是持这一观点思想的。他认为所有的人类也只是超越人种国籍的人的惟一原基的变貌而已。文学同样有同一根源。他是持这一基本认识的。并非现存的民族文学的总和才是世界文学，因为最具民族特色的才能具有人类的普遍性，由于是最现代的，才是最有永远的人类的本质生命，这才是世界文学的未来面貌。"① 事实上任何人所说的"世界文学"都只能从他所处时代、地域、视点出发的建构，不可能存在一个成为绝对对象的"世界文学"，同时歌德自己也感到把"世界文学"看作是各民族共通的无差别的文学，实在是个乌托邦的幻想，至少在人类社会存在民族，世界大同之前，这种文学是不存在的。

在歌德提出"世界文学"的概念之后，马克思和恩格斯不仅接受了它并对此进行更为深刻的历史唯物主义的阐发。在《德意志意识形态》里，他们针对资本主义的现代工业生产必然冲破世界各个民族在封建的自给自足的自然经济基础之上建立的狭隘的民族界限，从经济基础决定上层建筑的观点出发，认为"各个相互影响的活动范围在各个发展进程中愈来愈扩大，各民族的原始闭关自守状态则由于日益完善的生产方式、交往以及因此自发地发展起来的各民族之间的分工而消灭得愈来愈彻底，历史就在愈来愈大的程度上成为全世界的历史"②。这一分析揭示了世界经济格局变化也必然带来文化交流的巨大变化。接着在《共产党宣言》中他们再次论述这一规律。"物质的生产是如此，精神的生

---

① 千叶宣一：《明治时期的比较文学的命运》，孟庆枢译，见《日本现代主义的比较文学研究》，中国社会科学出版社，1997年，第266～267页。

② 马克思、恩格斯：《共产党宣言》，《马克思恩格斯选集》第1卷，人民出版社，1972年，254～255页。

产也是如此。各民族的精神产品成了公共的财产。民族的片面性和局限性日益成为不可能，于是由许多种民族和地方的文学形成了一种世界的文学。"① 在这里，马克思、恩格斯的"世界文学"的核心思想是世界范围的经济交往必然带来世界性文学的论述对于我们理解19世纪中叶比较文学的产生无疑又提供了新的切入点。建立本民族与世界各民族文学的密切联系对于欧洲来说已经提到日程(当然许多人还存在欧洲中心主义)，对于落后于时代发展的亚洲许多国家(包括我国)还有待时日。从这里也可以看出比较文学的产生必然首先在欧洲，最佳地点当然是法国。

如果从戴克斯特建立法国比较文学学科(1897)算起，过了半个多世纪，美国学派崛起，并且针对法国学派进行了措辞严厉的发难。正如著名美国比较文学家雷内·韦勒克在《比较文学的危机》中指出的："人为地把比较文学同总体文学区分开来必定会失败，因为文学史和文学研究只有一个课题：即文学。想把'比较文学'限于两种文学的外贸，就是限定它只注意作品本身以外的东西，注意翻译、游记、'媒介'；简言之，使'比较文学'变成一个分支，仅仅研究外国来源和作者声誉的材料。"② 对于美国学者的发难，许多人大约只重视了美国学派的标新立异，和变法国学派"影响研究"为"平行研究"，而未能充分地注意它的文化背景。

美国比较文学研究是在20世纪50年代崭露头角的。1952年《比较文学与总体文学年鉴》在美国创刊，接着在1954年国际比较文学协会建立以后，美国比较文学学会成立，逐渐在美国形成蔚然壮观之势。

20世纪四五十年代是美国各种文学思潮迭起，文艺流派纷

---

① 《马克思恩格斯全集》第3卷，人民出版社，第31页。
② 张隆溪选编：《比较文学译文集》，北京大学出版社，1982年，第23页。

呈的时期。论及美国比较文学不能不联系起20世纪50年代美国新批评派的崛起,在一定程度上,美国比较文学学派的观点与美国新批评派有着亲缘关系。

"有人曾讽刺把热衷于考究莎士比亚洗衣费清单也算作文学研究。这是嘲笑20世纪20年代至30年代英美文献派文学研究趋向的一件事。这是对那些一味钻在作家的传记研究、时代背景的琐细末节不能自拔的学风的批评。"① 美国的新批评派就是作为它的反动而出现的。这是一种认为对于作品背景等方面,即使缺乏学术的严密性的考究,但是只要直接精细地阅读作品就可以奏效的一种批评方法。

新批评派的代表人物瑞恰兹、艾略特、兰色姆等人是广为人知的,其实,最早提出新批评概念的是美国哥伦比亚大学教授焦吉·斯宾汉,他在1910年首先在讲义中使用"新批评"这一术语,而且指出"艺术是表现,批评是对其表现的研究,新批评家(the Newcritic)就是要探讨艺术家的创作意图和表现技巧这两个问题"②。而这位焦吉·斯宾汉恰恰是位比较文学研究家。可以说,所谓美国学派的比较文学家们,他们的比较文学主张中存在着一种十分强烈的文学研究回归本体的意识,这与新批评派是异曲同工的。正如韦勒克多次强调比较文学要挣脱人为的桎梏,成为文学的研究其本意亦在于此,这一观点是具有代表性的。

第二次世界大战后的美国文学批评的繁荣并非空谷来风,它是伴随世界上一个超级大国的形成,在各个领域显示它的姿态的组成部分。"第二次世界大战给美国带来最重要的变化,是使它从战前的一个经济上的世界强国,变成为经济、政治和军事上的

---

① 长谷川泉:《近代文学批评法》,孟庆枢译,时代文艺出版社,1992年,第119页。

② 盛宁:《二十世纪美国文论》,北京大学出版社,1994年,第86页。

超级大国,成为整个西方资本主义世界的盟主。随着国际地位的变化,美国势必也希望在文化上处于某种中心的位置。然而美国自身的历史文化传统短浅,实在难以充当此任。"① 为此,对于法国学派的比较文学研究必然反感,这是在情理之中,"美国从第二次世界大战中脱颖而出,非常看重自己作为潜在的世界领袖的地位;这是一种硬化成某种国家使命的思想。于是加大对学术界、大学的投入,一些散在的文学理论精英(如韦勒克)被聚集在一起,他们的新论在美国大有用功之地,可以说美国学派的比较文学也使'比较文学'的研究中心也从欧洲转移到美国。"② 为此,我们可以说比较文学的美国学派不仅有文学研究自身的机制,同时带有明显的时代色彩,意识形态性是相当鲜明的。从这个意义上说它与法国学派的差异泾渭分明。

"比较文学"学科在我国的崛起是改革开放的产物,是教育要"四个面向"的春风催放的花蕾,我们回顾中国比较文学近20年的历程,我们会更清楚中国比较文学是在全球化的背景下建设这一学科的。它应该属于比较文学发展的第三个阶段。

当今世界已发生了巨大的变化,是一个由冷战而转向多元文化的时代。"全球化"是表述这一时代特点的又一术语。何谓"全球化"? 它是世界范围内社会关系的强化。应包括经济体制一体化、科学技术的规范化,还应有信息的网络化。"全球化"既给各国"世界如同一室"之便,同时,毋庸讳言"对某些人而言,'全球化'是幸福的源泉;以另一些人来说,'全球化'是悲惨的祸根。"③ 在这样的时代里文化越来越起着巨大的作用。比

---

① 杨乃乔主编:《比较文学概论》,北京大学出版社,2002年,第15页。
② 齐格蒙特·鲍曼:《全球化——人类的后果》,郭国良等译,商务印书馆,2001年,第1页。
③ A.C.皮尔森:《文化战略》,社会科学出版社,1986年,第3页。

较文学必然被赋予一些新使命。"人类社会正在从工业社会跨入信息社会(后工业社会)。从这个高度看,狭义的文化指的是在社会系统内人脑产生出来的智能信息流的记录,而广义的文化则还要加上这些智能信息流物化的生产过程。"并由此导出:"文化不是名词,而是动词。"①的见解。在这种全球性的文化背景下比较文学,成为动态文化的前沿,这恐怕是其一个显著的当代品格。

显而易见,"全球化"对往昔的"民族文学"、"国别文学"概念构成了挑战,提出了新课题。也就是说许多国家如何在"全球化"时代既积极与域外文化交流,又要保持自己文学的传统问题,比以往更加迫切。

不容否认,有的西方学者企图向东方、向第三世界推行西方文化,妄图把西方的价值观强加给其他文化体系。这些人实际上还重复着昔日"欧洲中心主义"的陈词滥调。例如像亨廷顿就宣扬西方与非西方的文化冲突将引发世界大战。有见识的西方学者早就提出了"文化相对主义"的主张。美国著名女人类学家露丝·本尼迪克特(1887—1948)早在20世纪20年代就写下了《文化模式》这本著名的著作,她主张诸文化间的交流、交融和相互的理解,把人类的平等作为自己追求的崇高理想。她指出:"自有人类历史以来,整个世界上不管哪个民族都能够接受别的血脉的民族文化。人的生理结构中并无任何东西去妨碍这种接受。人的行为有什么特殊变化,完全不取决于他的生理构造。……文化不是一种生理遗传的综合体。"她还认为:"对一种艺术成就不能用评价另一种艺术方式来评价,因为各种艺术都力图达到完全不同的目的。"这是由于各种文化之间"整体决定着它的部分,不仅决定着这些部分之间的关系,而且也决定着它们真正的本质。

---

① 露丝·本尼迪克特:《文化模式》,北京:三联书店,第52~53页。

两个整体之间存有一种类的间断,任何一种理解都必须考虑到两者之间的不同的本质。"① 毫无疑问,本尼迪克特的这种"文化相对主义"的理解对于批判某种文化优越的论调显示出一种进步,这种主张对于文学比较研究是有促进作用的一种文化战略。但是,它也容易为文化上的狭隘的民族主义(或称文化部落主义)辩解。近年来有的西方学者对"相对主义"提出了质疑。荷兰著名比较文学家佛克马在1993年于我国湖南张家界参加我国第四届比较文学年会暨国际学术研讨会上作的题为《文化相对主义的相对性》的报告中就全面阐述了他的观点。他既肯定"文化相对主义"的进步,同时又指出这一理论带来的两难的困惑。他认为:"由于不同文化之间相互交流的急遽增长,各大不同文化内部(重点原有——引者)的差别日渐增多,而不同文化之间的差别则日渐减少,他性文化成规就在你的隔壁,存在于另一文化或者亚文化群体或者另一个社会阶级之中。"他还引用贝蒂·让·柯勒治的观点来佐证自己的论述。他认为:"我们身上的'自我中心'这种顽疾永远也批判不尽……从本质上说,我们的价值判断将永远是主观性的,这与我们在生活中的定位密不可分。""一旦你为自己定下一个道德教化的目标并且进行价值判断,文化相对主义的二难困境将是不可避免的。"②

中国比较文学既然生于此时就必然要解决这一时代提出的问题。我们既不能盲目欢喜在"多元"中我们已有了一席之地,同时还要继续进行与不同文化的交融。为此,中国比较文学可以说是受命于重要之时。一些有识之士的西方学者的话也证明了这一点。著名意大利比较文学家罗马大学教授阿尔蒙多·尼兹在1996年8月在长春举行的中国比较文学第五届年会暨国际学术研讨会

---

① 《中国比较文学通讯》,1993年第2期。
② 《中国比较文学通讯》,1996年第1期,第5页。

上作了《作为"非殖民化"学科的比较文学》的报告。他指出："在这个世界里，前殖民者应学会和前被殖民者一起生活、共存……只有通过比较倾听他人，以他人的视角看自己之后……他们最终才会向他人，也向我们自己学习那些我们永远不能通过别的方法发展的东西。如今，这一切无需离开家就可以实现，因为其他人已前来与我们相会。他们的目的不是武力征服，或以文化优越性压人一头，而是希望平等尊严地生活在我们当中。"他还说："如果对于摆脱了西方殖民的国家来说，比较文学学科代表一种理解、研究和实现非殖民化的方式；那么，对于我们所有欧洲学者来说，它却代表着一种思考、一种自我批评及学习，或者说是从我们自身的殖民中解脱的方式。"[①]

"全球化"给中国比较文学既提出了严峻的挑战，同时也提供了难得的机遇。它肩负着东西文学(文化)对话、沟通的使命，不仅能在这新一轮的对话、沟通中求得自身的发展与创新，同时也将对西方面临的理论危机提供不可或缺的借鉴。这是一场双赢的交流。在西方"比较文学"已成为明日黄花之时，"比较文学"似乎到了穷途末路。正如西方的比较文学有其自己的发生、发展的轨迹，中国比较文学是立足于本土产生的。在全球化语境下，它既要反对"文化霸权主义"，同时又要时时克服"文化部落主义"，它所肩负的重任刚刚开始，大可不必以西方标准而判定它的生死。而且，我们亦看到西方学者(不限于比较文学界)在为解决西方文化危机中正在努力在包括中国文化在内的东方文化中寻找借鉴以寻出路。如果西方的比较文学更注视东方文化，在那里"比较文学"复苏也未可知。在中国并非具有西方后现代背景的情况下，我们照样可以不必过急袭用西方后现代话语来解构我们的文学批评方法，不加区别地将中西类同，过早地唱比较文学的

[①] 张铁夫主编：《新编比较文学教程》，湖南人民出版社，1997年，第339页。

挽歌。我们可以走自己的路，就是在西方，一些学者也在向我们走来，我们可以与之密切合作。

综上所述，中国比较文学这一学科是否可以这样表述：它立足中国文化传统，以跨国家(民族)、跨语言、跨学科、跨文化的态势进行中外文学对话、沟通，以促进世界各国相互理解，各国文学共同发展为己任。当然这一任务并非比较文学独自的任务，然而，它应该在这方面站在前沿，作出更多的贡献。

二

在全球化语境下的中国比较文学的方法论上同样面临着难得的机遇和严峻的挑战，在当前对这一问题的反思与深入探讨，对这一学科的建设具有极其重要的现实意义。显而易见，"比较"决不代表这一学科的研究方法，在一定意义上它颇具诗意的描绘。人们往往把法国学派的方法论等同于"影响研究"，把美国学派的方法论等同于"平行研究"。实质上，它们之间并非等质。中国比较文学界至今仍沿袭这一套陈规，为此，也给自己的方法论的建立设置了许多障碍和带来混乱。处于全球语境下的中国比较文学的方法论既不会同于法国学派，亦不应尾随美国学派，它应该有自己独立的体系，置言之，中国比较文学的方法论应该具有自主性。

中国比较文学重新崛起和确立的时期是处于西方现代、当代文论蜂拥沓至之时，从20世纪初至80年代的文论，不论时差(有的已是迟到的，有的是同步)几乎无一遗漏地介绍到我国来。特别是后现代主义作为上个世纪60年代末至70年代初在西方发达国家盛行的文化思潮，广泛地影响到哲学、文学、社会、历史学科，也必然冲击中国比较文学。中国比较文学的中坚有的就是西方后现代主义文论的最早译介、研究者。

由于中国学界对于西方文化思潮在开始还处于知之不多的状态，为此，有种盲目地接受在所难免。"从80年代中期以来，'后现代主义'与'现代主义'同步进入中国文学艺术界，随后，迅速在电影、电影制作、舞美和建筑、装饰等各方面产生了反响，但这一反响是可笑的：在相当长的时间里，中国大陆学者把'现代主义'和'后现代主义'与19世纪的欧洲文化传统相对应，几乎完全忽略了后者的来源针对性。原因是，从50年代到80年代初，中国学术界与西方几乎是隔绝的，中国学者对西方的文化思潮和文化实践一无所知，一旦隔离被打破，西方这30年的文化成果便同步引进、接受。本是相互替代的历时性的思潮被当作逆时性的思维成果，于是现代主义和后现代主义便尴尬地处于同一平面而生存于中国。"[1] 正是由于这一原因，在最早的一些比较文学论著中或是对此置若罔闻，似乎这种冲击不存在，或是生搬硬套，简单译移，造成一种混乱的局面。这种局面也必然使比较文学的方法处在一种极为复杂（甚至可以说是混乱）的状态，蹈袭者有之，追求时尚者有之，即使在同一教材里也可以看出不能自圆其说的矛盾。

在新的语境下，如果拘泥于前两个阶段的比较文学旧有的模式，比较文学研究方法论就会随处遇到难以避免的尴尬。比如"影响研究"一般来说是比较文学不可或缺的内容。我国的一些比较文学教材里开始大都采纳了来自法国和日本比较文学著述中的论述。如日本比较文学研究者大冢幸男的《比较文学原理》(1977年版，白水社，中文译本翻译了该书的一部分，于1985年译为中文出版)，把影响研究从发动者、接受者、媒介者等方面切入，作了理论探讨。这些论述曾对刚刚崛起的中国比较文学

---

[1] 伽达默尔：《真理与方法》（上），洪汉鼎译，上海译文出版社，1999年，第17～18页。

界起到有益的参考,也曾被不少研究者引用。经过一段时间,从许多著作和论文中可以看到在西方现代文论的冲击下,对于"影响研究"就有了新的理解,意识到过去一些著作中界定的局限。按照法国学派的观点"影响研究"是以探讨两国或两国以上实际存在的文学关系为宗旨的一种方法论,而在现象学、存在主义、接受美学、读者反应批评理论的启发下,所谓"影响"已经不可能再框定在这种实际交流史的范畴,在深层次上也是跨学科、跨文化的研究。

作为以海德格尔、伽达默尔为代表的现代阐释学认为文本的创造者和阐释者都是"人"。为此,他们的偏见和前理解都是必然的。为此,阐释的过程就是一个循环的过程,就会理智地进入意义的不断动态生成的过程。在西方现代阐释学者眼里认为人是通过理解而存在,理解不是人的认知方式,而是人的存在方式。伽达默尔说:"本书探究的出发点在于这样一种对抗,即在现代科学范围内抵制对科学方法的普遍要求。因此本书关注的是,在经验所及并可以追问其合法性的一切地方,去探寻那种超出科学方法论控制范围的对真理的经验。这样,精神科学就与那些处于科学之外的种种经验方式接近了,即与哲学的经验、艺术的经验和历史本身的经验接近了,所有这些都是那些不能用科学方法论手段加以证实的真理借以显示自身的经验方式。"① 伽达默尔并非简单地否定科学方法,而是"反对人为地异化真理的本来样子,反对以主、客二元对立的认识模式把原本是经验方式的存在真理抽象为静止不变的概念的科学方式"②。这对"影响研究"是很具启发的。那种 x + y 式的"影响研究"的主要症结就是囿于这种二元对立形而上的思维模式之中,把文学作品的"影响"

---

① 孟庆枢主编:《西方文论》,高等教育出版社,2002年,第461、476页。
② 同上。

的复杂机制简化为一种加法。事实上"影响"乃是一种神奇的化合，它不仅体现了作家对他人的超越，也是对自己的超越，它不是一种简单的认知，而是受影响者的一种存在方式。

接受美学的"期待视野"对所谓的"影响研究"也提供了更具体的理论依据。所谓"期待视野"显然是指一个超主体系统或期待结构，一个所指系统，或一个假设的个人可能赋予任一本文的思维定向。"'期待视野'是由读者自己的文化、兴趣、经验、学识、经历、年龄、性别等诸多因素综合形成的一种以本文的潜在准备，是读者参与创造的原动力。"[①] 这就为进一步深入探讨"影响"问题开拓了新的视野。

读者反应批评文论家费什提出的"解释团体"（interpretive communities），认为"'解释团体'既决定一个读者（阅读）活动形态，也制约了这些活动所制造的文本"[②]。"解释作为一种艺术意味着重新去构造意义。"[③] "就其文化上的形态而言，正是衍生于解释范畴的意义制造了读者。"[④] 也就是说我们的思维行为（接受影响）乃由我们已经牢固形成的规范和习惯所制约，这对于深入"影响"研究也是很有裨益的。

存在主义文论家萨特同样强调从作者、作品、读者三个方面作一个统一整体来把握文学作品。他在阐述作者与读者关系时谈到："作者与读者的自由通过一个世界彼此寻找，相互影响，我

---

① 斯坦利·费什：《读者反应批评：理论与实践》，文楚安译，中国社会科学出版社，1998年，第46、52、63页。

② 同上。

③ 郭宏安等：《二十世纪西方文论研究》，中国社会科学出版社，1997年，第97页。

④ 乐黛云主编：《中西比较文学教程》，高等教育出版社，1988年，该书第四章"接受和影响"包括四节，即传统的影响研究、70年代的接受理论、接受理论对影响研究的刷新、接受和影响的模式，见该书第101~120页。

们既可以说作者对世界某一面貌的选择确定了他选中的读者,也可以说他在选择读者的同时决定了他的题材。"① 这些西方文论显然帮我们突破了"传统的影响研究",为其开拓了新的前景。正因为如此,我国的比较文学研究者在上个世纪80年代后期就开始从新的语境下来探讨"影响"问题。

为解决这一问题,我国比较文学研究界注意到把传统的(法国式的)比较文学"影响研究"的介绍和与接受美学结合起来的"影响研究"作了充分的阐释,有代表性的该是1988年出版的《中西比较文学教程》②,接着有的学者又提出了将影响研究与"接受"结合起来研究的批评策略。"'接受'这个术语跟信息与接受者之间的关系紧密相连,但是必须注意到,这种关系可以用两种不同的方式、两种不同的矢量前景去考察,可以把交流作为信息对接受者的影响加以研究,也就是,存在着两种方向,一种是'信息——接受者',另一种是'接受者——信息。'接受美学的代表理论家在论及接受时主张第二种方向,第一种方向可以称为'影响'。"③ 为此这位研究者提出"从'影响'的界定到'接受'的研究,都说明影响研究在不断地深入,在不断地力求自我完善。这种研究重点的转移,表明一种新的研究方式,即接受研究,正式成为比较文学的组成部分,并深深植根于其中。"④

同样,现代西方文论对于文学和其他学科结合起来的"跨学科研究"也提供了很多启示,注入了活力。试想如果涉及文学和语言的跨学科研究,怎能不认真对待洪堡特、索绪尔的语言学理

---

① 陈惇等主编:《比较文学》(这一部分为孟昭毅撰写),高等教育出版社,1997年,第486、487页。

② 同上。

③ 孟庆枢:《文学的跨学科研究》,见解恩译主编:《跨学科研究思想方法》,山东教育出版社,1994年,第232~255页。

④ 郑朝宗:《管锥篇》作者的自白,人民日报1987年3月16日8版。

论，而且必然要研究罗兰·雅各布逊如何在语言学和文学之间架设桥梁。也要涉及到俄国形式主义文论，要借鉴"陌生化"理论。到了海德格尔强调语言是存在的家园，不是人说话，而是话说人。已把语言问题作为批判逻各斯（词语）中心的切入点，将语言学研究推到一个新的平台。德里达的解构主义理论对于比较文学研究无疑具有更多的启发。从中西语言宏观比较来探讨各自的文学的不同已经成为当今我国不少研究者的课题。汉语是宽式语言，是它铸就了一种宽式思维模式，它给中华文化、文学带来的是悟性精神，这也是它区别于印欧民族那种智性精神的原因之一。[①]

在这里，我们不必再一一列举由于西方文论的冲击而引起我国比较文学方法论上的变化，以上文字力图表明，全球化语境下的中国比较文学已不可能再蹈袭法国学派或美国学派的路数。它必须走立足于民族传统吸收西方一切批评方法而形成新的批评方法体系的路子。这些年来，中国学者孜孜以求的正在于此。从简单地搬用到逐渐融会，直至"打通"，在不同著述中可以看到探索的步履和前进的方向。

对于这一问题，可以举几本教材为例，在《比较文学》（陈惇等主编，高等教育出版社，1997年版）第三编"当代文化理论与比较文学"中，即包含后现代理论与比较文学、文化人类学与比较文学，阐释学与比较文学、接受理论与比较文学、符号学与比较文学、女性主义与比较文学、文化相对主义与比较文学等内容。在每一章中在阐述每一西方文论的历史、内含之后，专有一节是阐述这一文论对我国比较文学理论的影响及运用。有的章节写得相当精彩、深刻。然而，这里偏于介绍，如何融会贯通尚处于摸索之中，而且对于西方文论的介绍，使它又难于区别"文艺

[①] 季进：《钱钟书与现代西学》，上海：三联书店，2002年，第7页。

学"教材。另外,有关西方文论尚未纳入教材,取舍标准为何?这是需要提出学科理论根据的问题。当代西方各种理论层出不穷,这样累加下去"比较文学"能否负荷得了?一些学者是否就是针对这一状况而发出"减负"的呼吁呢?

另外,也正是这种累加式地接受西方文论必然导致将文学研究逐渐衍化为文化批判,势必失去了学科特性,那将是对比较文学学科的一种彻底的颠覆。

显然很多学者已经注意到这一问题,感觉到这种累加式的比较文学方法论与真正形成中国比较文学的方法论还有相当距离,还需要继续往前探讨。在新近出版的《比较文学概论》(杨乃乔主编,北京大学出版社,2002年版)中则进一步作了整合,如在该书第八章"诗学论"中就力图在沟通中西诗学(或称文论)上作了有益的尝试,特别是"中国古代诗学的现代诠释及其可能性"和第九章"思潮论"中则对西方现代主义文论、后现代主义文论与中国现当代文学的关系作了整合,旨在沟通,显然比上述作法又前进了一步。本书研究者已在进行一种中西文论在新的层面上的"整合"。其内容已与大学教材的"西方文论"有明显不同,这是从比较文学学科出发的新尝试,作为方法论已不同于将西方文论简单取拿过来的操作。

写到这里又必须旧话重提了。几次关于比较文学危机的争论中一些学者往往以中国比较文学界的前辈、大师为例证,指出朱光潜、钱钟书从不认为自己是比较文学家。我想从方法论的角度来重复这一话题。钱钟书曾经在1987年说过:"弟之方法并非'比较文学'此词通常意义说。而是求'打通'。以打通拈出新意。"[①] 显然钱钟书并非是否定比较文学,关键在于如果把"比

[①] 转引自郑朝宗:《续怀旧》,《海滨盛旧集》,厦门大学出版社,1988年,第69页。

较"作为比较文学的方法论,显然不符合钱钟书在比较文学上的理论与实践。中国比较文学的经典之作,《谈艺录》、《管锥编》作为它的方法论是"一以贯之的跨越中西、打通各科的文化立场"① 而形成的深思熟虑,化书卷见闻作吾性灵,与古今中外为无町畦的时空连线的"对话"。如果说钱钟书对比较文学界有一定的警戒,恐怕在于担心把他的研究纳入一种画地为牢的模式。在这一点一位比较文学家的话可以从另一面作为参考;"比较文学与其说变成了研究作品的一种方法,倒不如说变成了进行思考的方法——一种总是努力去获得对阅读与阐释之行为的深刻的自我意识的方法。"试想,比较乃是人类文明以来产生的本能,它无处不在,如果仅以此来标识这一学科的方法论特征显然非常不妥。

在这里笔者并非界定中国比较文学的方法论就是"打通"、"对话"。钱钟书的比较文学遗产研究亟待加强,"打通"、"对话"的具体内涵尚待总结。但是,可以使我们体会到的是作为一个学科的方法论,应是符合这一学科本体论的,而且需要在实践中不断总结,在条件尚不充分时不必先设定一些模式,不然容易削足适履,甚至南辕北辙。

对于产生在不同时代、不同文化背景下的文学批评方法都有它存在的理由,它总是作为人们对文学探索的一步而显示它的价值。但是,正如世上没有包医百病的神药,自然在文学研究中也不存在囊括一切的理论大全,不存在绝对真理一样。任何一种文学批评方法都会帮我们提供一种新的视角。西方文论是人类留下的一笔丰厚的遗产,我们当然要珍重它,借鉴它,使它为我所用,同时这种借鉴必须是与我国文化传统结合的。近年,许多学

---

① 理查德·布劳德海德:《比较文学的全球化》,见王宁主编:《全球化与文化:西方与中国》,北京大学出版社,2002年,第231页。

者在总结我国古代文论的研究中结下了丰硕的成果，这无疑为我们吸收西方文论作了必要的准备。我们欣喜地看到近年以来出现的关于中国古代文论的现代阐释（或称作现代转换）的著述应接不暇。有些著述是比较文学界的学者的劳作，有的学者却实实在在置身于古典文学或中国古代文论界，这也从另一面佐证中国文学、文化界的学者都在瞩目于与西方文化的"沟通"，有些学者从中国古代文论的术语的原典的求证入手，有些学者以现代眼光重构中国文论的完整体系，有些学者把中国文论与西方诗学作为不同质的文化遗产进行缕析，在差异中寻找参照[1] 等等，这里不再展开。这一切启示我们要建立中国比较文学的方法论必须走自己发展之路，它要求从此业者应该是知己知彼的"两条腿走路"的学者[2]，即使不能作到学贯中西，也必须是立足民族文化传统的知己知彼，只有如此，比较文学学者才能逐渐构建出符合中国比较文学需要，有中国特色的方法论来。

三

如前所述，全球化语境下的中国比较文学既要有独特的本体论，也要在方法论上建立自己的体系，与此密切相关的是话语问题。所谓"话语"当然不限于用什么语言，更主要是"话语规则"。上面所述的方法问题实际上已属于这一层面，在这里有必要对其他相关问题再作探讨。20世纪90年代，"失语症"问题在文坛鹊起，并且多有争论。有的学者指出中国文化的现代化显示了一种"他者化"的过程，即囿于西方话语，被西方话语所言

---

[1] 参见余虹：《中国文论与西方诗学》，北京：三联书店，1999年。

[2] 森鸥外语，见鼎轩先生、伊藤整编：《森鸥外集》，讲谈社，1962年，第402页。

说，为此提出应将所谓的"现代性"转变为"中华性"[①]。另一位学者明确提出"失语症"问题，认为："我们根本没有一套自己的文论话语，一套自己特有的表达、沟通、解读的学术规则，我们一旦离开了西方文论话语，就似乎没有办法说话，活生生一个学术'哑巴'。"[②] 近年围绕这一问题的讨论仍在深入。一位青年学者在一本专著中对此作了总结概括，认为"中国古代文论在向现代转换的过程中，与现当代文论出现了很大程度上的断裂；二是中国现当代文论缺乏自己的民族特色，模仿西方；三是在本世纪世界文论格局中中国文论没有什么地位，未能发出自己的独特声音；四是应当回归传统，重新接上中国古代文论的血脉。"[③]

尽管关于"失语症"问题的具体内涵会见仁见智，在具体阐释上多有差别。但在中国文学批评话语要在与西方文化交融中体现民族化，形成自己的话语体系这一点上是有共识的。对于这一点不仅仅是比较文学界，乃是整个中国文学界(从古典至当代)都非常关注的。

当前，许多学者都在探讨，不必匆忙作出结论。为了深入思考，我想从日本文坛近年动向作为参照系提供一些必要信息。

日本虽然在明治维新之后走上了资本主义道路，但是在文化上是东北亚汉文化圈国家之一。单从比较文学上来讲对于日本的研究就是一个不可或缺的参照系。从19世纪下半叶始，中日两国文化都处于与西方文化交融、碰撞的大潮之中，西方文化作为强大的外因突变了两国文化的历史进程。虽然中日两国后来发展之路迥异，但是，在对待西方文化、文学方面的遭遇类似之处颇

---

① 张法等：《从"现代性"到"中华性"——新知识型的探寻》，《文艺争鸣》，1994年第2期。

② 曹顺庆：《文论失语症与文化病态》，《文艺争鸣》，1996年 第2期。

③ 代迅：《断裂与延续——中国古代文论现代转换的历史回顾》，西南师范大学出版社，2002年，第4~5页。

多。为此，日本作为参照系是独特的，在一定意义上讲研究中国近现代文学不了解日本是很大的缺憾。

在上个世纪80年代以来，日本文学界在后现代思潮影响下，出现了对日本明治文学反思、再研究的潮流，至今势头不减，虽然这是一个很复杂的理论问题，但其核心是在全球化语境下重新认识西方文化对日本文化的影响的后果，涉及传统与现代化、全球化与民族主义、日本文学将来的走向等重大理论问题。

本文在这里不能全面展开这一论题(将有专文论述)，试将与我们关系密切的几点试论如下。这场反思体现了有的文学史家提出重新给日本文学界定。加藤周一认为"日本文学诉之于感情，法国文学诉之于智慧"。他追溯日本文学史认为日本文学既有从《古今集》至川端康成为代表的诉诸感情这一流脉；但是也存在以空海为代表的，诉之于智慧(讲社会，讲政治)的文学，"从慈园到(新井)白石再到(中江)兆民已想方设法筚路蓝缕，而这一道路需要更加开拓。"并且认为在现代作家中剧作家木下顺二、作家大江健三郎"已经意识到这一点"[①]。很显然这是在与西方文学(这里主要谈的是法国文学)比较之后，明确意识到日本文学在全球化语境下既要向西方学习，又要保持自己民族特色，而"话语"是要在本民族文学传统中去寻找，过去被忽视(有些作品不被当作文学)、被湮没要重新发掘，通过对"文学"的重新界定而激活民族传统，走出一条新路。

还有的日本文学史家认为明治时代作家，不论是二叶亭四迷，还是北村透谷，即或他们亲炙西方文学，但是他们的日常生

---

① 详见加藤周一：《日本文学上的表现》，《加藤周一讲演集》Ⅱ，《传统と现代》，かもガゎ出版，1996年，第20～39页。在这里慈园指的是他的著作《愚管集》七卷，是日本最早的历史书，论述从神武天皇至顺德天皇，以历史以佛教世界观作了阐释，对日本政治变迁作了论述，过去不把它作为文学书。

活还是江户情趣，为此"产生了'作家与现实'，'艺术与生活'的断层"[1]，并且引用曾从明治9年至39年(1877—1907)在日的著名的德国内科医学家、日本研究家艾尔温·贝尔茨(1849~1913)在明治9年的《日记》："你们即可这样来考虑——即是说日本国民，在不到10年前尚处于我们的封建制度、教会、僧院、同业组合的中世纪骑士时代文化状态，但从昨天到今日一下子跃入我们欧洲经过500年间的文化发展，面对19世纪的全部成果，似乎马上成为自身的东西似的。这是实实在在的没有办法的文化'革命'。"[2] 同时依照贝尔茨的观点认为"不是有持续发展的文化，与传统断绝的文化就不是文化"[3]。

日本文学史家对日本文学史的反思还表现在对于"近代"的重新认识。他们指出在文学上"近代"这一概念也是来自于西方话语"在新闻界概念随意流行的背景下，称作'近代'的概念就有了极为流通的方法，在文学研究领域里，'近代'这一概念是一种花言巧语，是起着给某作品、某作家以特别好的权威标签的机能。"[4] 小森阳一认为，所谓"近代"不是简单的时间概念，而是以什么来认知"近代"的问题，即是"把自己的想法与思考通过一个框架来相对化的自我意识"[5]。置言之，日本文学史界的"近代"界定是西方话语或思维模式在日本的扩延。

由于思维模式的变化，如今作对它的反思明治文学史所关注的焦点人物也有一些变化。二叶亭四迷曾被认为是日本明治文学

---

[1] 越智治雄：《明治文学的断层》，《文学论集》I，《文学の近代》，砂子屋书店，1986年，第64~65页。

[2] 同上。

[3] 同上。

[4] 小森阳一著：《日本近代文学の的成立——思想と文体の模索》，有精堂，1986年，第249页。引文为小森阳一《解说》中的论述。

[5] 同上。

最具有代表性的开拓者，他的《浮云》被当作最具近代性的作品。在重新反思之后，近年对过去被认作是保守的、国粹主义者冈仑天心(1862—1913，从1890年曾任东京美术学校校长，由于受泰戈尔影响，力主民族主义，发表的《东洋思想》(1902)、《日本的觉醒》(1904)、《茶之源》等批判西洋文明的著作)，现在被看作是"从幕府末年至明治年代在混乱的文化状态之中，具有卓越的掌舵者能力的先驱者之一"[①]。赞扬他成功地借取西方"逼真"之法，振兴日本美术，为此，"决不应把天心看作是顽迷守陋的国粹主义者。正是天心动辄力戒如无根之草的欧化主义流行的风潮，开拓未来于传统之上走出日本近代化前行的道路。"[②]

近年，日本文学史界对坪内逍遥的再研究也值得深思。过去日本文学史界(包括我国的日本文学研究界)对于坪内逍遥都给予了日本近代文学的创始者的评价，他的《小说神髓》(1886.9—1887.4)也是日本近代文学史上第一本理论著作。但是，把他与二叶亭四迷比较起来，总认为他的理论"局限性"、"落后"一面突出。近年，不少日本文学史家重新评价坪内逍遥，认为以往的评论实质上是以西方话语来框定，必须冲破这一束缚，认为他在剧烈变化的明治初年，既有急于接受西方文化，赶超西方的一面，又有执著于江户文学，植根于日本传统文化的一面，在他身上恰巧反映了日本文学转折期的特征，是"处在日本近世与近代境界上的人物"[③]，把研究焦点集中于他更能深入探讨20世纪以来日本文学与西方文学关系问题。对他的重新评价显示了日本文坛力图重新审视在西方话语下被湮灭或忽视的东西。

---

① 神林道恒：《日本の芸术论——传统と近代序》，ミネシルヴワ书店，2000年，前言ⅱ页。

② 同上。

③ 参见小森阳一编：《日本近代文学の成立——思想と文体の模索》，有精堂，1986年，第252页。

同时为了突破西方话语的框框,日本文学史家们从多种视角来重新评析日本明治时代以来的文学。如媒体对文学的影响,日本20世纪以来的言文一致和演讲、报刊的关系,讲演的"速记"体如何促进言文一致的发展,翻译的文体与本国作品文体之关系,值得一提的是龟井秀雄的《明治文学史》(岩波书店,2000年版)探讨了江户乃至更早的日本文学所蕴含的"近代"因素,如"洒落本"(写嫖客与妓女的小册子)所体现的"写实主义"等等,这就进一步打破了似乎一切都来自西方的成见。① 总之,在当今日本文学史家在面向21世纪的时点更加重视东西文化交融问题。"至少,承担代表明治思想的思想家们,与'传统'相依为命是事实,如果在思想创造的根源不顾及这一事实,对明治思想史的总体把握是困难的。近世蓄积的知识的传统的解体过程与西洋近代思想的受容过程必须同时进入视野,对两者的动态关系进行立体的把握,非确定这一视角不可。"②

实质上,日本19世纪后半至今在与西方文化、文学交融中所碰到的问题,对于我们来说都似曾相识。日本文学界的这场反思在继续,我们亦将跟踪研究,一些结论尚待今后。但是,日本学者能给我们提供的参考是:反思并不等于翻过来,更不等于否定过去的一切。一个多世纪前的历程,用今天的话语再言说只是现代阐释,作为历史不可能重新走过。另外,在任何民族文学的发展中都证明对待这一重大问题既要有宏观的把握又要有条分缕析的操作,它是一个需要长时间努力的系统工程。

任何民族(国家)文学的发展都是个动态的过程。只要它不是处在绝对封闭状态(在现代已经不可能),每个民族国家的文学都

---

① 渡边和靖:《明治思想史——儒教的伝统と近代认识论》,ヘペワかん社,第12页。
② 同上。

要受到来自域外文化、文学的影响。域外文化与本土文化的交融、碰撞,产生多种不同力的矛盾,在融合之后求得一种平衡(暂时的),再循环反复。文学融合本身就是矛盾的运动。

中国比较文学同样是要在此状态下前行。为此,中国比较文学必须是立足于自身的文化传统,如果没有这个根,中国比较文学将失去生命力。对于这一点似乎不成问题,但是实际上并非如此。近些年来,以季羡林先生为代表的一些学者强调对包括中国文化在内的东方文化的重视并非空穴来风,没有针对性,正如钱中文指出:"80年代,我国文学理论学说繁多,出现了新的照搬西方文论与一边倒现象,但由于缺乏真正的对话关系,所以只是热闹一时。而那种根本不与西方文论对话的文学理论,也即继续进行独白的理论,则基本停滞不前,无所进展。"[①]

要想解决这一方向性问题,立足民族文化传统采取"对话"的文化战略,达到互为主观的"和而不同"的互补互荣应该是中国文化战略的总体目标。对此,我国比较文学界已确立了总的文化战略。

在中西文论对话上,钱钟书先生从"东海西海,心理攸同;南学北学,道术未裂"出发提出了战略性的论述,他在《管锥编》论述《左传正义》时,提出中外文化交流的"和而不同"原则。这一点正如有的研究者指出的钱钟书专门证析了"和"与"同"的关系。这种'和而不同'的变化精义,融会中西,打通古今的崭新境界,充分体现了钱钟书卓越的文化史识。"'和而不同',这样就可以"用一种陌生的'他者'的眼光来重新审视自己。互为主观,理性交往,平等对话,取长补短,从而使旧体系

[①] 钱中文:《对话的文学理论——误差、激活、融化与创新》,乐黛云等主编:《多元文化语境中的文学——中国比较文学学会第四届年会暨国际学术讨论会论文集》,湖南文艺出版社,1994年,第31~32页。

获得新生。"① 应该说是多元化时代中我们应有的文化认同策略。

乐黛云对此又将其具体化，即"第一，对话双方都是从各自的历史和文化传统出发，并不以某一方的概念、范畴、系统来截取或强加于另一方。双方都是以双方为参照系来重新认识和整理自己的历史；在这一重整过程中，既能发现共同规律，又能发现各自文化的差异，并使这种差异为对方所利用，以至促成新的发展。""第二，由于对话引入了时间轴，而不是并时性的平面比照，中西诗学对话就有了历史的深度。""第三，对话本身是一个复杂概念，它包含着多层面的内容和多元化的理解。平等对话并不排斥有时以某方体系为主，对某种理论进行新的整合，也不排除异途同归，从不同文化体系出发进行新的综合性体系建构；它有时是有关重大问题的思考，有时也只是一些管窥蠡测的意见交换。"② 无论是东方还是西方，"平等对话"都是最明智的文化战略。我们应该认识到世界各民族文学的共性是互相沟通的基础，而其相异点恰恰是互补的前提，而所谓的"同"与"异"往往是交互共生，单纯地追求"统一性"或探测"差异性"，将二者割裂开来都与文学本身实际相背。这种"对话"永远是一种运动，它最终也还是要使各种文化求同存异，互相借鉴，共同发展，不可能也没有必要一切都整齐划一。

中国比较文学界近年不少学者(有不少青年学者)在努力从事中国古代文论的现代诠释和现代转换工作，这是具有战略意义的研究。现代诠释与现代转换实际上是统一的过程。进入现代以后，现代人就是在进行现代阐释，这是不以人们意志转移的，量变到质变是个渐进的过渡，在相当长时间内是可以实现这种转换的。

但是需要注意的是如果认为"失语"而"重换话语"是不可

---

① 季进：《钱钟书与现代西学》，上海：三联书店，2002年，第56页。
② 乐黛云：《中西诗学对话中的话语问题》，第9~11页。

能的(不管套用西方语言或回归古代),我们已经经历了上百年的与西方文化的交融,本土文化传统也不是现成之物,它在无时无刻地动态地发展,为此,现代思维已通过话语深入我们的骨髓,想舍此重建犹如拔头发离开地球,我们只有通过反思、调整,不断地寻找适合本民族传统又是向前发展的话语,这是惟一的路径。

对于比较文学"中国学派"近年曾多次讨论,这是一个有益的学术问题。窃以为作为学派是在发展中形成的,围绕这一学派的许多特点也应在前进中不断充实、完善。

我想,在世界比较文学界已存在"中国学派"应该不成问题。因为自从 20 世纪 80 年代比较文学在中国重新崛起,这就意味着有它的内因和外因,而且内因是主要的。换言之,中国比较文学的重新崛起是中国社会发展的必然结果,为此它必然带有明显的中国特色。

当今世界比较文学界缺少中国比较文学界的参与显然欠缺极大。作为世界比较文学发展第三阶段代表的中国比较文学在后殖民主义时代在各国文化平等对话中起举足轻重的作用,这是不可低估的。

但是,每个民族都有自己的历史、文化沉积、优秀传统,作为中国学派不可能不继承中国传统研究方法,如乾嘉学派的方法在当前研究中还有一定活力。但是,随着时代的发展也必须吸收域外一切优秀研究方法,严复早年的"通变"到钱钟书的"打通"亦是将域外文化与中国文化传统融会贯通,在此基础上创造自己的语境,有自己的话语,目前这一过程在进行中。我们对于近百年来,王国维、鲁迅、胡适、朱自清、闻一多、陈寅恪、茅盾、钱钟书、朱光潜、季羡林、杨周翰等一批大师级的理论家的学术成就总结、研究似乎还很不够,已尚不知,遑谈于外,在某个大学还有人对中文系设世界文学课表示质疑,请不要把它当作笑谈,各个专业之间的沟通在大学里也差得很远。

同时比较文学的中国学派是动态的,它不是既成之物,随着时间的发展会不断丰富、完善。在这当中有主流,也有支流,从广义上说也是多元的。从批评方法来说无论何种趋向,只要有利于中国社会主义新文化的建设就有存在的价值,它们之间可以取长补短,不必划一。

当中西文化交流达到相当程度之后,中国学派将完成自己的历史使命,世人将永记它的功绩,可以说它只是一个过程,而不是终极目的。

全球化语境给中国比较文学提供了难得的机遇,当然也同时带来巨大的挑战,中国比较文学教学、研究者能否认清形势,把握这一机遇,立足于民族文化传统,以积极的态势,与西方文化和各国文化平等对话、沟通,与各学科研究者密切合作,进而"打通",不仅可以使这一学科有蓬勃生机,使它在建设有中国特色的社会主义文化中作出重要贡献,而且也是对世界文化应尽的责任。

中国比较文学任重道远,中国比较文学前途光明。

阅读书目

必读：
1. 乐黛云等：《比较文学原理新编》，北京大学出版社
2. Yves Chevrel, *Comparative Literature Today*, Thomas Jefferson University Press
3. 特雷·伊格尔顿：《二十世纪西方文学理论》，陕西师大出版社
4. Douglas Atkins Laura Morrow, *Contemporary Literary Theory*, University of Massachusetts Press
5. 刘勰：《文心雕龙注释》，人民文学出版社

选读：
1. 厄尔·迈纳：《比较诗学》，中央编译出版社
2. 刘若愚：《中国文学理论》，台北：联经出版公司
3. 张法：《中西美学与文化精神》，北京大学出版社
4. 叶维廉：《寻求跨中西文化的共同文学规律》，北京大学出版社
5. 张京媛：《当代女性主义文学批评》，北京大学出版社
6. 张京媛：《新历史主义与文学批评》，北京大学出版社
7. 张京媛：《后殖民主义与文学批评》，北京大学出版社
8. 孟华：《比较文学形象学》，北京大学出版社
9. 应锦襄等：《世界文学格局中的中国小说》，北京大学出版社
10. 乐黛云主编：《文化传递与文学形象》，北京大学出版社
11. 张祥龙：《海德格尔思想与中国天道》，三联书店
12. *The Future of literary Theory*, ed. Ralph Cohen, Routledge

后　记

本教材编写的指导思想是尽量符合比较文学学科的动态性及其发展，并更能适合广大学生和一般读者的理解程度。其中部分材料取自《比较文学原理》、《中国比较文学年鉴》，特别是"比较文学视野中的诗歌、小说、戏剧"一章，采用了厦门大学应锦襄教授为《中西比较文学教程》所写的部分章节，特此致谢。又本教程原计划尚有最后一章《中国比较文学发展现状》，正在苦于无从落笔之时，突然发现老友东北师范大学孟庆枢教授刚刚写成的大作《全球化语境下的中国比较文学》，他不仅说出了我想说的话，而且还说出了许多因我想得不如他通透而一时还说不出来的话。得他相许，附录在此，作为最后一章。

乐黛云
2003 年 7 月 20 日于北京大学朗润园